SYLTER Frühling & PFERDEKÜSSE

INKA EICHHORN

Impressum

Inka Eichhorn
c/o AutorenServices.de
Birkenallee 24
36037 Fulda
Inka_Eichhorn@web.de

Covergestaltung by NL Media

Verwendete Grafiken:
vladmark https://www.shutterstock.com/de/image-vector/black-vector-illustration-silhouette-couples-love-259166036
Anastasiia Golovkova https://www.shutterstock.com/de/image-vector/wild-horses-145305523
Mr. Luck https://www.shutterstock.com/de/image-vector/lighthouse-set-lighthouses-path-lighting-flat-593798696

Bibliografische Information der Deutschen Nationalbibliothek:
Die Deutsche Nationalbibliothek verzeichnet diese Publikation in der Deutschen Nationalbibliografie; detaillierte bibliografische Daten sind im Internet über http://dnb.dnb.de abrufbar.

Herstellung und Verlag: BoD – Books on Demand, Norderstedt

ISBN: 9783753443768

MIX
Papier aus verantwortungsvollen Quellen
Paper from responsible sources
FSC® C105338

Kapitel 1

Es gibt diese Momente im Leben, in denen man sich selbst nicht wiedererkennt.

Ich meine hinterher, wenn man allmählich zur Besinnung kommt.

Vermutlich hat jeder von uns mindestens einen dieser Momente schon mal erlebt.

Es passiert irgendwas Unerwartetes – etwas, mit dem man nicht mal in seinen schlimmsten Träumen gerechnet hätte – und auf einmal verliert man komplett die Kontrolle über sich.

Bei mir ergab sich das beste Beispiel für einen solchen Moment jedenfalls erst vor zwei Monaten.

An dem Tag, als ich meinen Exfreund mit einer anderen Frau erwischte.

Mit seiner Sekretärin, um genau zu sein. In unserer gemeinsamen Wohnung – in dem Bett, das wir zusammen gekauft und aufgebaut hatten!

Ich bin ja normalerweise echt kein gewalttätiger Mensch. Ich verabscheue Gewalt sogar; erst recht in Beziehungen!

Aber als ich in unser Schlafzimmer kam und ihn splitternackt auf dieser Frau liegen sah, brannte einfach eine Sicherung bei mir durch. Wahrscheinlich sogar gleich mehrere ... oder alle.

Ich war einen Tag früher als geplant von einer Fortbildung zurückgekommen und wollte ihn überraschen.

Nun ja, der Teil mit dem ›überraschen‹ war mir offensichtlich gelungen. Aber nicht so, wie ich es mir erhofft hatte!

Ich sah nur noch rot in diesem Moment.

Völlig außer mir, nahm ich den erstbesten Gegenstand, den ich zu fassen bekam. Das war in diesem Fall meine Musikbox, die auf der Kommode lag. Und dann fing ich kurzerhand an, damit auf ihn einzuschlagen.

So kam es, dass ich meinen Ex mit einer Musikbox verprügelte. Also mit einem von diesen kompakten und länglichen

Lautsprechern, die man an sein Smartphone anschließt, um sich und seine Umgebung in vernünftigem Sound beschallen zu können.

Die Musik direkt aus dem Handy abzuspielen, führt meiner Meinung nach zu keinem wirklichen Hörgenuss. Und Kopfhörer benutze ich nur, wenn es wirklich nicht anders geht – zum Beispiel in der Öffentlichkeit, wo sich andere Leute eventuell gestört fühlen.

Ich habe mit meiner Musikbox am liebsten abends im Schlafzimmer meine Spotify-Playlists durchgehört und dabei einen Liebesroman auf meinem Kindle gelesen. In solchen Situationen kommt es mir durchaus zugute, dass ich eine Frau bin und die Kunst des Multitaskings beherrsche.

Markus, mein Ex, hat in der Zeit meistens im Wohnzimmer ferngesehen oder noch ein wenig am Computer gearbeitet. Er hatte von Anfang an einen anderen Musikgeschmack als ich.

Aber das stand eigentlich nie wirklich zwischen uns. Da gab es genügend andere Dinge, wegen denen wir uns hin und wieder in die Haare bekamen.

Doch ich schweife ab. Kommen wir zurück zum Thema ...

Als ich Markus an besagtem Abend in Flagranti mit seiner Sekretärin erwischte, war es eigentlich sie, auf die ich zuerst losging. Ich weiß nicht warum, aber irgendwie gab ich ihr im ersten Moment die alleinige Schuld dafür.

Als hätte sie ihn verhext oder so. Ich konnte nicht glauben, dass der Mann, mit dem ich die letzten neun Jahre zusammen gewesen war, in der Lage wäre, so rücksichtslos auf meinen Gefühlen herum zu trampeln.

Doch als ich dann mit der Musikbox in der Hand auf ihren Kopf zielte, duckte sie sich schützend unter die Bettdecke. Unter MEINE Bettdecke, wohlbemerkt!

Markus schob sich sofort vor sie und das war es im Endeffekt auch, was mich letztendlich zum Explodieren brachte. Er opferte sich einfach, um sie vor mir zu beschützen!

Dieses dreckige Schwein!

Es hatte ihm nicht gereicht, mich anzulügen, zu betrügen und bis auf die Knochen zu demütigen! Nein, er stellte sich auch noch auf ihre Seite – und zeigte somit ganz ungeniert, was er noch von mir hielt. Nichts!

Im Affekt, aber sicher nicht unbegründet, schlug ich also mit der kleinen Lautsprecherbox auf ihn ein.

Den Großteil der Treffer konnte er jedoch abwehren. Ich traf ihn zweimal am Kopf, danach erwischte ich nur noch seinen Ellenbogen.

Und als sich meine Wut währenddessen in Enttäuschung verwandelte, verließen mich meine Kräfte komplett.

Die Box ist keine dreißig Zentimeter lang und kaum dicker als mein Unterarm.

Um ihm ernsthafte Verletzungen zuzufügen, hätte ich sie ihm also stundenlang und ohne Gegenwehr in sein Gesicht hauen müssen. Aber das schaffte ich nicht – sein Ellbogen fing ja das Meiste ab.

Trotzdem besaß er die Frechheit, mich hinterher auch noch dafür anzuzeigen.

Zu diesem Zeitpunkt war ich gerade aus der gemeinsamen Wohnung zurück zu meinen Eltern gezogen – natürlich hatte ich nach diesem Erlebnis keine weitere Minute mehr in seiner Nähe verbringen wollen. Da bekam ich auf einmal eine Einladung zu einem Gespräch im nächsten Polizeipräsidium.

Ich fiel aus allen Wolken! Es war das erste Mal, dass ich zu so einem Termin herbestellt wurde. Ich hatte mir vorher ja nie etwas zu Schulden kommen lassen, wegen dem ich mich vor Polizeibeamten hätte erklären müssen.

Aber einmal ist bekanntlich immer das erste Mal. Schließlich hatte ich vorher auch nie einen Grund gehabt, mit einem Gegenstand auf jemanden einzuschlagen.

Ich weiß nicht, was diesbezüglich in nächster Zeit noch auf mich zukommt.

Zwar fanden es selbst die Polizisten lächerlich, dass ich von Markus wegen Körperverletzung angezeigt wurde – aber sie sagten auch, sie könnten es nicht alleine bestimmen, wie die Sache ausgehen würde.

Das müsste am Ende die Staatsanwaltschaft entscheiden. Nachdem ich ihnen die ganze Geschichte erzählt hatte, gaben sie mir zumindest das Gefühl, mein Handeln nachvollziehen zu können. Ich schätze, das trifft nicht auf jeden zu, der als Täter von ihnen vernommen wird.

›Nächster Halt: Rutesheim.‹

Die automatische Ansage in der S-Bahn reißt mich aus meinen Gedanken.

Ich bereite mich auf den Ausstieg vor. Als der Zug anhält, nehme ich meine Tasche, die neben mir auf dem Sitz liegt, und stehe auf.

Es ist kurz nach acht Uhr am Abend und die Dämmerung ist bereits eingebrochen.

Unter erschöpftem Stöhnen steige ich von der Bahn in den Bus um, der mich zu dem Wohngebiet bringt, in dem ich den längsten Teil meines Lebens verbracht habe.

In Rutesheim – einer Kleinstadt mit 10.000 Einwohnern, nicht weit von Baden-Württembergs Landeshauptstadt entfernt – bin ich aufgewachsen. Meine Eltern haben hier noch vor meiner Geburt ihr Haus gebaut.

Auch meine Großeltern, mütterlicherseits, haben dort gelebt. Seit Opa vor drei Jahren gestorben ist, wohnt Oma bei Mama und Papa im Haus.

Und seit Mitte Februar nun auch wieder ich – in meinem alten Kinderzimmer im Dachgeschoss. Mama hat nichts darin verändert, außer ein paar neue Pflanzen hineingestellt.

Sie glaubte wohl nie so recht daran, dass das mit mir und Markus auf Dauer gutgeht. Und mittlerweile kann ich ihr es nicht mal mehr übelnehmen.

Ich arbeite in einem Drogeriemarkt in der Stuttgarter Innenstadt. Die Zugfahrt dorthin dauert von Rutesheim mindestens eine dreiviertel Stunde.

Das hört sich vielleicht ganz schön lange an, doch ich weiß, dass man im Stuttgarter Berufsverkehr häufig ebenso lange im Stau stehen muss. Da finde ich es dann doch angenehmer, die Zeit in der Bahn abzusitzen.

Als ich noch mit Markus zusammenlebte, kam ich mit der Stadtbahn innerhalb von 15 Minuten zur Arbeit. Unsere Wohnung lag relativ zentral und ich war im Alltag eigentlich nie auf ein Auto angewiesen.

Deshalb habe ich mir auch nie ein eigenes Auto gekauft, obwohl ich gleich mit 18 den Führerschein machte. Aber auch aus Umweltschutzgründen verzichtete ich stets auf einen fahrbaren Untersatz. Weil Stuttgart ohnehin vom Smog verseucht ist, fand ich es schon in jungen Jahren verantwortungsvoller, die öffentlichen Verkehrsmittel zu nutzen.

Erst als ich mit Markus zusammenkam, gewöhnte ich mich an den Vorteil, nicht mehr ständig von Bus und Bahn abhängig zu sein. Er war schon immer ein begeisterter Autofahrer gewesen und am Wochenende unternahmen wir oft Ausflüge, für die er gerne auch weitere Strecken zurücklegte.

Im Gegensatz zu mir mochte er es auch nie, mit der Bahn zur Arbeit zu fahren. Wenn ich so zurückdenke, wundert es mich, dass wir es trotz unserer unterschiedlichen Ansichten so lange miteinander aushielten.

Aber am Anfang unserer Beziehung war ich sowieso blind vor Liebe. Und noch viel schlimmer ist, dass diese Blindheit immer weiter anhielt.

Als ich Markus kennen lernte war ich 22 und hatte noch keine Beziehung geführt, die länger als ein halbes Jahr andauerte. Ich hatte mich ein paar Jahre lang ausgelebt und sehnte mich nach etwas Festem.

Markus war drei Jahre älter als ich und studierte Maschinenbau.

Ich bewunderte ihn ein bisschen dafür. In meiner Welt war es nicht selbstverständlich, dass sich ein angehender Akademiker für eine Verkäuferin wie mich interessierte. (Wobei das auch nicht ganz stimmt, da ich immerhin gelernte Einzelhandelskauffrau bin.)

Dafür, dass er sich trotz meines geringeren Bildungsstandes dennoch für mich interessierte, stellte ich ihn erst recht auf ein Podest. Rückblickend war das natürlich ein großer Fehler – ich war eben jung, dumm und bis über beide Ohren verliebt.

Aber das ist lange her. Mittlerweile bin ich 31 und nichts ist mehr so wie es einmal war. Und schon gar nicht ist es so, wie ich mir mein Leben damals vorstellte!

Ich hatte mir eigentlich immer gewünscht, bevor ich 30 werde zu heiraten und Kinder zu bekommen. Einzig der Gedanke, die Vorfreude darauf, hatten mir in den letzten Jahren die Angst vor dieser Zahl genommen.

In meiner eigenen Lebensplanung hatte es bereits festgestanden, in nächster Zeit von Markus schwanger zu werden und endlich eine Familie zu gründen.

Wir hatten schließlich auch schon oft genug darüber gesprochen. Allerdings hatte ich mich immer weiter vertrösten lassen und ihm geglaubt, dass es trotzdem schon bald dazu kommen würde.

Er wusste immer neue Argumente, warum jetzt noch nicht der richtige Zeitpunkt dafür sein sollte.

Und immer wieder stimmte ich ihm zu. Es war ja auch so! Da war zuerst noch sein Studium, das er beenden musste. Er war grade erst damit fertig geworden, da zogen wir schon zusammen und brauchten unser Geld erst mal für uns.

Dann kamen immer wieder irgendwelche Anschaffungen wie ein neues Auto oder eine schönere Wohnung. Und da wir bald völlig von unserer Arbeit vereinnahmt wurden, wussten wir schließlich nicht mal mehr, woher wir die Zeit nehmen sollten, um unseren Nachwuchs großzuziehen.

Markus meinte dann nur noch, ich solle noch ein paar Jahre Vollzeit arbeiten und wenn es dann soweit wäre, könnte ich mich komplett auf meine Aufgabe als Hausfrau und Mutter konzentrieren.

Diese Vorstellung gefiel mir. Und so machte ich einfach weiter – in der Erwartung, dass es sich eines Tages auszahlen würde. Aber das sollte sich leider als Trugschluss herausstellen …

Von der Bushaltestelle brauche ich nur noch maximal fünf Gehminuten, bis ich zuhause bin.

Endlich vor dem Haus angekommen, krame ich meinen Schlüssel aus der Tasche und schließe die Haustüre auf.

Danach geht es erst mal hoch in meinen Wohnbereich. Neben meinem Schlafzimmer habe ich ein eigenes Bad, schon seit der dritten Klasse. Papa hat damals den Speicher ausgebaut, damit meine Schwester und ich genug Platz hatten, um uns frei zu entfalten.

Claudia ist zweieinhalb Jahre älter als ich und als Kinder haben wir uns meistens ganz gut verstanden. Leider nicht immer wie beste Freundinnen und daran bin ich nicht ganz unschuldig, wie ich heute weiß.

Ich habe sie selten als große Schwester akzeptiert, wollte mir nie etwas von ihr sagen lassen. Das führte öfters mal automatisch zu Zankereien. Und in den letzten zehn Jahren hat sich ihr Leben sowieso in eine ganz andere Richtung entwickelt als meines.

Nachdem ich mich frisch geduscht und umgezogen habe, gehe ich runter zu meinen Eltern ins Wohnzimmer.

Der Fernseher läuft. Papa sitzt auf dem Sofa, während Mama mit Wäschebügeln beschäftigt ist.

Seit ich wieder bei ihnen wohne, muss ich mich nicht mehr um sowas kümmern. Für Mama ist es gar keine Frage, dass sie das für mich übernimmt.

Und ich lasse sie machen. Wenn ich mich einmische, würde das ohnehin nur zu unnötigem Streit führen. Außerdem fühle ich mich momentan auch mental noch gar nicht fit genug, um solche Aufgaben auf die Reihe zu kriegen.

Ich empfinde es nämlich als zermürbend genug, den ganzen Tag Regale einzuräumen, abzukassieren oder mich mit beratungsbedürftigen Kundinnen auseinanderzusetzen.

Das war bis Anfang des Jahres noch nicht so.

Aber wenn einer Frau das Herz rausgerissen wird, kann für eine lange Zeit auch der Rest von ihr nicht mehr wie gewohnt funktionieren.

So oder so ähnlich habe ich das mal in einem Film gehört. Und wie ich es grade am eigenen Leib feststellen muss, ist das tatsächlich nicht nur eine leere Floskel.

»Hallo, Melli. Wie war dein Tag?«, fragt Mama, als ich ins Wohnzimmer komme.

Papa begrüßt mich, indem er nur kurz die Hand hebt. Bei ›Wer wird Millionär‹ lässt er keine Ablenkungen zu, er geht dann nicht mal ans Telefon.

»Wie immer«, seufze ich und bemühe mich um ein Lächeln.

»Das ist schön«, antwortet Mama in zufriedenem Ton.

Für sie bedeutet ›wie immer‹, dass nichts Unerwartetes vorfiel und alles in Ordnung ist. Wenn doch mal was passiert, besteht sie normalerweise darauf, dass ich ihr sofort haargenau davon berichte.

»Wie war´s bei euch so?«

»Ich hab heute Lasagne gemacht. Du kannst sie dir in der Mikrowelle warm machen.«

Den letzten Teil mit der Mikrowelle hätte sie mir zwar nicht extra erklären brauchen, aber ich bin trotzdem froh, den Tag mit meiner Leibspeise ausklingen lassen zu können.

Also sage ich freundlich »Danke« und gehe rüber in die Küche.

Dort exe ich erst mal ein Glas Leitungswasser, bevor ich den Kühlschrank öffne und die restliche Lasagne raushole. Sie steht mit Alufolie abgedeckt in der Auflaufform.

Ich ziehe die Besteckschublade auf, nehme zwei große Löffel heraus und manövriere das letzte Viertel der Lasagne auf einen

Teller. Nachdem ich den in die Mikrowelle geschoben habe, stelle ich sie fünf Minuten auf die mittlere Stufe.

Markus wollte nie so lange warten, wenn er sich etwas in der Mikrowelle warm machte. Deshalb stellte er sie immer auf die höchste Stufe, egal bei welchem Lebensmittel.

Und wenn seine Lasagne dadurch austrocknete, schob er die Schuld auf alle möglichen Gründe. Meistens auf mich, weil ich das Essen gekocht hatte. Er war unbelehrbar, was das anging – wie auch in so vielen anderen Dingen. Aber Markus ist schließlich auch ein Idiot!

Während mein Abendessen erhitzt wird, suche ich nach einem passenden Getränk. Mama trinkt tagsüber meistens nur Apfelschorle, bei Papa kommen hin und wieder eine Flasche Bier oder zwei Gläser Wein dazu.

Das ist nichts für mich. Auch wenn ich schon seit Wochen von jeder Menge destruktiver Gedanken und lästigen Emotionen befallen bin, die ich mir am liebsten alle wegsaufen würde.

Trotzdem breche ich nicht eine meiner wichtigsten Regeln: Kein Alkohol unter der Woche, wenn ich am nächsten Tag arbeiten muss.

Damit habe ich nämlich schon vor Jahren eine ganz üble Erfahrung gemacht, weshalb ich seitdem auf jeglichen Alkohol (und sei es nur ein Glas Sekt) verzichte, wenn ich nicht grade am nächsten Tag frei habe und mich in Ruhe ausnüchtern kann.

Ich greife also zum Wasserkocher, befülle ihn in der Spüle und schalte ihn ein. Bevor ich das kochende Wasser in meine Lieblingstasse gieße, lege ich noch einen Beutel Früchtetee hinein.

Nun klingelt auch schon die Mikrowelle. Ich schnappe mir Messer und Gabel, platziere beides nebenan auf dem Esstisch und serviere mir dann mein Abendessen.

Ich habe kaum den ersten Bissen genossen, als mein Vater hereinkommt. Ich weiß, dass sein Fernsehprogramm gerade von der Werbung unterbrochen wird, sonst wäre er niemals aufgestanden.

Aber ich freue mich trotzdem, dass er mir ein bisschen Gesellschaft leistet.

Er verzichtet auf belanglosen Small-Talk und kommt sofort zur Sache: »Hast du schon was Neues wegen der Anzeige gehört, die gegen dich läuft?«

Ich schüttle den Kopf. Meine Laune wird direkt schlechter, weil ich unweigerlich an den ganzen Mist – und vor allem an Markus – denken muss.

»Mach dir kein Kopf deswegen«, sagt Papa. »So teuer kann das bestimmt nicht werden. Ist schon absurd genug, dass DU *ihm* Schmerzensgeld zahlen sollst und nicht umgekehrt.«

Ich schlucke meine aufkeimenden Aggressionen mit der zerkauten Mischung aus Blattnudeln, Käse und Bolognese herunter und nicke ihm beipflichtend zu. »Sehe ich auch so.«

»Ich hab mich mit unserm Nachbarn, dem Rechtsanwalt Schröder unterhalten«, verkündet er nun mit ermutigender Stimme. »Der sagt auch, dass diese Anzeige Schwachsinn ist.«

Ich blicke erschrocken auf. »Du hast mit dem Nachbarn darüber geredet?«

»Ja, der kennt sich mit sowas aus. Man muss sich doch darüber informieren, wie die Chancen stehen.«

»Aber du kannst doch nicht einfach ...«

Ich verschlucke den Rest meiner Worte, weil ich es einfach nicht glauben kann.

Natürlich habe ich meinen Eltern erzählt, was passiert ist! Aber doch nur im Vertrauen! Als ich wieder bei ihnen einzog, wollten sie schließlich den Grund dafür erfahren. Und dann auch noch sämtliche Einzelheiten.

Das war in Ordnung für mich, immerhin musste ich meinem Ärger irgendwie Luft machen. Aber doch nicht, damit sie mit meinem ruinierten Privatleben in der Nachbarschaft hausieren gehen!

Wenn ich scharf darauf wäre, dass es die ganze Welt erfährt, könnte ich es ja auch einfach in Facebook posten! Abgesehen von meinen Eltern habe ich nur meiner besten Freundin Lisa von der Sache mit Markus und seiner Sekretärin erzählt – und selbst die versprach mir hoch und heilig, es für sich zu behalten.

»Hör zu, ich will nicht, dass irgendjemand davon erfährt!«, schießt es plötzlich aus mir heraus. Ich klinge dabei ungehaltener als beabsichtigt. »Es ist mir peinlich und es geht auch niemanden da draußen was an!«

»Melli, ich hab´s doch nur gut gemeint«, versucht sich Papa zu rechtfertigen. »Du brauchst dich nicht dafür schämen, für das was Markus …«

»Schluss jetzt! Ich will nix mehr davon hören!«

Ich schaue ihn böse an und nach ein paar Sekunden erkenne ich in seinem Blick, wie ihm langsam klar wird, warum ich ihm nicht freudestrahlend um den Hals falle.

»Tut mir leid«, entschuldigt er sich. »Ich wollte dir doch nur helfen.«

»Du hilfst mir am besten, wenn du mich einfach in Ruhe lässt.«

Wortlos erhebt er sich und geht zurück ins Wohnzimmer.

Er ist kaum aus der Küche draußen, da bereue ich meine harschen Worte auch schon.

Natürlich war es falsch von ihm, mit dem Nachbarn über den tiefsten Punkt meines Lebens zu sprechen. Aber ich weiß, dass er das nur getan hat, weil er sich um mich sorgt.

Mein Papa ist eben eine waschechte Tratschtante. In seinem Beruf als Kundenberater in einem Service-Center kommt ihm diese Eigenschaft zugute, doch privat legt er dadurch manchmal Verhaltensweisen an den Tag, die Mama und mich nur ungläubig mit dem Kopf schütteln lassen.

Hatte ich meinen Eltern nicht ausdrücklich erklärt, dass sie die Geschichte mit meinem Ex auf gar keinen Fall weitererzählen sollen? Mama hat es zumindest kapiert und ich nehme mir vor, nicht länger auf Papa sauer zu sein.

Das hätte er nicht verdient – ganz im Gegensatz zu gewissen anderen Männern.

Ich verdränge das dumpfe Gefühl, das sich in meinem Magen breit macht, und esse meinen Teller leer.

Gähnend räume ich anschließend das schmutzige Geschirr in die Spülmaschine. Dann zeige ich mich noch mal kurz im Wohnzimmer, um meinen Eltern eine gute Nacht zu wünschen.

Mein versöhnliches Lächeln kann mein Vater hierbei getrost als stumme Entschuldigung verstehen.

Es ist genau wie früher, denke ich, während ich mich mit meiner letzten Energie die Treppe hochschleppe.

Einerseits fühlt sich das gut an. Es gibt mir eine Geborgenheit, auf die ich eigentlich nicht mehr angewiesen sein sollte. Andererseits ist es aber auch deprimierend, weil ich mir wie der letzte Versager vorkomme.

Meine besten Jahre, fast ein ganzes Jahrzehnt, habe ich mit dem falschen Mann verschwendet. Für einen sogenannten Partner, dem meine Wünsche und meine Zukunft offenbar scheißegal waren.

Und ich weiß nicht, wie es in nächster Zeit weitergehen soll. Nur eines weiß ich: dass sich auf jeden Fall etwas ändern muss. *Nein!* Dass ICH etwas ändern muss.

Ich weiß zwar noch nicht genau, wie und was überhaupt – aber so wie es momentan läuft, kann es ja wohl kaum weitergehen.

Kapitel 2

Am nächsten Morgen quäle ich mich, wie auch schon die letzten zwei Monate, ziemlich unmotiviert aus dem Bett.

Nachdem ich mich gewaschen und angezogen habe, hetze ich zur Bushaltestelle, um noch im letzten Augenblick vor der Abfahrt einzusteigen.

Wenig später steige ich in die S-Bahn um und bin froh, mich noch ein bisschen ausruhen zu können.

Ich stecke mir meine In-Ear-Kopfhörer in die Ohren und wähle eine Playlist auf meinem Handy aus.

Der zweite Song ist der ›Ketchup Song‹ von Las Ketchup, der Sommerhit von 2002.

Es überrascht mich, dieses Lied in der Playlist zu hören, und ich muss unwillkürlich an meine Schwester Claudia denken. Sie hat mir damals beigebracht, zu diesem Lied zu tanzen. Zu dieser Zeit war ich gerade zwölf.

Als Kinder haben wir mit unseren Eltern zusammen immer viel unternommen. Egal ob wir Freizeitparks besuchten, Wanderungen in der Natur unternommen haben oder an einem verregneten Sonntag auch mal ins Kino gegangen sind.

Zweimal war ich in den Sommerferien auch mit Claudia im Zeltlager. Und selbst als Jugendliche hat sie mich hin und wieder auf Partys mitgenommen. Mit ihr war ich sogar das erste Mal in der Disco.

Trotzdem haben wir uns im Laufe der Zeit auseinandergelebt.

Sie hatte schon immer ihren eigenen Kopf und machte Dinge meistens anders, als wir es von unseren Eltern beigebracht bekamen.

Ich schätze, nicht zuletzt deshalb zog sie bereits vor zehn Jahren aus dem Schwabenland in den hohen Norden. Sie hatte im Urlaub an der Nordsee einen jungen Mann kennen gelernt, der von dort oben kam. Und nach einem halben Jahr Fernbeziehung entschied sie sich für ein gemeinsames Leben mit ihm.

Ich glaube nicht, dass Claudia diese Entscheidung jemals bereut. Heute hat sie zwei Kinder mit ihm und einen Reiterhof auf Sylt, den er von einem Verwandten übernahm.

Was uns beide schon immer miteinander verband, war die Liebe zu Tieren und der Natur. Doch bei ihr war das noch sehr viel ausgeprägter als bei mir.

Seit einem regelrecht traumatisierenden Erlebnis bin ich auch kein großer Fan mehr von Pferden. Damals war ich mit Claudia und meinen Eltern auch im Urlaub auf einem Bauernhof … oder Reiterhof, ich weiß es nicht mehr ganz genau.

Ich muss acht oder neun gewesen sein. Jedenfalls sind wir Reiten gegangen. Ich nur auf einem kleinen Pony, während Claudia schon auf eines der großen Pferde sitzen wollte – und durfte.

Als wir wieder auf dem Hof angekommen waren und die Pferde auf der Koppel versorgten, wurde ich von einem der Tiere gegen den Oberschenkel getreten.

Ich war nur kurz um das Pferd herumgelaufen, um ihm frisches Heu zu holen, da muss es sich wohl erschrocken haben. Es holte mit dem Hinterbein aus und traf mich mit seinem Huf.

Ich habe danach schrecklich geweint. Vielleicht weniger wegen den Schmerzen, sondern viel mehr vor Schreck und weil ich so enttäuscht war.

Als Kind kam es mir damals so vor, als ob es das Tier mit Absicht gemacht hätte und mir bewusst schaden wollte. Selbst das gute Zureden der Erwachsenen änderten da nicht viel an meiner Überzeugung.

Seit diesem Tag habe ich mich nie wieder in die Nähe eines Pferdes gewagt. Und wie ich zu meiner Schande eingestehen muss, habe ich Claudia in der ganzen Zeit auch nie auf ihrem Reiterhof besucht.

Aber nicht in erster Linie wegen den Pferden. Es war eher so, dass ich selbst ein ganz anderes Leben geführt hatte.

Ich hatte Markus und meine Arbeit und war damit eigentlich schon voll ausgelastet. Außerdem sah ich Claudia in ihrer Anfangszeit auf Sylt noch einmal im Jahr, wenn sie mit ihrer Familie unsere Eltern besuchte.

Einmal im Jahr kommt sie nämlich mit ihrem Mann Henning und den Kindern zu Besuch. Genauso fahren Mama und Papa einmal im Jahr zu ihr hoch.

Vor vier Jahren allerdings, kam es dann zum Streit zwischen Claudia und mir.

Sie war wieder einmal auf Heimatbesuch und wir gingen zu zweit auf einen längeren Spaziergang, um uns nach langem mal wieder unter vier Augen unterhalten zu können.

Bei dieser Gelegenheit hielt sie es für notwendig, mir zu verdeutlichen, was sie von Markus hielt. Es störte sie, dass ich sie noch nie besucht hatte; und leider stimmte es auch, dass dies mit dem Einfluss zu tun hatte, den Markus auf mich ausübte. Er hatte einfach generell keine Lust auf die Nordsee, den Hof und meine Schwester.

Ich verteidigte ihn und versuchte mir alle möglichen Begründungen aus der Nase zu ziehen, warum es bisher noch nie mit einem Besuch geklappt hatte. Doch Claudia hatte längst begriffen, wie der Hase läuft. Ich konnte ihr nichts vormachen.

Es machte mich sauer, als sie sagte, Markus wäre nicht gut für mich. Doch noch mehr machte es mich sauer, dass sie mich durchschaut hatte.

Nach diesem Gespräch wechselten wir nie wieder mehr als ein paar flüchtige Worte miteinander.

Ehrlich gesagt, sahen wir uns danach auch nur noch ein einziges Mal. Ein Jahr später bei Opas Beerdigung.

Wenn sie in den darauffolgenden Jahren bei meinen Eltern zu Besuch war, und die mir Bescheid sagten und fragten, ob ich vorbeikommen wolle, behauptete ich immer, ich hätte keine Zeit.

Mir fielen dann jedes Mal irgendwelche fadenscheinigen Ausreden ein, warum es gerade nicht klappte.

Trotz alldem wäre es gelogen, wenn ich vorgeben würde, dass ich sie nicht ab und zu vermisse. Leider habe ich es bis heute nicht geschafft, über meinen Schatten zu springen und mich einfach mal bei ihr zu melden.

Ich könnte mir vorstellen, dass es ihr genauso geht. Dabei muss ich mir jedoch eingestehen, dass es inzwischen an mir liegen sollte, den Kontakt wieder herzustellen. Immerhin hatte sie damals recht, mit dem was sie zu mir sagte.

In der Innenstadt ankommen, halte ich kurz beim Bäcker an und hole mir ein belegtes Baguette-Brötchen mit Tomate-Mozzarella und einen ›Coffee to go‹. Ein schnelles Frühstück, das ich im Gehen hinunterschlinge.

Auch so eine bescheuerte Angewohnheit, die ich mir erst in den letzten zwei Monaten zugelegt habe. Als ich noch im Stadtzentrum wohnte, hatte ich morgens genügend Zeit, um Zuhause in aller Ruhe zu frühstücken. Und wenn es mir da zu langweilig war, weil sich Markus schon auf den Weg zur Arbeit gemacht hatte, konnte ich mich immer noch in ein Café setzen.

Nachdem ich im Laden angekommen bin und die Personalräume betrete, werde ich dort von Vanessa empfangen. Sie ist eine meiner liebsten Kolleginnen und hat kurz vor mir in der Drogerie angefangen.

Da sie im fünften Monat schwanger ist, wird sie uns in absehbarer Zeit verlassen. Ich hoffe, nicht für immer. Aber sie hat schon selbst gesagt, dass sie spätestens in zwei Jahren wieder arbeiten gehen will – natürlich nur in Teilzeit.

»Gehst du an die Kasse?«, frage ich sie.

Ich will ihr damit zu verstehen geben, dass sie keine Regale einzuräumen braucht. Das übernehme ich für sie, damit sie sich nicht so sehr anstrengen muss. Auch wenn wir nicht viele schwere Produkte im Sortiment haben, ist es mir lieber, wenn sie sich ein wenig schont.

»Wenn du nicht willst«, gibt sie zurück.

»Mir ist es egal, ob ich an der Kasse sitz. Aber für dich ist es vielleicht besser, wenn du dich nicht die ganze Zeit bücken und wieder aufstehen musst.«

»Ich kann mich immer noch ganz normal bewegen, Melli. Mach dir keine Sorgen um mich.«

»Ich mach mir keine Sorgen um dich, nur um dein Baby.«

Sie lacht und streicht mir liebevoll über den Rücken. »Es ist sicher in meinem Bauch. Da ändert es auch nichts, wenn ich ein paar Regale einräume.«

»Na gut. Musst du wissen. Wenn dich die Kunden an der Kasse nerven, kannst du ja Bescheid geben. Dann übernehme ich das.«

»Na klar, mach ich«, sagt sie und geht zu einer der beiden Kassen im Erdgeschoss.

Ich nehme mir eine der Bedarfslisten, die an der Pinnwand hängen, und gehe rüber ins Lager. Dort schnappe ich mir einen Rollwagen und belade ihn mit den entsprechenden Artikeln.

Mein Vormittag verläuft ohne außergewöhnliche Auffälligkeiten. Nach dem Einräumen der fehlenden Artikel muss auch ich für eine Zeitlang zum Abkassieren.

Dann kommt eine ältere Kollegin, die meistens erst um elf Uhr anfängt. Sie übernimmt die Kasse, während wir Vollzeitkräfte unsere Mittagspause machen. Natürlich ist sie während der Mittagszeit nicht alleine im Laden, aber so muss keiner von uns alleine im Pausenraum sitzen.

Doch bevor ich in die Pause gehen kann, muss ich noch ein paar Regale mit neuer Ware bestücken, die heute geliefert wurde.

Ich knie gerade auf dem Boden und sortiere Duschshampoos ein, als ich wie aus heiterem Himmel eine schrille Stimme hinter meinem Rücken vernehme.

»Da hast du ja noch mal Glück gehabt, Melanie!«, höre ich es direkt hinter mir keifen.

Ich zucke erst zusammen und drehe mich dann verwundert um.

Hinter mir steht Josephine. Die Frau, mit der mich Markus betrogen hat. Ich kenne ihren Namen, weil ich sie – zugegebenermaßen – eine Weile auf ihren Social-Media-Profilen gestalkt habe.

Das hat mich zwar alles andere als glücklicher gemacht, aber es war mir wichtiger herauszufinden, was das für eine Frau ist. Ich glaubte, es müsse eine wirklich tolle Person sein, die irgendwas hat, was ich nicht hab.

Was das genau sein soll, konnte ich allerdings nicht ermitteln. Außer vielleicht kürzeren Röcken, operierten Brüsten und zentimeterdickem Make-Up in ihrem Püppchen-Gesicht.

»Ist bestimmt ein Grund für dich zum Feiern, dass du ungestraft davongekommen bist!«, vermeldet sie in einer Lautstärke, mit der sie eine Fußballmannschaft anfeuern könnte.

Ich stehe auf und drehe mich mit meinem gesamten Körper zu ihr um. »Was meinst du?«

Lieber würde ich ihr auf der Stelle Hausverbot geben, doch zuvor muss ich mir erst mal eine Begründung einfallen lassen, um es im Nachhinein vor meiner Chefin rechtfertigen zu können.

»Jetzt tu mal nicht so! Du weißt doch ganz genau, von was ich spreche.«

Ich schüttle verwirrt den Kopf. »Nein.«

»Na gut, dann erzähl ich es dir eben schnell ... da du ja anscheinend hinterm Mond lebst.« Sie stemmt die Hände gegen die Hüften und zieht eine Fresse, die abfälliger kaum sein könnte. »Das Ermittlungsverfahren gegen dich wurde eingestellt. Einfach eingestellt – ist das denn zu fassen?«

Immer noch überrascht, von ihr damit konfrontiert zu werden – aber gleichzeitig auch erleichtert –, denke ich einen Augenblick über meine Antwort nach: »Die Gerechtigkeit hat wohl gesiegt.«

Okay, für diese Antwort hätte ich jetzt nicht extra nachdenken brauchen, spukt es mir gleich danach durch den Kopf. Aber ich weiß nicht, was ich sonst zu ihr sagen soll. Eigentlich würde ich ja am liebsten überhaupt nicht mit ihr sprechen.

»Aha – ›Gerechtigkeit‹ nennst du das also?«, giftet sie mich nun an. »Du findest es also gerecht, wenn Gewalttäter nicht mal mehr für ihre Verbrechen belangt werden?«

»Doch … ich, nein«, stammle ich, weil mir bei so viel Dummheit einfach nur die Worte fehlen. Doch dann fange ich mich und geige ihr meine Meinung endlich unverblümt ins Gesicht: »Ich hätte dir mit der Musikbox den Schädel einschlagen sollen! Dann – und nur dann – hätte ich vielleicht eine Strafe verdient gehabt! Aber für das, was IHR gemacht habt …«

Moment mal! Plötzlich fällt es mir wie Schuppen von den Augen!

Ich war ja bisher davon ausgegangen, dass sich Markus aus freien Stücken für diese Anzeige gegen mich entschieden hatte.

Wochenlang hatte ich mir das Hirn zermartert. Nicht nur darüber, was ich falsch gemacht hatte, dass er es für nötig befand, mich mit einer anderen Frau zu betrügen.

Nein, auch weil ich Gewissensbisse bekam, ob ich ihm denn nicht vielleicht doch wehgetan hatte. Nicht so sehr wehgetan wie er mir – sondern physisch, mit meiner Musikbox!

Ich redete mir ein, ihn bei meinem Wutausbruch wirklich verletzt zu haben! Und das, obwohl die Fakten ganz klar dagegen sprachen.

Die Polizeibeamten hatten mir grinsend von einer kleinen Beule am Kopf und einem blauen Fleck am Oberarm erzählt! Markus konnte ihnen noch nicht mal beweisen, dass diese Blessuren von meiner Musikbox stammten!

Aber erst jetzt wird mir bewusst, dass die Anzeige Josephines Idee gewesen sein muss!

Sie muss ihn dazu überredet haben! Ich weiß echt nicht, was beschämender ist …

Dass ich fast ein Jahrzehnt mit so einem Weichei liiert war, der mich wegen einer Beule und einem blauen Fleck anzeigt – oder dass dieser Mensch so ein Weichei ist, das sich von seiner neuen Flamme dazu überreden lässt, wegen sowas zu den Bullen zu rennen.

Objektiv betrachtet macht es wahrscheinlich gar keinen Unterschied, aber für mich ist die zweite Möglichkeit weitaus schlimmer.

Denn daran merke ich, wie wichtig sie ihm offenbar ist. Er fällt mir einfach noch mal in den Rücken und tretet nach, während ich schon am Boden liege – und das nur, weil sie es von ihm verlangt!

Ich kann mir vorstellen, dass Josephine sehr manipulativ ist, aber trotzdem hätte ich immer noch mehr von ihm erwartet. Wobei ... wäre von so einer Person denn noch irgendwas zu erwarten gewesen?

Josephine – die übrigens nur Josie genannt werden will – geht nicht weiter auf meine Feststellung ein, dass ich ihr den Schädel hätte einschlagen sollen, und fährt ungefragt damit fort, mir ihren verschrobenen Standpunkt zu erläutern.

»Wenn es nach mir gegangen wäre, hätten wir einen Anwalt eingeschaltet. Dann wäre das Verfahren nicht so schnell eingestellt worden.«

Aha, da haben wir es, denke ich mir. Sie wollte mich also richtig fertig machen. Warum auch immer – ich habe ihr nie etwas getan, wir kannten uns ja noch nicht einmal.

Aber allem Anschein nach wurde Markus von seinem letzten bisschen Verstand daran gehindert, jeden einzelnen ihrer Befehle kopflos auszuführen. Ab dem Punkt, wo es darum ging, Geld auszugeben, hat er dann doch nicht mehr mitgespielt.

»Warum schneidest du dir nicht einfach die Pulsadern auf und schreibst in deinen Abschiedsbrief, dass ich daran schuld bin?«, frage ich schnippisch und drehe mich zu meinem Shampoo-Regal um. »Vielleicht unternimmt die Polizei dann wirklich was gegen mich.«

Habe ich das grade wirklich gesagt? Ich wundere mich über mich selbst. Über meine Schlagfertigkeit und darüber, wie egal sie mir auf einmal ist.

Sie ist einfach so weit unter meinem Niveau, dass ich sie gar nicht mehr ernst nehmen kann. Eigentlich sollte sie mir leidtun. Sie muss tief im Inneren eine traurige und höchst verwirrte Person sein, wenn sie es für nötig befindet, an meinem Arbeitsplatz aufzutauchen und mich dermaßen zu provozieren.

»Das könnte dir wohl so passen! Dann wärst du bestimmt die Erste, die sich bei Markus meldet und würdest ihn anbetteln, dich wieder zurück zu nehmen.«

Josephine macht keinerlei Anstalten, mich in Ruhe zu lassen. Ich weiß nicht, was mit dieser Frau los ist, aber ganz sauber ist sie auf keinen Fall.

Ich drehe mich noch mal zu ihr um und versuche ihr klarzumachen, dass sie mich nicht länger belästigen soll. Nach meiner neuesten Erkenntnis bemühe ich mich dabei sogar um einen möglichst freundlichen Ton.

»Du solltest jetzt gehen, Josephine. Wenn du mich weiter von der Arbeit abhältst, muss ich dich rausschmeißen lassen.«

»Für dich immer noch Josie! Und apropos rausschmeißen ...« Sie hebt den Zeigefinger und ein geradezu bösartiges Grinsen legt sich auf ihr überschminktes Gesicht. »Ich musste deine alte Bettwäsche entsorgen. Wahrscheinlich weißt du noch nichts davon, aber Markus und ich ziehen zusammen. Also ich ziehe zu ihm. Und da ich noch ein paar Sachen von dir gefunden hab – abgrundtief scheußliche Sa...«

Völlig von Sinnen habe ich Josie ohne jede Vorwarnung einen kräftigen Stoß verpasst.

Sie knallt gegen das gegenüberstehende Regal. Es lässt einen lauten Schlag und neben ihr fallen Tuben an Duschgeld und Bodylotion auf den Boden.

Sie kreischt erschrocken auf und flüchtet sich dann zur Seite, vermutlich um einem zweiten Angriff aus dem Weg zu gehen.

»Du krankes Weib!«, schreit sie. »Kein Wunder, dass dich Markus verlassen hat!«

Außer mir vor Zorn gehe ich einen energischen Schritt auf Josephine zu und sie ergreift sofort die Flucht.

Ich zittere am ganzen Körper, als ich beobachte, wie sie fluchtartig auf dem Geschäft hinausstürmt.

Einige Kundinnen schauen bestürzt in meine Richtung. Womöglich glauben sie, ich hätte gerade eine Ladendiebin auf frischer Tat ertappt. *Hoffentlich denken sie das!*

Sie war wirklich nur hier, um mir ihre Predigt zu halten – nicht mal, um etwas zu kaufen. Unglaublich!

Ich bin total aufgewühlt und weiß gar nicht, was gerade in mich gefahren ist.

Auch wenn sie das mehr als verdient hatte, kann ich sowas nicht bringen. Meinen Kopf habe ich dabei jedenfalls nicht eingeschaltet. Es war fast so, wie an dem Abend, als ich Markus mit ihr in meinem Bett erwischt hab.

Und um die Bettwäsche ging es mir dabei in erster Linie gar nicht. Bei meinem Auszug habe ich selbstverständlich alles mitgenommen, was mir gehört und irgendwie wichtig ist.

Ich weiß momentan nicht mal, von welcher Bettwäsche sie gesprochen hat. Es kann zumindest keine gewesen sein, die mir etwas bedeutet.

Aber ihre unaufhörlichen Provokationen haben mich natürlich dazu getrieben, mich gegen sie zur Wehr zu setzen.

Ich kann immer noch keinen klaren Gedanken fassen, als ich anfange, die heruntergefallenen Duschgel-Tuben zurück ins Regal zu räumen.

»Melanie, kommst du mal bitte mit«, höre ich jetzt plötzlich die Stimme meiner Chefin.

Sie steht am Rande des Ganges und schaut mich gleichermaßen schockiert als auch verständnislos an.

Oh nein. Bitte nicht! Sie hat das doch nicht tatsächlich mitbekommen!

Keine zwei Minuten später sitze ich ihr gegenüber an ihrem Schreibtisch. In dem kleinen Büro ist so wenig Platz, dass gerade mal der Tisch, zwei Stühle und ein Aktenschrank hineinpassen.

»Du kannst mir sicher erklären, was da unten grade vorgefallen ist«, beginnt sie das Gespräch in argwöhnischem Tonfall.

»Ich ähm ...« Für einen kurzen Moment ziehe ich es in Erwägung, zu behaupten, dass ich eine Ladendiebin auf frischer Tat ertappt habe. Doch dann kann ich nicht anders, als bei der Wahrheit zu bleiben. »Diese Frau hat mich beleidigt und provoziert. Es tut mir leid, Ulrike ... aber ich bin einfach ausgerastet.«

»Ausgerastet?«

Ulrike kennt mich seit sieben Jahren. So lange arbeite ich schon in dieser Drogerie. Und ich weiß, dass sie weiß, dass so ein Verhalten absolut untypisch für mich ist. Nur deshalb reagiert sie verhältnismäßig gelassen und interessiert sich mehr für die Hintergründe, als dafür, mich erst mal zur Schnecke zu machen.

»Melanie, so kenn ich dich ja gar nicht. Was hat die Kundin gemacht, dass du so ausrastest?«

Wenigstens hat meine Chefin – so glaube ich aufgrund ihrer Reaktion zu wissen – nicht gesehen, wie ich Josie gegen das Regal geschubst hab. Ich schätze, wenn sie das aus der Nähe mitgekriegt hätte, würde sie jetzt nicht so ruhig bleiben.

»Das war keine Kundin«, erkläre ich ihr. »Die ist nur hergekommen, um mich zu demütigen.«

Ich spüre mit einem Mal wie mich meine Gefühle überwältigen. Die Aufregung, der Hass, die Schmerzen der letzten acht Wochen – all das gepaart mit dem jetzt erst nachlassenden Adrenalin ...

Noch ehe Ulrike zu ihrer nächsten Frage ausholen kann, breche ich in Tränen aus.

»Aber Melanie, was ist denn los?«

Sie greift nach meiner Hand, die ich auf dem Schreibtisch abgelegt habe, und ich lasse es zu.

»Ich weiß ja, dass es dir in letzter Zeit nicht gut geht. Ich hab das von deiner Trennung ja auch mitbekommen. Aber dass es so schlimm ist …«

Ich werde immer weiter von meinem Heulkrampf überwältigt, kann mich überhaupt nicht mehr beherrschen. Es ist, als würde ich endlich all das auf einmal herauslassen, was mich schon die letzten zwei Monate belastet.

»Er hat mich mit ihr betrogen«, schluchze ich, sowie ich es schaffe, einen geraden Satz von mir zu geben. »Ich hab sie zusammen erwischt! Und jetzt kommt sie hier rein, nur um mir zu sagen, dass sie zu ihm zieht!«

Meine Chefin spart sich weiteres Nachfragen und beschränkt sich darauf, mich zu trösten. Sie nimmt mich sogar in den Arm, bis ich mich wieder einigermaßen beruhigt habe.

An die Geschichte mit der Anzeige denke ich schon gar nicht mehr. Ich habe ohnehin niemandem auf der Arbeit davon erzählt und damit werde ich jetzt auch ganz sicher nicht anfangen. Gottseidank ist diese Sache ab sofort sowieso gegessen.

Auch als sie sich zurück an den Schreibtisch gesetzt hat, zeigt sich Ulrike weiterhin sehr verständnisvoll.

»Schau mal, Melanie«, unterbreitet sie mir nun einen Vorschlag. »Du hast doch für die letzten beiden Wochen im Mai Urlaub eingetragen.«

»Ja?«, antworte ich, nachdem ich grade noch mal in ein Taschentuch schnäuze.

»Was hältst du davon, wenn wir den Urlaub vorziehen und du jetzt erst mal ein bisschen Zeit bekommst, um dich zu sammeln und wieder auf den Dampfer kommst?«

»Was für ein Dampfer?« Ich verstehe nicht ganz, was sie meint.

»Na, der Dampfer, in dem du den Fluss deines Lebens entlangschipperst. Ich meine damit, einfach etwas Abstand zu dem Ganzen zu gewinnen.«

»Ach so. Ja, okay.«

Sie will also darauf hinaus, dass ich momentan keine große Hilfe im Laden bin. Das kann ich ihr wohl kaum verübeln. Ich habe es ja selbst schon gemerkt.

Unsere Urlaubstage müssen meine Kolleginnen und ich immer schon am Anfang des Jahres eintragen. Markus und ich hatten dieses Jahr nichts Besonderes geplant. Vielleicht wären wir nur mal spontan für ein paar Tage weggefahren.

Aber selbst, wenn wir etwas geplant hätten: Es würde auch so keinen Unterschied machen, ob ich den Urlaub schon jetzt nehme oder erst wie ursprünglich gedacht in vier Wochen.

Der Unterschied besteht vielmehr darin, dass er jetzt wesentlich sinnvoller wäre. Denn nicht nur, wenn es nach meiner Chefin geht, sollte ich in einem Monat besser wieder ›auf dem Dampfer‹ sein.

Es kann nämlich echt nicht so weitergehen.

War mir das nicht erst gestern Abend, nur ein bis zwei Stunden vor dem Schlafengehen, in den Sinn gekommen?

»Wir würden die zwei Wochen hier ohne dich überstehen«, fährt Ulrike jetzt fort. »Wird dann eventuell etwas stressig für den ein oder anderen ... aber viel wichtiger ist es, dass du wieder fit bist, wenn Vanessa in Mutterschutz geht. Dann brauchen wir dich hier unbedingt.«

»Ja, ich weiß«, gebe ich verständig nickend zurück.

Ich finde bereits Gefallen an ihrer Idee. Auch wenn das bedeutet, dass ich den kompletten Mai durcharbeite und erst wieder im Sommer für zwei Wochen frei hab.

»Ich könnte mir vorstellen, dass es dir helfen würde, einfach mal spontan wegzufahren. Vielleicht hast du ja jemanden – eine gute Freundin zum Beispiel – die du mitnehmen könntest.«

Ich muss direkt an Lisa denken. Mit ihr wird nicht nur jeder Ausflug zum Abenteuer – nein, sie ist auch unternehmungslustig genug, um so kurzfristig mit mir wegzufahren.

»Na gut, dann machen wir das so«, sage ich.

Meine Chefin hält unterdessen den aktuellen Dienstplan zwischen den Fingern.

»Okay. Morgen hättest du ja sowieso frei. Dann ist Samstag, wo wir dich eigentlich bräuchten ...«

Ernüchtert blicke ich auf und sehe in ihrem Gesichtsausdruck, wie sie sich bereits einen Notfallplan zurechtlegt.

»Keine Sorge, Melanie. Wir schaffen das schon.«

Kapitel 3

Auf dem Heimweg in der S-Bahn erlebe ich einen Durchbruch in Sachen Erkenntnissen: Markus und seine komische Ische haben mich zu einem Menschen gemacht, der ich nicht sein will!

Ich hatte es vorher in meinem ganzen bisherigen Leben noch nie nötig, mich mit körperlicher Gewalt gegen andere Menschen zu verteidigen.

Seit dem Kindergarten war ich nicht mehr in solche Situationen geraten und wenn doch, bin ich ihnen immer frühzeitig aus dem Weg gegangen. Ich war schon immer der Ansicht, dass man seine Konflikte nie in aggressiver Art und Weise austragen sollte. Gewalt kann nie die Lösung sein und führt auch immer zu Gegengewalt. So habe ich es schon von meinen Eltern beigebracht bekommen und bis heute sehe ich diese Anschauung als eine der wichtigsten in meinem Leben.

Trotzdem muss ich mir eingestehen, dass es sich im Nachhinein gut anfühlt, Josephine gegen das Regal geschubst zu haben. Ich weiß dadurch, dass ich mich – auch über meine bevorzugten Wege zur Konfliktlösung hinaus – gegen sie verteidigen könnte!

Selbst wenn dieser kleine Achtungserfolg das Einzige wäre, in dem ich ihr überlegen bin, könnte ich immer noch stolz darauf sein.

Es ist das erste Mal seit langem, dass ich so etwas wie Freude empfinde. Als ich aus der Bahn steige, schleicht sich sogar ein freimütiges Lächeln auf meine Lippen. Ich freue mich über meine gleich zwei neuen Erkenntnisse und darauf, die nächsten 14 Tage nicht arbeiten gehen zu müssen.

Als ich im Bus sitze, lese ich die Nachricht, die mir Lisa in WhatsApp geschickt hat.

Auf meine Frage, ob sie am Wochenende auf einen spontanen Kurztrip mitkommen kann, antwortet sie: ›Wie kommst du denn jetzt da drauf? Lass uns heute Abend mal telefonieren.‹

Zuhause angekommen, sehe ich auf dem Schuhschrank in der Diele einen Brief vom Oberlandesgericht liegen.

Ich erstarre kurzzeitig zur Salzsäule.

Was wollen die denn jetzt noch von mir?

Werde ich um eine letzte Stellungnahme gebeten oder kriege ich etwa doch noch eine Strafe aufgebrummt?

Ich öffne den Brief sogleich, indem ich das Kuvert mit den Händen aufreiße. Beim Überfliegen des Textes erfahre jetzt noch mal das, was Josephine mir vor ein paar Stunden schon erzählt hat: das Ermittlungsverfahren wegen Körperverletzung wurde eingestellt.

Puh! Glück gehabt!

Und ich kann meine Musikbox beim Polizeipräsidium in Stuttgart abholen. Die musste ich dort nämlich abgeben – immerhin handelte es sich dabei um eine sogenannte Tatwaffe und ein Beweismittel.

Da meine Eltern sicher schon ganz ungeduldig darauf warten, erfahren zu können, was in dem Brief steht, gehe ich gleich zu ihnen rüber ins Wohnzimmer.

Oma sitzt auch bei ihnen auf dem Sofa. Das freut mich, weil ich sowieso vorhatte, mal wieder ein wenig Zeit mit ihr zu verbringen.

Obwohl sie bei uns im Haus wohnt, sehe ich sie manchmal tagelang nicht, und das liegt in erster Linie an mir. Ich weiß, dass ich mich mehr um sie kümmern sollte und bekomme deswegen auch regelmäßig ein schlechtes Gewissen.

Über die Neuigkeit der Staatsanwaltschaft freut sich meine Familie offenbar noch mehr als ich. Erleichtert nehmen mich meine Eltern in den Arm und heben nochmals hervor, dass es in diesem Land also doch noch Gerechtigkeit gibt.

»Übrigens hab ich die nächsten zwei Wochen spontan freigekriegt«, informiere ich sie beiläufig.

Auf ihre Frage hin, wie das nun zustande kam, erkläre ich ihnen, dass mein Urlaub aus organisatorischen Gründen um einen Monat vorverschoben wurde.

Dann setze ich mich zu Oma, die mir als Erstes einen Gruß von Claudia ausrichtet.

»Ich habe heute mit ihr telefoniert«, erzählt sie mir. »Sie hat gesagt, dass sie sich sehr darüber freuen würde, wenn wir sie mal wieder besuchen kämen.«

Ich weiß zunächst nicht so recht, wie ich damit umgehen soll. Dabei ist mir schon klar, auf was Oma hinauswill.

Nur allzu gerne würde sie zu Claudia und ihrer Familie nach Sylt reisen. Allerdings ist das für Mama und Papa wegen ihrer Arbeit momentan nicht möglich, und alleine würde sie sich so eine lange Reise nicht mehr zutrauen.

»Hättest du nicht Lust, deine Schwester mal wieder zu sehen?«, fragt Oma nun. »Wenn du doch jetzt sowieso frei hast … Oder hast du dir etwa schon was anderes vorgenommen?«

»Bisher noch nicht. Aber ich hatte eigentlich schon vor, für ein paar Tage wegzufahren.«

»Dann wäre das doch die perfekte Gelegenheit. Warst du überhaupt schon mal bei Claudia auf dem Pferdehof?«

Ich schüttle leicht beschämt mit dem Kopf. Es ist mir unangenehm, zuzugeben, dass ich gar keinen Kontakt zu meiner Schwester pflege.

Eigentlich weiß Oma das. Aber ich glaube, sie tut mit Absicht so, als ob es ihr nicht bewusst ist, um mich aus der Reserve zu locken.

Sie ist zwar schon 84, aber geistig immer noch total fit. Was mein Verhältnis zu Claudia angeht, kann ich ihr keinen Bären aufbinden, also versuche ich es gar nicht erst.

»Das ist aber schade«, sagt Oma. Und ich merke, dass sie es auch tatsächlich so meint.

Natürlich findet sie es schade, dass ihre einzigen beiden Enkelinnen keinen Kontakt zueinander haben!

Eigentlich sollte ich allein ihretwegen und für meine Eltern an diesem Zustand etwas ändern. Aber dazu müsste ich meine Schwester doch erst mal anrufen. Und das ist leichter gesagt als getan, wenn man einer Person, die einem eigentlich nahestehen sollte, seit Jahren die kalte Schulter zeigt.

»Was hältst du davon, wenn wir beide zusammen nach Sylt fahren?«, will Oma jetzt wissen.

Obwohl ich ihr diesen Wunsch nur allzu gerne erfüllen würde, verstricke ich mich vorerst in Ausreden: »Nach Sylt fahren? Ist das nicht eine Insel?«, frage ich auf blöd, woraufhin ich mir im nächsten Moment wirklich komplett verblödet vorkomme.

»Eine Insel, die durch eine Bahngleise mit dem Festland verbunden ist«, korrigiert mich mein Vater in oberlehrerhafter Betonung. »Man kann sogar mit seinem Auto auf den Zug fahren und kommt so rüber nach Sylt.«

Mama ist mittlerweile in der Küche verschwunden und am liebsten würde ich Papa auch direkt hinterherschicken.

»Aber ein Auto habe ich ja nicht. Und ihr braucht eure Autos beide, um zur Arbeit zu kommen.«

Doch Oma hat bereits die rettende Idee: »Es würde mir auch nichts ausmachen, mit dem Zug in den Norden hochzufahren.«

»Zugfahren bist du ja sowieso gewohnt«, fügt Papa hinzu, wobei er mich mit einladendem Grinsen ansieht.

»Bist du sicher?«, frage ich, an meine Großmutter gewandt. »Mit dem Zug dauert die Fahrt doch bestimmt den ganzen Tag. Das wird sicher anstrengend für dich.«

Doch sie lächelt nur und macht eine abwinkende Handbewegung. »Ach was, ich muss doch nur sitzen und aus dem Fenster gucken. Das mach ich doch auch zuhause den ganzen Tag. Außerdem gibt es heutzutage diese tollen Schnellzüge ... damit sind wir bestimmt nicht so lange unterwegs.«

Es kommt mir so vor, als hätte sie sich bereits eingehende Gedanken über diese Reise gemacht. Naja, Zeit genug hat sie dafür ja.

Und dann liest sie auch ständig diese Sylt-Krimis, die bei älteren Damen so unheimlich beliebt sind. Kein Wunder, wenn sie da auf solche Ideen kommt!

»Ich denk mal darüber nach und sag dir morgen, was dabei rausgekommen ist«, erwidere ich zögernd.

Nach dem Abendessen und einem ausschweifenden Aufenthalt im Bad liege ich schließlich im T-Shirt und gemütlichen Baumwoll-Shorts auf meinem Bett und telefoniere mit meiner besten Freundin Lisa.

Mein Angebot, gemeinsam spontan wegzufahren, lehnt sie leider dankend und mit einer logischen Begründung ab.

»Es tut mir leid, Süße – aber Andi und ich feiern am Samstag unser Einjähriges. Und das Wochenende darauf muss ich arbeiten. Ansonsten würde ich gern mit dir wegfahren, aber das geht grade echt nicht.«

Ich kann sie verstehen. Als Markus und ich die ersten Jahre zusammen waren, hat er mich zu unserem Jubiläum auch jedes Mal zum Essen eingeladen.

Und ich gönne es ihr natürlich, eine glückliche Beziehung zu führen. Nur weil es bei mir grade nicht gut läuft, würde ich ihr trotzdem niemals den Freund ausreden.

»Ihr seid schon ein Jahr zusammen?«, hake ich überrascht nach. »So lange kam mir das noch gar nicht vor.«

»Klar, weil du bis vor kurzem auch noch deinen Markus hattest. Aber es ist ganz normal, dass die Zeit wie im Flug vergeht. Je älter wir werden, desto schneller verfliegt sie.«

»Da hast du wohl recht«, stimme ich ihr zu und seufze nachdenklich.

In den vergangenen Jahren hatte ich aber auch immer weniger Einblick in ihr Leben bekommen. Hauptsächlich, weil ich mit meinem eigenen und vor allem meiner Beziehung beschäftigt war, die immer mehr den Bach runterging, je mehr ich dafür getan habe.

Ich brauche mich also gar nicht darüber wundern, dass ich mir nicht gemerkt habe, wann Lisa und Andi zusammengekommen sind.

»Ich könnte auch mit meiner Oma nach Sylt zu Claudia fahren«, teile ich ihr kurz darauf mit.

»Mach das doch! Das ist etwas, was du sowieso schon viel zu lange hättest tun sollen. Ich hab dir doch schon öfters gesagt, dass ich es nicht verstehen kann, wie du gar keinen Kontakt mehr zu deiner Schwester hältst.«

»Ja, ich weiß. Aber ich wusste bis jetzt nie, wie ich damit wieder anfangen soll.«

»Warum rufst du sie nicht einfach an?«, will Lisa nun wissen.

Aber sie stellt sich das auch viel einfach vor, als es – für mich – in Wirklichkeit umzusetzen ist.

»Weil das irgendwie blöd kommt … Ich kann mich doch nicht nach drei Jahren einfach so melden und …«

»Wieso denn nicht? Und vor allem: Wann dann? Je länger du wartest, desto schwieriger wird es. Glaub mir; das ist wie, wenn man mit dem Rauchen aufhört. Es wird jeden Tag schwerer und irgendwann schaffst du es vielleicht gar nicht mehr.«

Bei dieser Vorstellung beschleicht mich schlagartig ein ziemlich ungutes Gefühl. Wenn ich mich nie wieder mit Claudia versöhnen würde … darüber hatte ich bisher nie nachgedacht. Aber es wäre wirklich mehr als traurig, wenn das passieren würde.

»Und was soll ich dann zu ihr sagen?«, frage ich beinahe verzweifelt.

Es ist ein Armutszeugnis, dass ich mir selbst keine Antwort darauf geben kann. Aber ich war vorher eben noch nie in einer derartigen Situation.

»Ich bin sicher, sie würde sich schon allein über deinen Anruf freuen. *Was* du dann sagst, ist wahrscheinlich gar nicht so wichtig. Hauptsache, du meldest dich überhaupt mal bei ihr.«

»Okay … womöglich hast du damit sogar recht.«

Und wie sie damit recht hat! Lisa kennt meine Schwester immerhin auch schon, seit wir zusammen in die Grundschule gingen.

Das ist zwar inzwischen über zwanzig Jahre her und in den letzten zehn Jahren haben sie sich auch nicht mehr gesehen, aber Lisa hat eine gute Menschenkenntnis und ist eine äußerst empathische Person.

Vielleicht sollte ich einfach auf sie hören, anstatt auf meine Zweifel, die mich daran hindern, das Richtige zu tun.

»Und ein bisschen Zeit mit deiner Oma zu verbringen, würdest du auch ganz bestimmt nicht bereuen«, erklärt Lisa nun.

»Ich weiß«, gestehe ich. »Das bin ich ihr sogar schuldig, nachdem ich all die Jahre nicht so viel für sie da war.«

Ich bin mir auch durchaus darüber im Klaren, dass meine Großmutter nicht mehr ewig unter uns weilen wird. Die Zeit, die ich noch mit ihr habe, ist leider begrenzt und sollte daher also sinnvoll von mir genutzt werden.

Wir waren nur einmal zusammen im Urlaub, als ich noch ein Kind war. Nicht zu zweit, sondern damals mit Opa und Claudia.

Wir hatten damals eine schöne Woche an der Ostsee. Auch bei dem Gedanken an diesen Urlaub werde ich wehmütig. Ich kann die Zeit nicht zurückdrehen, aber mit Oma nach Sylt zu fahren und Claudia wieder zu treffen, wäre die einzige Möglichkeit, um so etwas ähnliches noch mal zu erleben.

Hinzu kommt, dass ich das Aufwachsen von Claudias beiden Kindern bis dato verpasst habe. Obwohl ich ihre Tante bin, haben sie gar keinen Bezug zu mir.

Wahrscheinlich würden sie mich gar nicht mehr erkennen, wenn sie mich wiedersehen. Ich habe das immer verdrängt, weil es mich schon traurig macht, wenn ich nur daran denke.

Claudias Tochter Marie war noch im Kindergartenalter, als ich sie zum letzten Mal gesehen habe. Und der kleine Elias wird sich vermutlich überhaupt nicht an mich erinnern können.

Nach dem Telefonat mit Lisa raffe ich mich kurzerhand auf und gehe runter zu Oma.

Sie lebt in der Kellerwohnung, die meine Eltern nach dem Hausbau für lange Zeit noch vermietet hatten.

Als Claudia achtzehn wurde, stand die Wohnung gerade leer. Meine Eltern beschlossen dann, dass sie dort einziehen dürfte. Zu dieser Zeit waren sie schon lange nicht mehr auf das Geld, das sie durch die Miete bekamen, angewiesen.

Claudia und ich halfen Papa dann beim Tapezieren und wir kauften ein paar neue Möbel für das Wohnzimmer. Die Ausstattung vom Badezimmer und der kleinen Küche waren noch in Ordnung, und so brauchte sich Claudia nur noch das Schlafzimmer einzurichten.

Ich glaube, meine Eltern hofften, uns dadurch noch lange bei sich behalten zu können.

Doch Claudia hatte andere Pläne. Nur ein paar Jahre später zog sie weg; ans andere Ende der Bundesrepublik.

In den folgenden Jahren nutzte ich dann die Kellerwohnung als Rückzugsort – allein deshalb, weil das Wohnzimmer an unsere Terrasse angrenzt. Gleichzeitig behielt ich aber mein Schlafzimmer im Dachgeschoss.

Und anstatt komplett in den Keller zu ziehen, zog auch ich irgendwann aus. So hatten meine Eltern dann eine Zeitlang das ganze dreistöckige Haus für sich, ehe meine Großmutter schließlich bei ihnen einzog.

Als ich zu meiner Oma ins Wohnzimmer komme, liegt sie zugedeckt auf dem Sofa und schaut Fernsehen.

»Oh, hallo Melli«, sagt sie und richtet sich dabei auf. »Hast du dir ein bisschen Zeit genommen, um deiner Großmutter Gesellschaft zu leisten?«

»Ja, Oma. Was das angeht, haben wir einiges nachzuholen.«

Ich setze mich neben ihr in den Sessel und warte ab, was sie zu sagen hat.

»Hast du dir schon überlegt, was du die nächsten zwei Wochen machen willst?«

Ich werfe einen Blick auf den Fernseher. Es ist schon fast 22 Uhr und im Moment laufen die Tagesthemen.

Normalerweise komme ich nicht mehr so spät zu ihr runter, aber nach dem Gespräch mit Lisa habe ich nun das Bedürfnis dazu. Es interessiert mich plötzlich, über was sie mit Claudia gesprochen hat. Außerdem störe ich sie nicht, ganz im Gegenteil.

Ich schaue Oma an und nicke. »Ja, ich habe ein bisschen nachgedacht.«

»Und? Was ist dabei herausgekommen?«

»Dass wir auf jeden Fall was zusammen unternehmen sollten.«

»Zum Beispiel Claudia besuchen?«

»Zum Beispiel«, wiederhole ich lächelnd. »Was hat sie denn am Telefon gesagt?«

»Sie hat von den Pferden erzählt und dass sie den Winter gut überstanden haben. Ihr und den Kindern geht es auch gut, Henning auch. Und sie hat sich erkundigt, ob bei dir auch alles in Ordnung ist.«

Ein schwerer Kloß macht sich in meinem Hals breit, doch ich schaffe es nicht, ihn hinunter zu schlucken.

Es war zwar nicht das erste Mal, dass Oma mir einen Gruß von Claudia ausgerichtet hat, doch bisher redete ich mir immer ein, das wäre nur reine Formsache. Aber scheinbar interessiert sie sich ja doch ernsthaft für mich.

»Claudia hat nach mir gefragt? Was hast du ihr erzählt?«

»Die Wahrheit«, entgegnet Oma in aller Deutlichkeit. »Was denn sonst?«

»Also auch, dass ...«

»Ich hab ihr erzählt, was bei dir los ist und dass du eine schwere Zeit durchmachst. Es würde doch zu nichts führen, wenn wir uns solche Dinge sogar innerhalb der Familie verschweigen. Deshalb hat sie uns auch gleich zu sich eingeladen. Ich glaube, es würde sie wirklich freuen, wenn sie für dich da sein könnte und ihr euch wieder einander annähert.«

»Halt mal, sie hat *uns* eingeladen?«

»Ja, natürlich. Du bist bei ihr ebenso willkommen wie ich und Mama und Papa. Nur wussten wir heute Mittag ja noch nicht, dass du jetzt spontan Urlaub hast. Deshalb sind wir dabei verblieben, dass wir uns spätestens im Herbst wiedersehen.«

»Und im Herbst erwartet sie uns dann oder …?«

»Im Herbst will sie mit Henning und den Kindern zu uns kommen. Deine Eltern haben dieses Jahr leider noch keinen Sylt-Urlaub eingeplant. Als ich sie vor ein paar Wochen gefragt hab, meinten sie, dass es vielleicht zu Weihnachten klappt.«

»Und wenn sie uns zu sich eingeladen hat, bedeutet das dann, dass wir auch schon vorher zu ihr kommen können?«

Auf das faltige Gesicht meiner Großmutter legt sich plötzlich ein Strahlen, das sie sofort 20 Jahre jünger erscheinen lässt.

Das ist einerseits ein Grund zur Freude für mich, andererseits bedeutet das, dass ich jetzt keinen Rückzieher mehr machen kann. Sonst würde ich sie sicher enttäuschen und das wäre so ziemlich das Letzte, was ich jetzt noch mit mir vereinbaren könnte.

»Aber ja, mein Kind! Wir können jederzeit zu ihnen kommen. Es gibt ja genügend Gästebetten auf dem Hof, die momentan noch nicht belegt sind. Nur im Sommer, während der Urlaubssaison, passt es ihnen nicht so gut. Deshalb sind wir auch immer im Frühling oder Winter zu ihnen hochgefahren.«

»Also auch ganz spontan?«, frage ich stockend. »Würde es auch gehen, wenn wir Claudia und Henning überraschen?«

Die Vorstellung, mit Oma zu meiner Schwester zu fahren, fängt allmählich an, mir zu gefallen. Allerdings widerstrebt es mir weiterhin, vorher bei ihr anzurufen. Ich weiß einfach, dass ich mir dabei total dämlich vorkommen würde.

Also gibt es eigentlich nur zwei Möglichkeiten: Entweder bitte ich Oma, bei Claudia anzurufen und ihr Bescheid zu sagen, oder es wird ein kompletter Überraschungsbesuch.

»Wieso denn überraschen?«, fragt Oma nun mit skeptischem Blick. »Es ist doch nichts dabei, wenn wir uns vorher kurz anmelden.«

»Ja, stimmt auch wieder. Naja, wenn sie uns sowieso eingeladen hat … dann wäre eigentlich beides in Ordnung.«

»Wir können es so machen wie es dir am liebsten ist«, sagt Oma nun. Dabei beugt sie sich nach vorne und legt mir eine Hand aufs Knie. »Mir ist es nur wichtig, überhaupt noch mal nach Sylt zu kommen, um Claudia und die Kinder zu sehen. Immerhin weiß ich nicht, wie lange ich dazu noch die Möglichkeit habe.«

Der hat gesessen! Meine Oma macht sich also Sorgen, gar nicht mehr am Leben zu sein, wenn meine Eltern das nächste Mal nach Sylt fahren.

Leider ist diese Sorge kein bisschen überzogen. Denn auch wenn sie noch relativ gut in Schuss für ihr Alter ist, kann man nie wissen, wie viel Zeit ihr noch bleibt.

Ich weiß noch, wie traurig ich war, als mein Opa von uns gegangen ist. Auch damals dachte ich schon daran, dass ich mehr Zeit mit ihm hätte verbringen sollen.

Als ich meine anderen beiden Großeltern verloren habe, war ich noch klein, aber auch an sie habe ich einige schöne Erinnerungen. Ich will nicht noch einmal den Fehler machen und eine Person, die mir so wichtig ist, vernachlässigen, bis es zu spät ist.

Ich wische mir eine Träne weg, die mir unweigerlich aus dem Auge hinausläuft.

»Alles gut, Melli?«, fragt Oma fürsorglich.

»Ja, alles gut.«

Ich stehe auf, setze mich neben sie auf die Couch und lege meine Arme um sie.

Sie drückt mich an sich und als wir uns wieder loslassen, legt sie ganz unbefangen nach: »Weißt du, was mir am meisten bedeuten würde?«

Ich schüttle den Kopf. »Was denn?«

»Dass ihr – du und Claudia – wieder zueinander findet. Das wäre mir das Wichtigste, was ich noch erleben möchte. Erst an zweiter Stelle kommt für mich, noch einmal nach Sylt zu reisen.«

Ich fange augenblicklich zu weinen an.

»Ich werde dir beide Wünsche erfüllen, Oma. Und zwar so schnell wie möglich – das verspreche ich dir.«

Kapitel 4

Nach einer erholsamen Nacht werde ich an diesem Morgen nicht von meinem Wecker, sondern von den durch mein Fenster scheinenden Sonnenstrahlen geweckt.

Dementsprechend fühle ich mich auch ungewohnt energiegeladen, als ich ins Bad und anschließend in die Küche gehe, um mir mein Frühstück anzurichten.

Ich mache mir ein Müsli aus Haferflocken, Apfel- und Bananenstückchen, Heidelbeeren, Erdnüssen und Kürbiskernen. Etwas Jogurt und Erdbeermarmelade verwandeln das Ganze in einen wahren Gaumenschmaus.

Ich nehme mir richtig viel Zeit dafür und genieße es, mich heute überhaupt nicht beeilen zu müssen.

Meine Eltern sind schon aus dem Haus und nach Oma werde ich später schauen.

Nach dem Frühstück gehe ich erst mal nach draußen, auf einen kleinen Spaziergang in der Natur.

Das Haus meiner Eltern befindet sich am Ortsrand, nicht weit von den umliegenden Feldern und Waldgebieten entfernt. Ganz in der Nähe gibt es einen Wanderweg, mit dem man schnell ins Grüne kommt.

Wandern – beziehungsweise längere Spaziergänge – sind genau die richtige Sportart für mich.

Es ist zumindest besser als gar nichts für seinen Körper zu tun. Zu etwas anderem kann ich mich meistens nämlich nicht aufraffen.

Joggen gehen ist absolut nichts für mich und frühere Hobbys wie Tanzen und Fahrradfahren habe ich mit der Zeit abgelegt.

Um mich trotzdem fit zu halten, habe ich mich vor ein paar Jahren mit Markus zusammen im Fitnessstudio angemeldet. Allerdings fiel es mir schwer, mich bei meinen Arbeitszeiten zu regelmäßigen Besuchen zu motivieren.

Infolgedessen ging Markus dann dazu über, mit anderen Männern, die er dort kennen gelernt hatte, zusammen zu trainieren.

Im Gegensatz zu ihm hatte ich aber auch immer auf der Arbeit genügend Bewegung. In Verbindung mit einer halbwegs kontrollierten Ernährung reichte das, um nicht übermäßig viele Pfunde zuzulegen.

Seit unserer Trennung war ich natürlich überhaupt nicht mehr in diesem Fitnessstudio und ich glaube, es wird nun auch langsam mal Zeit, die Mitgliedschaft zu kündigen.

Die Bewegung an der frischen Luft und die wunderschöne Frühlingssonne bescheren mir schon bald weitere Energieschübe.

Nicht nur meine Schritte werden immer schneller und leichtfüßiger – es entstehen auch immer neue Ideen in meinem Kopf.

Ich überlege mir sogar schon, wie es wäre, wenn ich Claudia jetzt anrufen würde.

Ihre Nummer habe ich in meinem Handy eingespeichert, auch wenn ich sie noch nie mit meinem aktuellen Modell angerufen habe.

Aber es ist Freitagvormittag und sie hätte gerade bestimmt keine Zeit, um mit mir zu telefonieren.

Wenn ich mich schon zu einem Anruf überwinde, sollte auch das Timing passen. Da sollte ich dann schon darauf achten, dass ich sie nicht von ihren Aufgaben abhalte.

Während meines Spaziergangs kommen mir zwei Jogger und mehrere Hundehalter entgegen.

Ich nicke jedem von ihnen mit einem freundlichen »Hallo« zu und sie grüßen mich auch alle zurück.

Als ich schon auf dem Rückweg bin, bleibt eine Frau mit einem kleinen Hund plötzlich stehen und dreht sich zu mir um.

»Melanie?«, fragt sie. »Wie geht es dir?«

Ich brauche einen Augenblick, um sie zu erkennen.

Es ist Susanne, eine Freundin von meiner Mutter. Ich weiß nicht, wann ich sie zum letzten Mal gesehen habe, aber früher war sie des Öfteren bei uns zu Besuch.

»Gut. Und dir?«, gebe ich zurück.

»Bei uns ist alles in Ordnung.«

Sie will noch etwas hinzufügen, doch ihr neugieriger Vierbeiner kommt an der Leine auf mich zu und schnuppert an meinem Bein.

Ich beuge mich zu ihm hinunter und kraule ihn zwischen den Ohren.

»Das ist aber ein süßer kleiner Racker. Wie heißt er denn?«

»Trixi – es ist eine Sie.«

»Welche Rasse?«, frage ich, während ich durch ihr hellbraunes, kuscheliges Fell streichle.

»Norfolk Terrier«, gibt mir Susanne zur Antwort. »Ich hab gehört, du wohnst wieder hier.«

Ich richte mich auf und sehe ihr ins Gesicht. »Ja, das stimmt. Ich bin vor kurzem wieder bei meinen Eltern eingezogen.«

Sie lächelt mich mitleidig an.

Jedenfalls bilde ich mir ein, dass es ein mitleidiges Lächeln ist. Ich kann mir nämlich nicht vorstellen, dass es ein freudiges Lächeln ist. Wenn doch, wäre es schließlich Schadenfreude – aber Susanne ist kein schadensfroher Mensch, und sicher schon gar nicht bei mir; deshalb kann ich diese Möglichkeit guten Gewissens ausschließen.

»Das ist schön, wenn man bei seinen Eltern unterkommen kann.«

Ich zucke etwas verlegen mit den Schultern. »Ja, da hab ich echt Glück, dass sie so viel Platz im Haus haben.«

»Und deine Eltern freuen sich bestimmt auch, dass sie dich jetzt wieder bei sich haben.« Nach dieser Anmerkung erkundigt sie sich: »Wie läuft es eigentlich bei deiner Schwester? Sie hat bestimmt alle Hände voll zu tun, mit den Pferden und ihren Kindern.«

»Ja, auf jeden Fall«, antworte ich, so bestimmt, als hätte ich gestern noch mit Claudia gesprochen. »Deshalb kann sie leider nur einmal im Jahr zu uns runterfahren.«

»Das ist schade ... Aber vielleicht hast du ja jetzt wieder mehr Zeit für solche Dinge.«

»Ja, wir sind tatsächlich grade am Planen!«, erwidere ich wie aus der Pistole geschossen.

Irgendwie muss ich das Gespräch in eine andere Richtung lenken – oder es beenden. Ich will nicht, dass sie mich weiter nach Claudia fragt. Und noch weniger will ich, dass sie anfängt, mich über Markus auszufragen.

Also schiebe ich schnell hinterher: »Ich werde Claudia demnächst mal wieder besuchen.«

»Oh! Dann richte ihr bitte schöne Grüße von mir aus. Und deinen Eltern auch, ja?«

»Mach ich! Also dann ... wir laufen uns bestimmt mal wieder über den Weg.«

»Ja, wenn du öfters hier spazieren gehst, auf jeden Fall.«

Ich verabschiede mich und mache mich rasch auf nach Hause.

Ich bin froh, dass diese Unterhaltung nicht länger angedauert hat. Es ist mir unangenehm, Fragen über Claudia oder meinen Wiedereinzug bei meinen Eltern zu beantworten.

Und eigentlich wäre schon das allein Grund genug für mich, mir schnellstmöglich eine eigene Wohnung zu suchen.

Rutesheim ist eben immer noch ein Dorf, wenn auch ein ziemlich großes Dorf. Hier kennt zwar nicht jeder jeden, aber man trifft dennoch recht häufig auf Leute, die man kennt.

Auf so etwas könnte ich, wenn es sein muss, verzichten. Dafür bin ich mir aber auch der Vorteile bewusst, die ein Leben außerhalb der Stadt mit sich bringt.

Allein schon, dass ich so einfach in die Natur hinaus spazieren kann. Als ich noch in Stuttgart-Mitte wohnte, musste ich dafür erst mal in die S-Bahn steigen und in einen der Vororte rausfahren.

Und was eine eigene Wohnung betrifft, so befinde ich mich derzeit in einem Zwiespalt.

In Stuttgart könnte ich mir mit meinem Gehalt ohnehin keine eigene Wohnung leisten – jedenfalls keine, die mir gefallen würde.

In einer WG zu wohnen, könnte ich mir mittlerweile auch nicht mehr vorstellen. Aber um weiterhin außerhalb der Stadt zu wohnen, fände ich es unnötig, bei meinen Eltern auszuziehen.

Dafür geht es mir bei ihnen zu gut – und das Geld, was ich für die Miete bräuchte, spare ich dann doch lieber. Finanziell gesehen wäre es außerdem weitaus sinnvoller, wenn ich mir ein Auto leisten würde, anstatt einer eigenen Wohnung in der Vorstadt.

Nachdem ich zuhause angekommen bin, gehe ich runter zu Oma.

Sie empfängt mich in der Küche, wo sie am Herd steht und Kartoffelsuppe kocht.

»Hier duftet es aber lecker«, sage ich.

Die Kartoffelsuppe meiner Großmutter habe ich schon als Kind gerne gegessen.

Doch Oma setzt den Deckel auf den Topf und winkt mich sogleich hinter sich her.

»Die Suppe muss noch ein paar Minuten durchziehen«, erklärt sie mir. »Komm solang mal mit, Melli.«

Ich folge ihr ins Schlafzimmer und als ich den geöffneten Lederkoffer unter einem Stapel Klamotten auf ihrem Bett liegen sehe, weiß ich sofort, was Sache ist.

»Du fängst schon an zu packen?«, frage ich verdutzt.

»Aber ja! Ich dachte, wir wollen spontan nach Sylt fahren.«

»Ja, schon … aber … *so* spontan?«

»Wir können fahren, wenn du soweit bist«, gibt mir Oma zu verstehen. »Ich packe nur schonmal meine Sachen. Das wird bei dir wahrscheinlich nicht so lange dauern.«

»Ich würde mir erst mal überlegen, wann ...«

»Wie wär´s mit morgen früh?«

Sie schaut mich mit einem Blick an, der es mir unmöglich macht, diese Frage zu verneinen.

Aber was hätte ich denn auch davon?

Ich habe gerade Zeit für eine spontane Reise; sie weiter vor mir herzuschieben, würde zu nichts führen. Womöglich würde es nie zu unserem Sylt-Trip kommen, wenn wir es jetzt nicht durchziehen.

Ich nicke wie mechanisch mit dem Kopf. »Ja, okay. Dann schau ich gleich mal im Internet nach den Fahrzeiten und reserviere uns zwei Zugtickets.«

»Wunderbar!« Oma klatscht in die Hände und verlässt das Schlafzimmer in Richtung Küche.

Ich folge ihr und nehme am Esstisch Platz. Als ich mein Smartphone aus der Tosentasche ziehe, setzt sie sich neben mich.

»Die Zugfahrt nach Sylt dauert insgesamt mehr als neun Stunden«, informiere ich sie nach einem Blick auf den Fahrplan. »Wenn wir morgens um halb zehn mit dem ICE losfahren, kommen wir nachmittags um 15 Uhr in Hamburg an. Von dort aus fahren wir dann noch dreieinhalb Stunden mit dem Regionalzug weiter bis nach Sylt.«

»Wegen mir können wir auch ruhig schon um halb neun losfahren«, stellt Oma voller Tatendrang klar.

Ich muss fast lachen, als ich merke, wie aufgeregt sie schon ist. »Nur nicht übertreiben. Wir müssen ja erst mal durch den Stadtverkehr am Stuttgarter Hauptbahnhof ankommen.«

Während ich die Ticketreservierung abschließe, deckt Oma für uns beide den Tisch. Es ist schon eine Weile her, als ich zum letzten Mal mit ihr zusammen zu Mittag gegessen habe.

Und als ich schließlich meinen ersten Löffel mit der heißen Kartoffelsuppe koste, wird mir auf einmal klar, was mir die ganze Zeit entgangen ist.

Nach dem Essen gehe ich hoch in mein Zimmer und fange an, meinen Koffer zu packen.

Da es auf einen Pferdehof geht, will ich vor allem Klamotten mitnehmen, die ruhig mal schmutzig werden dürfen. Also Jeanshosen, T-Shirts und alte Pullover.

Andererseits ist Sylt doch die Insel der Reichen, denke ich mir.

Ich weiß nicht, wo man auf Sylt abends feiern gehen kann, hoffe aber schon auf den ein oder anderen Barbesuch. Daher landen neben all den Arbeits- und Gammelklamotten auch zwei schicke Abendkleider in meinem Koffer.

Es ist sowieso schon viel zu lange her, dass ich mich in Schale geworfen habe. Aber zu einem anständigen Urlaub gehört das für mich dazu wie der Sand zum Badestrand.

Bei diesem Gedankengang kommt es mir auch gleich in den Sinn, einen Bikini einzupacken. Mag sein, dass es zwar noch etwas zu kalt ist, um im Meer schwimmen zu gehen – aber wie ich gehört habe, soll es auf Sylt ja auch noch ein schönes Schwimmbad geben.

Ich bin gerade dabei, eine neue Zahnbürste und Zahnpasta in meinen Kulturbeutel zu packen, als Mama in meiner Zimmertür steht.

»Hallo Melli. Bist du auch schon beim Koffer packen?«

»Schon ist gut«, antwortete ich. »Wir fahren morgen früh schon los.«

»Ich weiß. Ich war grade schon bei Oma und hab ihr ein bisschen beim Packen geholfen.«

Die Arztpraxis, in der Mama als Sprechstundenhilfe arbeitet, schließt freitags immer schon um 12:30 Uhr.

Ich werfe einen Blick auf die Zeitanzeige meines Handys, um mich zu vergewissern, dass sie erst vor kurzem von der Arbeit nach Hause gekommen ist.

Nun setzt sie sich neben meinen Koffer aufs Bett. »Ich finde es echt toll, dass du dich dazu entschieden hast, mit ihr nach Sylt zu fahren.«

Ich nicke nur stumm und verstaue meinen Kulturbeutel im Koffer.

»Claudia wird sich bestimmt wahnsinnig freuen. Wo du sie bisher ja noch nie auf Sylt besucht hast.«

»Ja, es wird jetzt echt mal Zeit dafür.«

Mehr fällt mir zu diesem Thema grade nicht ein. Aber das ist auch gar nicht notwendig, denn ich habe längst begriffen, was Mama ausdrücken will.

Sie ist einfach glücklich darüber, dass ich mich mit meiner Schwester versöhnen möchte und dafür sogar bereit bin, mit dem Zug durch ganz Deutschland zu fahren.

Ich lege noch Socken und Unterwäsche in meinen Koffer, bevor mir einfällt, was bei einer langen Zugfahrt keinesfalls fehlen darf: meine Musikbox!

»Kann ich nachher mal dein Auto ausleihen?«, frage ich meine Mutter, die nach wie vor auf meinem Bett sitzt.

»Ja, klar. Willst du noch was für die Reise einkaufen?«

»Vielleicht. Aber zuerst muss ich noch zur Polizei.«

Mamas Mimik wandelt sich von neutral-zufrieden zu leicht schockiert. »Zur Polizei? Ich dachte, die Sache mit der Anzeige hätte sich erledigt.«

»Ja, richtig. Deshalb darf ich jetzt auch wieder meine Musikbox abholen.«

Eine dreiviertel Stunde später parke ich Mamas VW Polo vor dem Polizeipräsidium Stuttgart.

Es ist ein riesiges Gebäude, das früher mal als Krankenhaus gebaut wurde und vor einer malerischen Weinberg-Kulisse steht.

Ich betrete den Gebäudekomplex zum zweiten Mal in meinem Leben. Das erste Mal war ich hier vor zwei Monaten, um meine Aussage wegen der angeblichen Körperverletzung zu machen.

Am Empfangsschalter begrüßt mich hinter einer dicken Plexiglasscheibe eine ältere Dame.

Sie ist relativ klein und etwas rundlich gebaut. Wenn ich sie auf der Straße ohne Uniform sehen würde, käme ich wohl kaum auf die Idee, dass sie Polizistin ist.

»Hallo, mein Name ist Melanie Stieber«, stelle ich mich vor. Dann äußere ich ihr mein Anliegen: »Ich möchte gern einen Gegenstand abholen, den ihre Kollegen vor einigen Wochen sichergestellt haben. Mir wurde in einem Schreiben mitgeteilt, dass ich den jetzt wieder zurückhaben kann.«

Sie dreht sich zu ihrem Computer und tippt auf der Tastatur herum. Vermutlich gibt sie meinen Namen ein.

»Um was für einen Gegenstand handelt es sich denn dabei?«, will sie nun wissen.

»Es ist eine Musikbox – Sie wissen schon, so eine Lautsprecherbox.«

Sie nickt, ohne eine Miene zu verziehen. »Wie war ihr Name noch mal?«

»Stieber, Melanie.«

Ihre Finger sausen abermals über die Tasten, ehe sie sich mir zuwendet.

»Haben Sie Ihren Personalausweis dabei?«

»Na klar.«

Ich öffne meine Handtasche und krame mein Portmonee heraus. Als ich meinen Ausweis darin gefunden habe, schiebe ich ihn durch die Aussparung in der Plexiglasscheibe.

Sie nimmt ihn entgegen und anschließend in Augenschein. Kurz darauf gibt sie ihn mir zusammen mit einem beschrifteten DIN-A4-Blatt zurück.

»Wenn Sie hier bitte noch unterschreiben würden«, sagt sie und zeigt dabei mit dem Finger auf die entsprechende Stelle.

»Sehr gerne.«

Ich nehme den Kugelschreiber, der vor mir mit einer Metallkette an seiner Halterung befestigt ist, und setze meine Unterschrift auf das Papier. Erst danach überfliege ich kurz, was darauf geschrieben steht, bevor ich die signierte Erklärung zurück zu der Polizeibeamtin schiebe.

Die deutet jetzt auf zwei Holzbänke, die hinter mir im Eingangsbereich stehen.

»Setzen Sie sich doch bitte noch einen Moment. Ich rufe einen Kollegen, der für die Asservate zuständig ist. Er wird sich dann um Sie kümmern.«

Ich bedanke mich freundlich und nehme Platz.

Während ich warte, beginne ich darüber nachzudenken, was andere Leute hier abholen. Es kommt bestimmt nicht oft vor, dass eine Musikbox als mutmaßliche Tatwaffe beschlagnahmt wird.

Aber wie ist das mit richtigen Waffen? Wenn tatsächlich jemand damit verletzt wurde, kann es doch nicht sein, dass die dem Täter wieder zurückgegeben werden.

Irgendwo habe ich mal gehört, dass solche Gegenstände nach abgeschlossenem Ermittlungsverfahren zerstört werden. Ob dieses Schicksal auch meine Musikbox ereilt hätte, wenn Markus damit ernsthaft verletzt worden wäre? Ich will es mir gar nicht erst ausmalen ...

»Guten Tag, Sie dürfen grade einmal mit mir mitkommen.«

Eine tiefe, rauchige Stimme holt mich zurück ins Hier und Jetzt.

Ich blicke auf und sehe einen Polizeibeamten mit kurzen, dunklen Haaren und breiten Schultern vor mir stehen. Er lächelt mich unverbindlich an und seine hellwachen, braunen Augen ziehen mich sofort in ihren Bann.

Mit einem Satz stehe ich auf den Beinen. Ich will etwas sagen, doch mir fehlen die Worte.

Der Polizist dreht sich um und setzt sich in Bewegung. Mir bleibt nichts anderes übrig, als ihm zu folgen.

Er schreitet in stolzer Körperhaltung über den Korridor, ehe er eine Tür öffnet und mich hindurchwinkt.

»Hier lang, bitte.«

Ich schaue ihm direkt in die Augen, als ich vor ihm durch die Tür in den nächsten Korridor gehe.

Er sieht deutlich jünger aus, als seine Stimme sich anhört. Durch sein leicht hervorstehendes Kinn und die hohen Wangenknochen wirken seine Gesichtszüge äußerst markant. Noch dazu diese dunkelblaue Uniform, die ihn so atemberaubend männlich und autoritär erscheinen lässt ...

Aber auch ich spüre seine Blicke in meinem Rücken, als er hinter mir herläuft. Instinktiv strecke ich meine Wirbelsäule durch und meinen Popo nach hinten, um ihn bestmöglich zur Geltung kommen zu lassen.

Es ist lange her, dass ich darauf Wert gelegt habe, einem fremden Mann zu gefallen.

Zwar begegne ich selbst auf der Arbeit dem einen oder anderen Herren, der es auf einen Flirtversuch ankommen lässt, doch mehr als ein freundliches Lächeln und einen frechen Spruch kann ich in der Drogerie nicht zurückgeben.

Seit meiner Trennung bin ich mit Lisa und ein paar anderen Freundinnen an genau drei Samstagabenden um die Häuser gezogen. Sie überredeten mich schon fast dazu, um mich abzulenken und auf andere Gedanken zu bringen.

Aber selbst bei diesen Gelegenheiten fühlte ich mich kein bisschen dazu in der Lage, mich näher auf die Männer einzulassen. Die Gespräche, in die sie mich zu verwickeln versuchten, gingen kaum über oberflächlichen Smalltalk hinaus. Und sobald einer in die Offensive ging und mich anbaggerte, schreckte ich augenblicklich zurück.

Es war, als hätte ich eine Mauer um mich herum gebaut, um erst gar keinem Mann mehr Zutritt zu meinem Herzen zu gestatten. Ich wagte es einfach nicht mehr, mich auf Vertreter des anderen Geschlechts einzulassen.

Ich weiß nicht, wie sich andere Frauen in meiner Situation verhalten würden – aber für mich war das unbewusst wohl die einzig logische Konsequenz. Wahrscheinlich schützte ich mich so einfach nur vor der nächsten großen Enttäuschung.

Außerdem war ich nach neun Jahren Beziehung auch komplett draußen. Ich wusste nicht mal mehr, wie man richtig flirtet.

Das wiederum führte oft zu weiterer Frustration, was darin resultierte, dass jeder einzelne der besagten Samstagabende für mich in einem gnadenlosen Besäufnis endete.

Nicht, dass ich mich wegen meinem gescheiterten Liebesleben jedes Mal hemmungslos zugeschüttet hätte – nein, das war überhaupt nicht nötig, weil ich Alkohol sowieso nicht gut vertrage. Aber ich trank zumindest genug, um am Ende nur noch heulend in den Armen meiner Freundinnen zu liegen.

Der attraktive Polizist bleibt vor einer schweren Tür stehen und zieht einen Schlüsselbund aus seiner Tasche.

»Warten Sie hier bitte einen Moment«, weist er mich an.

»Ist das hier die Asservatenkammer?«, frage ich, ohne eine Sekunde zu überlegen.

Ich will einfach nur irgendwas sagen, um das Eis zu brechen. Ganz egal, was.

Ich bin ihm jetzt minutenlang hinterhergelaufen und wir haben dabei kaum ein Wort miteinander gewechselt. Was für eine Zeitverschwendung! Wir hätten die Möglichkeit auch nutzen können, um uns ein wenig kennen zu lernen.

»Ja«, antwortet er nur, bevor er durch die Tür geht und sie direkt hinter sich wieder schließt.

Ich merke, wie sich schleichende Ernüchterung in mir breit macht.

Aber was habe ich anderes erwartet? Wie komme ich überhaupt darauf, dass dieser gutaussehende Polizist jetzt eine nette Unterhaltung auf privater Ebene mit mir führen möchte?

Nur weil er einen zweiten Blick auf meine Rückseite riskiert hat? Das ist noch lange kein Grund zu glauben, dass er ein Auge auf mich geworfen hat.

Wir befinden uns hier immerhin an seinem Arbeitsplatz. Und wenn ich daran denke, wie zugeknöpft ich auf der Arbeit daherkomme, brauche ich mich gar nicht zu wundern.

Dennoch merke ich gerade, wie ich das Gefühl vermisse, begehrt zu werden.

Nicht auf die Art, wie ich es erlebe, wenn ich in einer Bar von einem angetrunkenen Möchtegern-Aufreißer angequatscht werde; sondern eher die Reaktionen der Männer auf mich im Alltag.

Ein paar anerkennende Blicke, ein paar charmante Worte oder ein passend platziertes Kompliment.

Aber womöglich liegt es erst mal an mir, die richtigen Signale zu senden, um überhaupt den dafür benötigten Nährboden zu schaffen. Ich kann schließlich nicht verlangen, dass die Männer den ersten Schritt machen, wenn ich ihnen vorher nicht zeige, dass ich mich darüber freuen würde.

Der dunkelhaarige Polizist kommt aus der Asservatenkammer zurück und überreicht mir schmunzelnd eine Plastiktüte mit meiner Musikbox.

»Hier, bitteschön.«

»Danke.« Ich nehme sie an mich und starre ihn erwartungsvoll an.

»Das wär´s dann?« Er klingt dabei wie eine Backwarenverkäuferin, aber gleichzeitig auch verdammt sexy.

Und dann noch deine Handynummer, einmal zum Mitnehmen.

Ich vermeide es, diesen Gedanken auszusprechen und muss dabei bis über beide Ohren grinsen.

Natürlich belasse ich es bei einem: »Ja, vielen Dank noch mal.«

Er lächelt ein letztes Mal freundlich zurück. »Kein Problem, gern geschehen.« Ich rechne schon damit, dass er mich jetzt verabschiedet, als er hinterherschiebt: »Kommen Sie, ich bring sie noch schnell zurück zum Ausgang.«

Wir gehen denselben Weg zurück, den wir gekommen sind. Aber auch diesmal weiß ich nicht, wie ich ihn in ein Gespräch verwickeln soll.

Dann eben nicht!

Was soll´s, ab morgen bin ich sowieso erst mal weg. Davon abgesehen wäre es doch ziemlich traurig, wenn ich nach jedem Strohhalm greifen müsste.

Einen Polizisten im Dienst – noch dazu im Präsidium – anzuflirten ... Tzzz! Ich komm vielleicht auf Ideen. Als ob ich´s SO nötig hätte!

Nein, nein. Ich kann schon zufrieden sein, wenn mir durch diese kurze Begegnung klar wurde, dass ich auf die Männerwelt nicht komplett abstoßend wirke.

Kapitel 5

Am Samstagmorgen werden Oma und ich von meinen Eltern zum Bahnhof gebracht.

Dadurch, dass ich die Tickets schon vorbestellt habe, verläuft das ganze Prozedere gar nicht mal allzu stressig ab, bis wir im Zug sitzen.

Papa hilft uns noch mit den Koffern, als wir in den ICE steigen.

Mama hat Omas Gepäck von ihrem alten Lederkoffer in einen Trolley verfrachtet. Sie war der Meinung, dass der besser für sie zu transportieren ist. Damit hat sie zwar erst mal recht, aber beim Einsteigen macht es keinen Unterschied, ob an dem Koffer Räder angebracht sind oder nicht.

Als ich den Waggon betrete, erlebe ich eine unschöne Überraschung: Obwohl wir in der 1. Klasse reisen, haben wir keine Kabine mit vier Sitzplätzen für uns!

Stattdessen sitzen wir mit dem gesamten Abteil zusammen. Die neuen ICEs werden so gebaut; ich kann nur darauf schließen, dass Kosten- und Platzersparnisse die Gründe dafür sind.

Ich habe kein Problem damit, wenn fremde Menschen in meiner unmittelbaren Nähe sitzen. In der S-Bahn, auf dem Weg zur Arbeit und wieder zurück, macht es mir ja auch nichts aus. Allerdings habe ich mich darauf gefreut, die Musik mit meiner Box in Zimmerlautstärke abzuspielen.

Nachdem ich sie am Vortag bei der Polizei abgeholt habe, musste ich sie natürlich sofort ausgiebig testen. Und glücklicherweise funktioniert sie noch genauso, wie sie funktionierte, bevor ich sie meinem Ex auf den Kopf gehauen habe. Nur von der stabilen Plastikhülle ist an einer Ecke ein kleines Stück abgebrochen.

Diese Dinger sind anscheinend unverwüstlich! Meine Musikbox hatte sogar noch den gleichen Akkustand wie vor zwei Monaten. Trotzdem habe ich sie gestern Abend noch auf 100 Prozent aufgeladen.

Nachdem wir es uns auf unseren Sitzen bequem gemacht haben, packen wir als Erstes unser Frühstück aus, das wir uns bei einem Bäcker am Bahnhof geholt haben.

Als ich wenig später feststelle, dass wir das Abteil fast für uns alleine haben, entschließe ich mich dazu, für ein bisschen musikalische Untermalung zu sorgen. Falls einer der anderen Fahrgäste ein Problem damit hat, kann diese Person mich ja immer noch bitten, die Musik auszuschalten.

Ich verbinde mein Smartphone über Bluetooth mit der Musikbox und starte eine 80er-Hits-Playlist.

Der erste Song, der abgespielt wird, ist ›You Can´t Hurry Love‹ von Phil Collins und bringt selbst meine Oma dazu, fröhlich mit dem Kopf mit zu wippen.

Das zaubert mir direkt ein Lächeln ins Gesicht. Womöglich erinnert sie sich unterbewusst an das Original von The Supremes aus den 60ern.

Das bringt mich auf eine Idee. Ich möchte für sie Lieder abspielen, die sie als junge Frau gehört hat. Damals hatte man noch nicht die Möglichkeit, einfach per Knopfdruck jeden Song anzuhören, auf den man gerade Lust hat. Es gab – wenn überhaupt – gerade mal Radio und Schallplatten, die sich aber nicht jeder leisten konnte.

Meine Großmutter ist noch vor dem zweiten Weltkrieg geboren. Ich weiß, dass sie harte Zeiten erlebt hat und sich in ihrer Jugend um essentiellere Dinge sorgen musste als ich. Sie hatte andere Probleme, als einen passenden Rock zu den neuen High Heels zu finden oder sich Gedanken darüber zu machen, mit welchem Fernsehprogramm sie sich nach der Arbeit entspannen wollte.

»Hast du einen speziellen Musikwunsch«, frage ich sie, als Phil Collins zu Ende geträllert hat.

Sie schüttelt den Kopf und zuckt gleichzeitig mit den Schultern. »Nein.«

»Wirklich nicht? Ich kann so ziemlich jedes Lied anmachen, was es auf der Welt gibt.«

Was sind diese Streamingdienste aber auch für eine geniale Erfindung! Vor allem, wenn man bereit ist, die zehn Euro im Monat für einen Premium-Account zu bezahlen.

»Das Lied von grade war doch schön«, findet Oma. »Mach doch noch mal so eins an.«

Ich entscheide mich dafür, es lieber mit etwas anderem zu probieren. Anstatt die 80er-Hits weiterlaufen zu lassen, suche ich nach einer 50er-Jahre-Playlist. In der werden mir Namen wie Elvis Presley, Chuck Berry und Frank Sinatra angezeigt.

»Magst du Elvis?«, frage ich.

Oma nickt. »Ja, Elvis fand ich immer gut.«

Ich wähle den ersten Song aus, der mir vom King of Rock ´n Roll angezeigt wird, und warte Omas Reaktion ab. Auch wenn sie ihn wohl nicht ganz zuordnen kann, scheint er ihr zu gefallen.

Aber ihre bevorzugte Musikrichtung ist eigentlich Schlager und das war sie auch schon in den 50ern, wie sie mir kurz darauf berichtet. Und so fallen ihr schon bald Titel wie ›Rote Rosen, rote Lippen, roter Wein‹ oder ›Der lachende Vagabund ein‹.

Ich finde sogar diese Lieder auf Spotify und erfülle Oma ihre Musikwünsche. Sie freut sich riesig darüber und zeigt sich regelrecht verblüfft, dass es möglich ist, einfach jedes Musikstück abzuspielen, das einem gerade in den Sinn kommt.

Es dauert nicht lange, bis ihr zu jedem Song eine passende Geschichte einfällt und sie anfängt, von früher zu erzählen.

Ich höre ihr gespannt zu und genieße es, zu beobachten, wie sich ihre Gehirnaktivität zunehmend steigert, je tiefer sie die verstaubten Erinnerungen aus ihrer Vergangenheit ausgräbt.

So verbringen wir die folgenden zwei Stunden, bis ich Oma zur Toilette begleite und mich anschließend ebenfalls erleichtere.

Wir sind mittlerweile längst an Frankfurt am Main vorbei und es dauert auch nicht mehr lange, bis wir in Fulda anhalten.

Als ich zurück zu unseren Sitzplätzen komme, hat ein älterer Mann meinen Platz eingenommen.

Ich beäuge ihn argwöhnisch und verwundert, weil noch genügend andere Sitzplätze in unserem Abteil frei sind.

»Oh, Entschuldigung«, sagt er, als ich neben ihm stehen bleibe. »Ich wollte Ihnen nicht Ihren Platz wegnehmen.«

»Schon okay«, gebe ich zurück, und setze mich neben Oma.

»Der nette Herr hat nur gefragt, warum die Musik aus ist«, erklärt sie mir.

Ich schaue ihn fragend an.

Er wirkt ziemlich jugendlich für einen Mann in seinem fortgeschrittenen Alter. Sein Vorderkopf ist zwar kahl, aber seine restlichen angegrauten Haare dafür umso länger. Er hat sie hinten zu einem Pferdeschwanz zusammengebunden. Dazu trägt er eine verschlissene Lederjacke über einem weit ausgeschnittenen Shirt, mehrere Ketten aus Perlen und bunt bemaltem Holz und eine löchrige Jeans. Unterm Strich sieht er für mich aus wie ein alternder Hippie.

»Verzeihung, ich glaube, ich sollte mich vorstellen.« Er streckt mir die Hand hin, die ich höflichkeitshalber ergreife. »Mein Name ist Udo Hansen, Musiker und Lebenskünstler.«

Es gibt wohl kaum einen anderen Beruf, der besser zu seinem Erscheinungsbild gepasst hätte. Nebenbei höre ich seinen nordischen Dialekt raus und irgendwie ist er mir plötzlich auf Anhieb sympathisch.

»Melanie«, stelle ich mich kurz vor. »Oder einfach nur Melli.«

»Ein wunderschöner Name – egal ob komplett oder in der Kurzform.« Er lässt meine Hand los und fährt fort: »Ihre Großmama hat mir schon erzählt, dass Sie auf dem Weg nach Sylt sind.«

»Ja, das stimmt. Wir reisen in den hohen Norden, um meine Schwester und ihre Familie zu besuchen.«

»Udo kommt auch von da oben«, informiert mich Oma, noch ehe er selbst damit anfangen kann.

»Meine Insel ist eigentlich Norderney, aber momentan lebe ich wieder in Hamburg.«

»Und was führt Sie zu uns in den Süden … oder …« Ich will mich noch verbessern, da wir inzwischen schon beinahe die Mitte der Bundesrepublik erreicht haben.

»Die letzten zwei Wochen habe ich bei meiner jüngsten Tochter in Mannheim verbracht. Sie wohnt dort mit ihrem Mann und hat neuerdings auch einen kleinen Sohn. Es ist mein erster Enkelsohn, ich bin wirklich wahnsinnig stolz auf ihn.«

»Glückwunsch!«, gratuliere ich ihm.

Und Oma steigt sofort voller Freude auf das von ihm angeschnittene Thema ein: »Großeltern zu werden, gehört mit zum schönsten, was das Leben zu bieten hat. Es ist noch mal was ganz anderes, als selbst Kinder zu bekommen, weil es einen nicht selbst betrifft, aber man sich trotzdem genauso darüber freut.«

»Da sagen Sie was. Man erlebt die Vorteile davon, ohne sich mit den weniger schönen Seiten beschäftigen zu müssen.« Seine Lippen formen sich zu einem vielsagenden Schmunzeln. »In meinem Fall muss ich leider zugeben, dass ich als Vater nicht immer für meine Kinder da sein konnte. Aber das versuche ich jetzt als Großvater, so gut es geht, nachzuholen.«

»Wie viele Kinder und Enkel haben Sie denn?«, will Oma jetzt wissen.

»Zwei Töchter und drei Söhne – und insgesamt vier Enkelkinder. Aber jedes meiner Kinder mit einer anderen Mutter.«

»So genau wollte ich es gar nicht wissen«, lacht Oma.

Ich rolle nur mit den Augen und verziehe das Gesicht, weil ich nicht weiß, ob ich darüber jetzt lachen oder mich doch eher aufregen sollte. Aber Udo Hansen kann ich es irgendwie gar nicht übelnehmen, dass er *diese* Art von Vater ist. Alles andere würde vermutlich auch gar nicht zu ihm passen.

»Tut mir leid, Melanie«, entschuldigt er sich mit spitzbübischem Lächeln. »Ich konnte in meinen jüngeren Jahren nie lange an ein und demselben Ort bleiben. Aber zu meiner Verteidigung muss ich sagen, dass ich nie einfach so abgehauen bin.«

»Also hast du nie behauptet, dass du nur schnell zum Zigaretten holen …?« Ich komme ins Stocken, als mir auffällt, dass ich ihn gerade geduzt habe.

Doch er fängt bereits an zu lachen und erwidert: »Nein, nein. Meistens haben die Frauen entschieden, dass sie es nicht länger mit mir aushalten.«

Es scheint ihm nichts auszumachen, dass ich versehentlich ins Du gewechselt habe. Wie mir im nächsten Moment klar wird, ist ihm das wahrscheinlich sogar lieber.

Wir kommen noch mal auf die Musik zu sprechen und nachdem wir gemeinsam ein paar weiteren Songs auf meiner Musikbox gelauscht haben, berichtet uns Udo, dass er auch seine Gitarre dabei hat.

Als ich ihn scherzhaft frage, ob er uns etwas vorspielen möchte, lässt er sich nicht lange bitten und holt das gute Stück von der Sitzbank, auf der er sich zu Beginn seiner Reise niedergelassen hat.

Er stimmt zuerst ein paar seiner eigenen Lieder an, geht dann aber dazu über, uns einige bekannte Volkslieder aus seiner friesischen Heimat vorzuspielen. Selbstverständlich singt er auch die Texte dazu und scheinbar stört sich auch daran niemand in unserem Abteil.

Die Vierersitze um uns herum füllen sich unterdessen sogar mit Zuschauern, die gespannt zuhören und am Ende der Vorstellung begeistert applaudieren.

Als unser Zug in Kassel anhält, verabschiedet sich Udo vorläufig. Er begründet es damit, dass er am Abend einen Auftritt in einer Bar auf dem Hamburger Kiez hat und sich dafür noch ein wenig ausschlafen möchte.

Als ich wenig später, auf dem Weg zur Toilette, an seinem Sitzplatz vorbeikomme, schläft er tatsächlich. Er hat sich einen Hut, wie ihn Indiana Jones trug, über die Augen gezogen und ich höre sein leises Schnarchen, während er seine Akustikgitarre wie ein Baby fest in den Armen hält.

Er ist einfach durch und durch Musiker, denke ich mir. Ich kann mir vorstellen, dass seine Frauen mit der Zeit eifersüchtig wurden, wenn ihnen allmählich einleuchtete, dass seine Liebe an erster Stelle seiner Musik galt.

Zurück an unserem Sitzplatz ordern Oma und ich unser Mittagessen bei einem Bahnmitarbeiter, der mit seinem Rollwagen bei uns vorbeikommt. Wir beschließen, dass Butterbrezeln und Schokoriegel bis zum Abend genügen sollten und decken uns großzügig damit ein.

Wir sind kaum mit dem Essen fertig, als wir merken, wie der Zug immer langsamer wird und schließlich zum Stehen kommt. Wir halten jetzt in Hannover, wo Horden von Fußballfans am Bahnsteig stehen und sich lautstark in die Waggons unseres ICEs drängen, sobald die Türen aufgehen.

»Wollen die etwa alle hier einsteigen?«, fragt Oma erschrocken. Für sie gleicht das Auftauchen der Hannover 96-Anhänger einer Invasion und in gewisser Hinsicht ist es auch eine.

»Ja, ich schätze, die wollen zu einem Fußballspiel«, erkläre ich ihr. Da mir auch die zahlreichen Bierdosen nicht entgangen sind, die viele der Fußballfans dabeihaben, füge ich hinzu: »Ist wohl besser, wenn die mit dem Zug fahren als mit dem Auto.«

Aber bei uns im Abteil bleibt es dennoch weiterhin ruhig. Die Fußballfans fahren nicht 1. Klasse und so verteilen sie sich in den anderen Waggons – zumindest der überwiegende Teil von ihnen.

Etwa zehn Minuten nach der Abfahrt kommen dann aber drei Jungs in unser Abteil und besetzen den Viererplatz genau gegenüber von Oma und mir. Sie tragen Trikots ihrer Lieblingsspieler, passende Schals und Mützen in schwarz-weiß-grün.

Unter fröhlichem Gelächter stoßen sie mit ihren Bierdosen an, kurz darauf fangen sie sogar an zu singen.

Ich besinne mich darauf, dass Udo Hansen sich ein paar Sitze weiter für seinen Auftritt am Abend ausschläft und beschließe, dass er es nicht verdient hat, frühzeitig geweckt zu werden.

Also beuge ich mich über den Mittelgang und wende mich an die drei grölenden Fußballfans: »Jungs, könnt ihr bitte ein bisschen leiser sein – da drüben schläft jemand.«

Sie schauen mich verdutzt an, ehe einer von ihnen fragt: »Wer schläft da? Ein Baby?«

Ich schüttle lächelnd mit dem Kopf, obwohl es wohl sinnvoller gewesen wäre, die letzte Frage einfach zu bejahen.

Ein anderer der drei Jungs kniet sich auf seinen Sitz und lässt den Blick durch das Abteil schweifen.

»Ist es der alte Mann mit der Gitarre?«

»Das ist Udo Hansen«, sage ich, so als ob man ihn ganz selbstverständlich kennen müsste. »Er hat heut Abend einen großen Auftritt auf der Reeperbahn.«

»Reeperbahn? Cool!«, bekomme ich leicht beeindruckt zurück.

»Dann hat der bestimmt Bock, einen mit uns zu trinken!«, freut sich ein anderer.

»Nein, lasst ihn mal noch bis Hamburg schlafen«, wende ich in energischem Ton ein.

»Willst *du* dann wenigstens einen mit uns trinken?«

Ich bin zunächst überrascht über diese Einladung, nehme sie dann aber an, ohne lange darüber nachzudenken. »Von mir aus – aber dann seid ihr jetzt ruhig und hört auf mit dem Rumgegröle.«

Die Jungs sind sofort Feuer und Flamme. Ehe ich mich versehe, werden mir drei verschiedene Getränke rübergereicht.

»Was habt ihr denn alles dabei?«, frage ich, bevor ich zugreife.

»Bier – gutes ›5,0 Original‹! Oder hättest du lieber was anderes?«

»Was steht denn noch zur Auswahl?«

Einer der drei öffnet seinen Rucksack und bringt eine Glasflasche mit mintgrünem Inhalt zum Vorschein. »Wie wär´s mit Pfeffi?«

»Das ist leckerer Pfefferminzschnaps«, schiebt sein Nebensitzer erklärend hinterher.

»Ja, okay«, sage ich. »Habt ihr was zum Reinfüllen?«

Es muss ja nicht unbedingt sein, dass wir jetzt alle aus der gleichen Flasche trinken.

Der junge Mann mit dem Pfeffi zaubert einen Stapel Plastikbecher aus seinem Rucksack. Seine Kumpels nehmen sie ihm ab und helfen ihm dabei, die Becher mit der grünen Flüssigkeit zu befüllen.

Kurz darauf werden mir zwei halbvolle Plastikbecher gereicht.

»Hier – für dich und ... Will die Frau neben dir auch einen?«

Ich nehme beide Becher entgegen, dann schaue ich Oma fragend und mit heiterem Lächeln an.

»Ja, gerne«, gibt sie auf einmal zurück und greift sogleich nach einem der Plastikbecher.

»Stabil!«, ruft daraufhin einer unserer neuen Sitznachbarn anerkennend.

Im nächsten Augenblick lehnen sie sich alle drei weit zu uns über den Gang, um mit Oma und mir anzustoßen.

Uns wehen gleich drei Alkoholfahnen entgegen und erst jetzt wird mir klar, dass die drei Jungs schon ganz schön angetrunken sind. Aber solange sie sich benehmen können, soll mir das egal sein. Sie scheinen ja wirklich freundlich zu sein und ihre gute Laune wirkt ansteckend auf mich.

»Wollt ihr auch nach Hamburg ins Stadion?«, will einer von ihnen wissen.

Mir ist nicht ganz ersichtlich, ob er diese Frage tatsächlich ernst meint, aber er bringt mich damit zum Lachen. »Wir wollen auch nach Hamburg, aber nicht ins Stadion«, antworte ich.

»Nicht ins Stadion? Aber heut Abend spielen wir gegen den FC St. Pauli – das willst du doch nicht verpassen!«

»Wir sind auf dem Weg nach Sylt. In Hamburg müssen wir umsteigen.«

»Nach Sylt? Wow – ihr müsst ja Geld haben.«

»Genau – deshalb fahren wir auch die ganze Strecke von Stuttgart mit dem Zug«, lache ich.

»Echt – von Stuttgart?«, hakt der junge Mann nach, der sich mir gegenüber am Gang niedergelassen hat. Dann ext er seinen Becher und ruft: »Nächste Runde!«

Seine Freunde machen es ihm nach, und nach einer kleinen Aufforderung trinken auch Oma und ich unsere Becher leer.

Als ich unsere Plastikbecher über den Mittelgang halte, um sie nachfüllen zu lassen, frage ich: »Wie alt seid ihr eigentlich? Darf dieses Zeug überhaupt schon jeder von euch trinken?

»Klar!«, kommt es schallend zurück.

»Ehrlich?« Ich deute auf den einen am Fenster, der mit Abstand am jüngsten aussieht, aber das lauteste Organ von allen hat. »Der sieht aber noch jünger aus.« Als er sich zu mir vorbeugt, frage ich ihn direkt: »Bist du wirklich schon 18?«

»Ja, bin ich!«, antwortet er. »Willst du mein Ausweis sehen?«

»Ja, zeig mal! Ich muss mich selbst davon überzeugen, dass du schon alt genug bist. Ich kann ja nicht einfach mit Minderjährigen zusammen Alkohol trinken.«

Unter dem Gelächter seiner beiden Kumpels stellt er sein Getränk auf dem kleinen Mülleimer ab, der sich unter dem Fenster befindet, und zieht seinen Geldbeutel hervor.

»Wart mal ab – natürlich bin ich schon 18!« Er steht schwankend auf und hält mir seinen Ausweis vor die Nase.

»2003er Baujahr«, stelle ich fest. »Ganz schön jung ...«

»Aber schon alt genug zum Saufen!«, berichtet er mir stolz.

Während er sich wieder hinsetzt, informieren mich seine Kumpels darüber, dass sie 19 und 21 Jahre alt sind.

»Ihr seht auch ein bisschen älter aus«, sage ich. »Euch hätte ich nicht auf unter 18 geschätzt.«

»Darf ich auch fragen, wie alt du bist?«, bekomme ich nun eine Gegenfrage gestellt, mit der ich eigentlich hätte rechnen müssen.

Aber mir braucht mein Alter nicht peinlich zu sein, also antworte ich wahrheitsgemäß darauf. Dann stellen wir uns alle gegenseitig vor und ich lasse die Jungs wissen, dass ich mit meiner Großmutter unterwegs bin.

Nach dem zweiten Becher Pfeffi lasse ich mich schließlich zu einem Dosenbier überreden und die Jungs fangen schon wieder an, eine Fußballhymne zum Besten geben zu wollen.

Ich will sie gerade ermahnen, ein bisschen leiser zu sein, als Udo vor uns im Gang steht.

»Was steigt denn hier für ´ne Fete?«, fragt er in seinem ulkigen Dialekt, bei dem ich nicht ganz zuordnen kann, ob er seinen Ursprung eher in Hamburg oder Nordfriesland hat.

»Na super, jetzt hab ihr ihn aufgeweckt mit eurem Geschrei«, necke ich unsere drei jungen Mitreisenden.

»Oh nein, das tut uns leid!«

»Sorry, Mann«, sagt einer der Jungs, und hält Udo sofort beschwichtigend eine Bierdose hin.

Der tauscht einen kurzen Blick mit mir aus, bevor er dann unbefangen zugreift. »Danke.« Durch eine minimale Bewegung seines Daumens öffnet er die Dose mit einem Zischen und stößt dann mit uns allen an.

Ich rutsche ans Fenster, um für Udo Platz zu machen. Er setzt sich und bittet mich im nächsten Augenblick, meine Musikbox anzuschmeißen.

Die drei Jungs auf der anderen Seite freuen sich darüber so sehr, dass sie in Windeseile die Flasche mit dem Pfefferminzschnaps leermachen und danach gleich eine zweite aus ihrem Rucksack holen. Es gibt eine neue Runde Pfeffi und mittlerweile spüre ich den Alkohol schon in meinen Kopf steigen.

Udo und die drei Jungs beginnen derweil, ihre Musikwünsche zu äußern. Die bekommen sie auch prompt von mir erfüllt und schon bald schmettern wir zu verschiedenen Gassenhauern mit, von ›99 Luftballons‹ über ›Ring of Fire‹ zu ›An Tagen wie diesen‹ von den Toten Hosen.

Ich weiß gar nicht, wann ich zum letzten Mal so ausgelassen gefeiert habe. Die Stimmung im Zug ist ungezwungener als auf jeder Veranstaltung und obwohl wir alle aus grundverschiedenen Welten kommen, harmonieren wir für diese kurze Zeit perfekt miteinander.

Doch als die Tür aufgeht und ein Fahrkartenkontrolleur in unser Abteil tritt, nimmt die Party ein jähes Ende.

Der Schaffner wendet sich zuerst an die drei Jungs, und das wohl mit gutem Grund. Denn als er sie auffordert, ihre Fahrscheine vorzuzeigen, bekommt er drei Tickets vorgehalten, die ihn absolut nicht zufrieden stellen.

»Aha«, gibt er in strengem Tonfall zurück. »Hab ich´s mir doch gedacht! Ihr habt nur Karten für die 2. Klasse. Jetzt aber ganz schnell raus aus dem Abteil, sonst schmeiß ich euch direkt aus dem Zug!«

Grummelnd räumen die Jungs ihre Sachen zusammen, dann verabschieden sie sich von uns und verlassen das Abteil.

Der Schaffner bleibt im Gang stehen, bis die drei von dannen gezogen sind, anschließend wendet er sich an Oma, Udo und mich.

»Ich hoffe, diese Jungs haben Sie nicht belästigt«, sagt er.

Ich schüttle wild mit dem Kopf. »Nein, nein. Wir haben uns gut mit ihnen unterhalten.«

»Na schön.« Er überprüft unsere Fahrkarten, dann nickt er uns zu und geht weiter.

Als wir in Hamburg-Altona aussteigen müssen, wird es ein bisschen hektisch. Sowohl die Anhänger von Hannover 96 als auch Fans vom FC St. Pauli strömen aus den Zügen hinaus und belagern die Bahnsteige. Es ist ein unübersichtliches Menschengewirr, in dem ich kurzzeitig Angst bekomme, ich könnte Oma aus den Augen verlieren.

Nur gut, dass wir Udo kennen gelernt haben. Er kennt sich hier aus und bleibt freundlicherweise auch noch an unserer Seite, bis wir die Regionalbahn gefunden haben, die uns bis nach

Westerland bringen soll. Er hilft uns, die Koffer durch die Tür zu verfrachten und wir winken ihm zum Abschied, als sich der Zug in Bewegung setzt.

Doch schon gleich darauf ereilt mich der nächste Schock.

»Shit!«, rufe ich, wobei ich mir bestürzt ans Herz fasse. »Ich hab ganz vergessen, uns ein Taxi zu bestellen!«

Oma kann meine Aufregung nicht nachvollziehen; angesichts von so einer Hiobsbotschaft bleibt sie ungewohnt ruhig.

»Für was denn ein Taxi?«, fragt sie.

Ich habe bereits mein Handy gezückt und suche panisch nach der Nummer eines Sylter Taxiunternehmens. »Na, um von Westerland zu Claudia auf den Hof zu kommen!«

Als wir heute Morgen mit meinen Eltern zum Bahnhof gefahren sind, hatte ich noch daran gedacht. Aber sobald wir im Zug saßen, hatte ich keinen einzigen Gedanken mehr daran verschwendet.

»Das ist doch nicht nötig«, gibt mir Oma zu verstehen. »Ich habe gestern noch mal mit Claudia telefoniert – und sie hat versprochen, dass sie uns in Westerland abholt.«

»Sie holt uns ab?« Ich blicke verwundert und zugleich erleichtert auf. »Und das sagst du mir jetzt?«

»Du hast nie danach gefragt, Melli.«

»Stimmt.« Ich falle beruhigt in meinen Sitz zurück. »Danke, Oma – du bist einfach die Beste.«

In den nächsten drei Stunden geht es endspurtartig in Richtung Norden. Das Land wird zunehmend flacher und der Himmel trüber, je näher wir unserem Ziel kommen.

Schon ab Itzehoe bilde ich mir ein, das Meer schmecken zu können, obwohl dieses Städtchen gar nicht an der Küste liegt. Aber vielleicht sind das auch nur die Nachwirkungen des Pfefferminzschnaps.

Die machen im Übrigen auch Oma zu schaffen, denn auf halber Strecke fallen ihr plötzlich die Augen zu.

Gute Idee, denke ich mir. *Warum nicht noch ein bisschen ausruhen?*

Also stelle ich meinen Handywecker ein, damit er mich kurz vor der Ankunft aus dem Schlaf reißt, und lege die Füße auf dem freien Sitz neben mir ab.

Doch ich wache von alleine auf, als wir in Husum eintrudeln. Nun sehe ich zum ersten Mal seit vielen Jahren auch die Nordsee und obwohl das Wetter nicht gerade zum Sightseeing einlädt, sauge ich sämtliche Eindrücke gierig mit meinen Augen auf.

Auch Oma wird jetzt wieder wach. Als unser Zug in Husum losfährt, schreckt sie aus dem Schlaf auf, schaut sich verdattert um und weiß zunächst nicht, wo sie sich gerade befindet.

Ich greife nach ihrer Hand und erkläre ihr behutsam: »Oma, wir sind auf dem Weg nach Sylt zu Claudia. Es dauert nicht mehr lange – schau mal aus dem Fenster, das da draußen ist das Meer.«

Staunend betrachten wir nun beide die Landschaft, bis wir in Niebüll ankommen.

Dort gibt es dann das nächste Highlight unserer Deutschlandreise zu sehen: den Autozug, der ebenfalls nach Sylt fährt.

Wir sind froh, dass wir gemütlich im ICE sitzen und nicht in einem Auto, das erst noch verladen werden muss. Aber es ist definitiv interessant, als Unbeteiligter dabei zuzusehen.

Und als wir anschließend auf dem Hindenburgdamm das Meer überqueren, stockt mir glatt der Atem.

Ich spüre auf einmal so ein beflügelndes Gefühl von Freiheit. Und klein komme ich mir vor. Das ganze Wasser um uns herum macht mir erst deutlich, wie winzig wir Menschen sind. Das Meer wirkt so riesig, dass ich mir auf eine schaurig-schöne Art völlig bedeutungslos vorkomme. Bedeutungslos in einem positiven Sinne. So als würde jede Verantwortung und jegliche Last von meinen Schultern abfallen.

Doch als wir die Insel erreichen, weicht dieses Freiheitsgefühl auf der Stelle einem starken Herzklopfen. Ein Herzklopfen, das es mir schwer macht, gleichmäßig durchzuatmen.

Ich brauche mir nichts vorzumachen – ich weiß ganz genau, was der Auslöser dafür ist. Es macht mich nervös, jetzt gleich Claudia gegenüber zu treten.

Wir halten in Morsum an, und als sich der Zug wieder in Bewegung setzt, wird mein Herzklopfen sogar noch stärker.

Ganz ruhig, Melli, rede ich mir ein. Aber es gelingt mir nicht mehr, mich zu entspannen.

In Keitum bin ich schließlich so hibbelig, dass ich am liebsten durch die Waggons rennen würde, um mich auszupowern. Aber ich bleibe sitzen und registriere dieses dumpfe Gefühl, das sich in meinem Magen ausbreitet.

Und nur wenige Minuten später erreichen wir Tinnum. Die erste Ortschaft auf Sylt, die ansatzweise nach Stadt aussieht – juhu! Ich kann sogar Supermärkte aus dem Fenster heraus erkennen.

Und kurz darauf treffen wir auch schon in Westerland ein. Der Hauptstadt von Deutschlands beliebtester Insel.

Meine Hände zittern, als ich nach unseren beiden Koffern greife und hinter Oma in Richtung Ausgang gehe.

Ein paar Leute schieben sich vor uns ins Freie. Oma hält sich vorsichtig an der Haltestange fest, als sie die kleine Treppe hinunter aus dem Waggon steigt.

Und da taucht wie aus dem Nichts Claudia am Bahnsteig auf.

Ihr strahlendes Lächeln könnte sogar die tief hängenden Wolken wegschieben und die dahinter versteckte Sonne ersetzen.

Oma ist kaum aus dem Zug draußen, da fallen sie und Claudia sich auch schon in die Arme.

Ich spüre, wie meine Lippen zu zittern anfangen, als nun auch ich bei meiner Schwester ankomme.

Sie lässt Oma los und umarmt als Nächstes mich.

Ich lasse beide Koffer los – sie fallen achtlos auf den Boden – und lasse einfach nur noch meinen Gefühlen freien Lauf.

Es dauert keine zwei Sekunden, bis Wasserfontänen aus meinen Augen herausbrechen. Ich klammere mich an meine

Schwester, die mich nun fest an sich drückt, und kann nicht mehr aufhören zu weinen.

Und auch Claudia kann ihre Tränen jetzt nicht mehr zurückhalten. Keiner von uns sagt etwas. Aber das ist auch gar nicht notwendig – und im Augenblick auch gar nicht möglich. Schluchzend öffnen wir unsere Arme, damit sich Oma uns anschließen kann. Gefühlt verbringen wir die nächsten Minuten, Rotz und Wasser heulend, zu dritt in einer innigen Gruppenumarmung.

Kapitel 6

In Claudias monströsem Geländewagen fahren wir von Westerland ein Stück in die Richtung zurück, von der wir mit dem Zug gekommen sind. Wir hätten auch schon in Keitum aussteigen können, wie uns Claudia erzählt, aber sie war vorher sowieso noch in Westerland, um ein paar Besorgungen zu machen.

Dann geht es über eine schmale Landstraße, zwischen Feldern und Wiesen, nach Süden. Wir kommen am Tierpark Tinnum vorbei, ehe wir wenige Minuten später auf dem Pferdehof Johannsen eintreffen.

Johannsen ist der Familienname von Claudias Mann Henning, den sie bei der Heirat angenommen hat. Und der Reiterhof hieß auch vorher schon so. Der Onkel, von dem Henning den Hof übernahm, war der ältere Bruder seines Vaters.

Wir sind kaum aus dem Auto ausgestiegen, da kommen Claudias Kinder Marie und Elias aus dem Stall angesprungen. Marie ist mit acht Jahren die ältere der beiden, Elias ist drei Jahre jünger.

»Hallo, ihr zwei«, begrüße ich sie.

»Hallo«, antwortet Marie, wobei sie allerdings keinen Schritt zu viel auf mich zugeht.

»Wie geht es dir?«, frage ich im kinderfreundlichsten Ton, den meine Stimme hergibt, und beuge mich dabei zu ihr hinunter.

»Gut.«

»Das ist schön.« Ich nicke lächelnd, während ich das sage.

Doch Marie hat sich bereits von mir weggedreht und fällt Oma fröhlich quietschend in die Arme.

Irgendwie überrascht mich das. Ich hatte gar nicht auf dem Schirm, dass die Kinder so sehr an ihrer Urgroßmutter hängen. Womöglich kam mir das einfach nie in den Sinn, weil ich selbst meine Urgroßmütter nie kennen lernen konnte.

Elias, der von seiner Uroma gerade mit Bussis und Liebkosungen übersät wurde, dreht sich nun wieder zu Claudia und mir.

Mit kleineren Kindern kann ich besser, glaube ich zu wissen. Das ist meine Chance!

Ich beuge mich zu ihm runter auf Augenhöhe, gehe dabei beinahe in die Knie, und bemühe mich um eine noch kindergerechtere Betonung als bei seiner Schwester.

»Na, Elias. Hast du Papa schön geholfen, die Pferde in den Stall zu bringen?«

Ernsthaft, Mel – fällt dir nichts besseres ein?

Elias nickt zaghaft, dann krallt er sich am Hosenbein seiner Mutter fest und versteckt seinen kleinen, blonden Kopf dahinter.

Das versetzt meinem Herzen einen kurzen Stich, obwohl ich weiß, dass das Verhalten von diesem kleinen Jungen nicht unangemessen ist. Er erinnert sich überhaupt nicht mehr an mich, weiß wahrscheinlich gar nicht, wer ich bin. Und zuzuschreiben habe ich das ganz alleine mir.

Was bin ich nur für eine Blamage als Tante? Meine Nichte will nicht mit mir sprechen und mein Neffe fürchtet sich vor mir.

Ich muss mich anstrengen, damit sich meine Mundwinkel nicht nach unten ziehen, als ich sehe, wie Elias hinter die Beine seiner Mama schlüpft.

»Ihr braucht doch keine Angst haben«, sagt Claudia zu ihren Kindern, »das ist eure Tante Melanie.« Dann erklärt sie, an mich gewandt: »Sie brauchen ein bisschen Zeit, um aufzutauen, wenn neue Leute kommen.«

»Verstehe«, gebe ich mit erzwungenem Lächeln zurück.

»Haben Papa und Sven schon alle Pferde versorgt?«, fragt Claudia die beiden nun.

»Ja, wir haben ihnen auch schon ihr Futter gebracht«, antwortet Marie.

»Wer ist Sven?«, frage ich aus einem Impuls heraus und stelle mir dabei einen zotteligen Schäferhund vor, der Claudias Mann beim Pferdehüten hilft.

»Sven ist ein alter Freund von Henning. Er wohnt bei uns auf dem Hof und hilft uns mit den Tieren.« Augenzwinkernd ergänzt sie: »Er ist sozusagen der Stallbursche.«

Ich antworte nur mit einem gedehnten: »Okay.«

Ein Stallbursche – dass es sowas heutzutage noch gibt, denke ich mir.

»Aber jetzt kommt erst mal mit ins Haus«, kündigt Claudia an und wuchtet dabei Omas Trolley aus dem Kofferraum. »Den Hof zeige ich euch morgen in aller Ausführlichkeit.«

Bevor ich mir meinen Koffer schnappe, blicke ich mich kurz um.

Zwischen Pferdestall und dem Haupthaus steht eine große Scheune. Auf der anderen Seite des Hofs befindet sich ein zweites Haus, das ebenso wie das stattliche Wohnhaus der Johannsens mit einem Reetdach bedeckt ist. Neben dem Stall liegt die riesige Pferdekoppel, die aber gerade leer ist, da die Tiere bereits in den Stall gebracht wurden.

Ich lasse den Blick in die Ferne schweifen, über die schier endlose Weite bis zum Horizont.

Es ist so ungewohnt, weit und breit keine Berge oder zumindest höhere Hügel zu sehen. Kein Wunder, dass man diese Insel vom Leuchtturm aus komplett überblicken kann.

Ich will mich schon wieder von diesem faszinierenden Anblick losreißen, als mir hinter der Pferdekoppel ein kleiner, dicht bewucherter See auffällt. Als ich die Augen zusammenkneife, um besser sehen zu können, erkenne ich sogar ein paar Enten darauf herumschwimmen.

»Da drüben haben wir die Ferienwohnungen eingebaut«, informiert uns Claudia mit einem Fingerzeig auf das zweite Reetdachhaus. »Wir haben das Gebäude damals komplett renovieren lassen. Aber ihr schlaft bei uns im Haus, wir haben genügend Platz in unserem Wohnbereich.«

Dann schließt sie den Kofferraum und winkt uns hinter sich her.

Marie und Elias hüpfen neben Claudia her, bis wir vor dem Haus ankommen, dann lässt sie die Kinder die nur angelehnte Tür öffnen.

Der geräumige Eingangsbereich ist im friesischen Landhausstil gehalten und gibt mir sofort das Gefühl, willkommen zu sein.

Wir ziehen unsere Schuhe aus und Claudia führt uns in den hinteren Teil des Erdgeschosses, wo sie Oma und mir unsere Zimmer zeigt. Wir bekommen sogar ein eigenes kleines Bad, das genau zwischen unseren Zimmern liegt.

Nachdem wir die Koffer abgestellt haben, gibt mir Claudia eine kurze Führung durch das Gebäude. Oma, die das Haus bereits kennt, klinkt sich aus, um sich solange umzuziehen, während die Kinder im Wohnzimmer spielen.

Staunend folge ich meiner Schwester in die moderne Küche und das Esszimmer, welches offen an die Wohnstube anschließt.

Wir gehen nach oben in die zweite Etage, auf der sich die drei Schlafzimmer der Hausbewohner und ein weiteres, äußerst geräumiges, Badezimmer befinden. Die Kombination aus modern und traditionell scheint im ganzen Haus omnipräsent zu sein.

Als wir nach der Besichtigung wieder die Treppe runter gehen, sagt Claudia: »Du kannst dich jetzt erst mal in aller Ruhe frisch machen. Komm dann einfach rüber; ich bin vorne in der Küche und bereite das Abendbrot vor.«

Ich gehe nach hinten in mein Zimmer, mache die Tür hinter mir zu und lasse meinen Blick durch den kleinen Raum schweifen. Es gibt ein Bett, eine Kommode und ein Fenster. Ein typisches Gästezimmer, bis auf die hellblauen Vorhänge und ein einziges Landschaftsbild an der Wand ohne großartige Deko. Nichts Besonderes, aber es ist sauber und es genügt mir, um es hier ein bis zwei Wochen auszuhalten.

Ich öffne meinen Koffer, den ich auf dem Bett platziert habe, und lege mir meinen bequemsten Jogginganzug raus. Er besteht aus einer weiten, grauen Baumwollhose und einem passenden Kapuzenpullover. Es ist die Art von Jogginganzug, die man nicht zum Sportmachen anzieht, sondern für gemütliche Fernsehabende auf dem Sofa.

Bevor ich hineinschlüpfe, beschließe ich kurzfristig, vorher noch schnell unter die Dusche zu springen. Also nehme ich noch Shampoo und Duschgel mit und gehe damit ins Bad.

Es ist das erste Mal an diesem Tag, dass ich länger als fünf Minuten für mich sein kann.

Ich seufze genüsslich, als das lauwarme Wasser über meine Schultern läuft und schnaufe erleichtert durch. Jetzt sind wir also hier – endlich!

Es ist Zeit, diesen ereignisreichen Tag Revue passieren zu lassen. In einer fast eintägigen Zugtour habe ich es mit Oma bis nach Sylt geschafft.

Noch Anfang dieser Woche hätte ich nicht mal im Traum daran gedacht, dass dies jemals möglich sein würde.

Ich war gefangen in meinem Alltagstrott, den ich nur noch aushielt, indem ich die Zähne zusammenbiss und hinnahm, was ich nicht ändern konnte. Seit dem Wiedereinzug bei meinen Eltern lebte ich mein Leben nicht mehr, sondern ertrug es einfach nur noch.

Nur durch die kurze Zwangspause und einen Zufall, mit dem ich überhaupt nicht gerechnet hatte, ergab sich die Gelegenheit, diese Reise mit Oma zu unternehmen und Claudia nach drei Jahren der Funkstille wieder zu sehen.

Erst jetzt, wo ich so weit von Zuhause weg bin, beginne ich allmählich, den ganzen Ärger und Stress der letzten zwei Monate in den Hintergrund zu verdrängen. Die räumliche Distanz hilft mir, auch mental Abstand zu Markus und seiner neuen Freundin zu gewinnen.

Ich nehme mir fest vor, nicht mehr an die beiden zu denken, solange ich hier auf Sylt bin. Und wenn ich wieder nach Hause zurückkomme, so hoffe ich, sind sie auch endlich komplett aus meinen Gedanken verschwunden.

Nach etwa 15 Minuten komme ich frisch geduscht aus dem Badezimmer. Meine Haare sind noch feucht und ich habe mir die Kapuze über den Kopf gezogen.

Oma war nicht mehr in ihrem Zimmer und ich gehe davon aus, dass bereits alle am gedeckten Esstisch auf mich warten.

Doch als ich nach kurzer Suche die Küchentür finde und eintrete, werde ich dort von Henning in Empfang genommen.

»Moin Melanie«, begrüßt er mich. »Schön, dass du´s auch mal zu uns hoch schaffst.«

»Hallo Henning«, entgegne ich, während er mich mit einer lockeren Umarmung willkommen heißt. »Wie geht´s dir?«

»Ganz gut. Und selbst?«

»Ganz okay.« Ich nicke, um meinen Worten Nachdruck zu verleihen. »Jetzt wo ich bei euch bin, auf jeden Fall besser.«

»Das freut mich. Du kannst schon mal zu den anderen ins Esszimmer.« Er deutet zur Tür auf der gegenüberliegenden Seite der Küche. »Ich muss noch schnell die Kartoffeln aus dem Ofen holen, dann komm ich auch.«

Ich nicke ihm abermals zu und gehe dann durch die Tür ins Esszimmer.

Oma und die Kinder sitzen schon wie erwartet am Tisch. Claudia ist gerade dabei, Getränke einzuschenken.

Und dann steht da auch noch dieser gutaussehende Mann neben ihr.

Er ist etwa anderthalb Köpfe größer als ich, hat kurze, dunkelblonde Haare und einen Dreitagebart. Als ich den Raum betrete, beäugt er mich mit einem offenen Lächeln und kommt direkt auf mich zu.

»Du musst Sven sein«, sage ich, noch bevor er selbst etwas hervorbringen kann.

Dabei ziehe ich mir schnell die Kapuze meines Pullovers vom Kopf, weil mir gerade erst klar wird, wie Ninja-mäßig verhüllt ich damit zum Abendessen auftauche.

»Richtig. Freut mich, dich kennen zu lernen, Melanie.«

Er reicht mir die Hand und ich greife danach. Seine Hände sind ziemlich groß und fühlen sich rau an. Trotz seines recht kräftigen Händedrucks, quetscht er mir nicht die Finger zusammen und hält sie auch nicht lange fest.

Beim Einatmen fällt mir auf, dass auch er gerade erst aus der Dusche kommt. Das erklärt auch sein legeres Outfit, denn zu einem T-Shirt und Trainingsshorts trägt er lediglich Badelatschen an den Füßen. Unter seinem Shirt zeichnen sich seine Muskeln ab, im Brustbereich und an den Ärmeln spannt es sich sogar ein bisschen.

Ich versuche gerade einzuschätzen, ob seine Oberarme allein von der körperlichen Arbeit so stark geworden sind oder ob er durch massives Hanteltraining nachgeholfen hat, als mich die Stimme meiner Schwester aus meinen Gedanken reißt.

»Ihr könnt euch ruhig schon mal hinsetzen, wir fangen gleich an!«

Mein Kopf wirbelt herum und Claudia verschwindet just in diesem Moment in der Küche.

»Du hast sie gehört. Hier, bitte ...« Sven zieht den freien Stuhl, rechts neben Oma, vom Tisch hervor und weist mich mit einem Blick an, darauf Platz zu nehmen.

»Oh, danke.«

Ich trete vor ihn und spüre plötzlich, wie Sven mich von oben bis unten abscannt. Er bleibt hinter mir stehen, bis ich auf dem Stuhl sitze, dann lässt er sich links von mir nieder.

Jetzt kommt auch Claudia dazu und setzt sich uns gegenüber zwischen Marie und Elias.

Henning stellt eine Schüssel mit den Ofenkartoffeln auf den Tisch und nimmt seinen Platz an der Stirnseite des Tischs ein.

»Lasst es euch schmecken«, gibt Claudia nun das Zeichen, mit dem Essen beginnen zu können.

Ich nehme mir zwei dampfende Kartoffeln und ehe ich mich versehe, wird mir auch schon der Brotkorb von rechts weitergereicht.

»Claudis selbstgebackenes Brot ist der Hammer«, schwärmt Sven nebenbei. »Das darfst du dir nicht entgehen lassen.«

Als alle versorgt sind, fangen Claudia und Henning an, Oma und mir Fragen zu unserer Zugreise zu stellen. Wir erzählen ihnen, was wir alles erlebt haben und erfahren bald darauf, was heute auf dem Pferdehof anstand.

»Wir waren heute mit den Feriengästen zum Ausritt unterwegs«, berichtet Claudia. »Das machen wir jeden Mittwoch und Samstag.«

»Da trifft es sich übrigens gut, dass du jetzt da bist«, gibt mir Sven zu verstehen und stößt mich dabei sanft mit dem Ellbogen in die Seite. »Dann kannst du nächste Woche an meiner Stelle mit zum Ausritt.«

»Mal sehen«, raune ich mit halbvollem Mund zurück. Dann schaue ich nacheinander in die Gesichter von Claudia und Henning. »Geht ihr da jedes Mal alle drei mit?«

»Nein, nein«, winkt meine Schwester ab. »Aber zwei von uns müssen schon immer dabei sein. Meistens ich … Henning und Sven wechseln sich normalerweise ab.«

»Ihr beide könnt aber auch zusammen gehen, dann kann Claudia solange etwas Zeit mit ihrer Großmutter verbringen«, schlägt Henning vor, wobei er Sven und mich herausfordernd ansieht.

Aus dem Augenwinkel glaube ich zu erkennen, wie sich Svens Lippen zu einem Lächeln formen.

Und auch ich hätte nichts dagegen, mit ihm zusammen etwas zu unternehmen – aber zu einem Ausritt werde ich mich nicht überreden lassen. Keine zehn Pferde würden mich dazu bringen, auf eines hinauf zu steigen.

»Ich kann aber gar nicht reiten«, gestehe ich daraufhin und hoffe, nicht allzu großes Gelächter dafür zu ernten.

»Das macht gar nichts«, wiegelt Claudia ab. »Bei unseren Ausritten mit den Kindern reiten wir nicht selbst. Wir führen die Pferde nur, auf denen die Kinder sitzen.«

»Aber wenn du willst, kannst du dich auch auf ein Pferd draufsetzen«, bietet mir Sven an, »ich würde auch die Zügel halten und aufpassen, dass du nicht runterfällst.«

»Nein, danke – nicht nötig«, platzt es aus mir heraus.

Im nächsten Augenblick verfluche ich mich innerlich dafür. Auch wenn er sein Angebot nicht ganz ernst ausgedrückt hat, hätte ich es nicht in so schroffem Ton ablehnen müssen. Jetzt denkt er bestimmt, ich hätte weder an seiner Gesellschaft noch an den Pferden Interesse.

»Du kannst natürlich auch die Möglichkeiten, die wir hier haben, nutzen und das Reiten ein bisschen üben«, bietet mir Henning nun an. Er und Claudia tauschen daraufhin einen merkwürdigen Blick aus.

»Ich hätte eher mal wieder Lust auf eine längere Fahrradtour«, setze ich dagegen und probiere so, das Thema zu wechseln. Es muss ja nicht sein, dass Sven schon gleich am ersten Abend von meinem eher schwierigen Verhältnis zu Pferden erfährt.

»Das ist auch kein Problem«, kommt mir meine Schwester zu Hilfe. »Hier auf der Insel kann man wunderbar Fahrradfahren und ich hab sogar noch ein altes in der Scheune, das du nehmen kannst. Wir müssten vorher nur mal die Reifen überprüfen und eventuell aufpumpen.«

»Optimal! Dann lass uns morgen doch gleich eine Tour machen!«, gebe ich ein wenig zu überschwänglich zurück.

Doch Claudia bremst mich vorerst in meinem Unternehmungsdrang: »Nur wir beide oder mit den Kindern? Du willst doch bestimmt zügig vorankommen; da würde ich vorschlagen, dass wir in den nächsten Tagen mal zu zweit eine Fahrradtour unternehmen. Aber dann vormittags, wenn Marie und Elias in der Schule und im Kindergarten sind. Und Oma müsste sich solange ja auch irgendwie anders beschäftigen.«

»Von mir aus können wir die Kinder gern mitnehmen«, schlage ich schulterzuckend vor.

»Und ich kann mich tatsächlich auch einen Nachmittag alleine beschäftigen«, stellt Oma jetzt klar. »Es macht mir gar nichts aus, wenn ich morgen hierbleibe und mich erst mal von der Reise erhole. Außerdem hab ich doch extra zwei neue Sylt-Krimis mitgenommen, damit mir nicht langweilig wird.«

»Ach Oma, du bist doch nicht ernsthaft davon ausgegangen, dass es dir bei uns langweilig wird«, lacht Claudia, und ich falle in ihr Lachen mit ein.

»Was sagt ihr, Kinder?«, fragt Henning nun an Elias und Marie gerichtet. »Wollt ihr morgen ´ne Fahrradtour mit Mama und Tante Melanie machen?«

Sie nicken nur mäßig begeistert mit den Köpfen.

Bestimmt wegen mir, denke ich zerknirscht.

Doch ich weiß, dass man Frustration am besten besiegt, indem man ins Handeln kommt. Deshalb nehme ich mir vor, bei der morgigen Fahrradtour das Vertrauen der Kids zu gewinnen. Ich will von ihnen nicht mehr als Fremde, sondern als ihre Tante wahrgenommen werden. Und diesen Status zu erreichen, liegt allein in meiner Hand.

»Mama, ich bin fertig«, vermeldet Elias kurz darauf, und hält Claudia stolz seinen leeren Teller unter die Nase. »Darf ich jetzt aufstehen und spielen?«

»Willst du nichts mehr essen, Elias?«, hakt sie prüfend nach.

Er schüttelt den Kopf.

»Dann warte noch kurz, bis deine Schwester auch aufgegessen hat.«

Aber Marie piekt mit ihrer Gabel nur noch lustlos in einer zerstampften Kartoffel herum.

»Ich mag nichts mehr essen«, sagt sie nach kurzem Zögern.

Claudia verdreht die Augen in alle Richtungen. »Na gut, dann geht spielen.«

Nach dem Essen räumen wir Erwachsenen gemeinsam den Tisch ab, danach helfe ich Claudia, die Küche sauber zu machen.

Die Männer verabschieden sich noch mal nach draußen, während Oma von den Kindern ins Wohnzimmer gerufen wird.

Claudia räumt mit ein paar flinken Handgriffen die Spülmaschine ein. Genauso wie bei unserer Mutter hat auch bei ihr jede Art von Geschirr einen eigenen Platz und muss ganz genau nach Plan einsortiert werden. Dann lässt sie Wasser ins Spülbecken ein und gibt einen Spritzer Spülmittel dazu.

Auf der Arbeitsplatte stehen nur noch ein paar Utensilien, die Claudia zum Brotbacken benutzt hat. Sie erzählt ein paar Takte über ihr neues Hobby, durch das Henning sich morgens den Weg zur Bäckerei spart – dann wird es auf einmal still in der Küche.

Es ist das erste Mal seit gefühlten Ewigkeiten, dass ich mit meiner Schwester allein bin.

Ich frage mich, ob eine Aussprache in diesem Augenblick angemessen wäre. Am Bahnhof war ich froh, dass wir beide nichts sagen mussten, aber jetzt finde ich, dass der Zeitpunkt dafür erreicht ist und wir ihn nicht verstrichen lassen sollten.

Aber ich will es ihr überlassen, damit anzufangen. Obwohl sie mit Sicherheit längst dazu bereit wäre, möchte ich, dass sie sich aus freien Stücken dazu entschließt, über ein so schwieriges Thema zu sprechen.

Um nicht verloren im Weg herum zu stehen, nehme ich mir ein Geschirrhandtuch, das an einer Seite des Kühlschranks hängt und stelle mich neben Claudia in Position.

Sie nimmt eine mit Teigresten benetzte Backform und taucht sie ins Spülwasser.

Das macht sie so langsam, dass es mir wie in Zeitlupe vorkommt. Die Zeit scheint dabei geradezu still zu stehen und meine Gedanken schweifen ab.

»Was macht eigentlich ein Stallknecht?«, bricht es im nächsten Moment aus mir heraus.

»Ein Stall…« Claudia lacht auf und verschluckt sich gleichzeitig. »Du meinst Sven, weil ich gesagt hab …?«

»Du sagtest, er wär euer Stallknecht.« Doch ich erinnere mich richtig und verbessere mich schnell: »Stall*bursche*, sorry.«

»Ja, naja …«, fängt sie zögerlich an. »Er hilft uns halt mit den Tieren und packt mit an, wenn´s irgendwas zu reparieren gibt. Und er hat wirklich ein Händchen für Pferde, das muss man ihm lassen.«

»Und wie kommt es, dass Sven bei euch wohnt? Du meintest, er wohnt auch bei euch auf dem Hof …«

»Ja, das stimmt«, bestätigt Claudia mit einem Nicken.

»Also in dem Ferienhaus?«, bohre ich weiter.

Im Haupthaus hat sie mir schließlich alles gezeigt, und dort habe ich kein Stallburschen-Zimmer entdeckt.

»Nein, also eigentlich …«, merkwürdigerweise kann sie sich gerade weder ihr Grinsen noch ein ungläubiges Kopfschütteln verkneifen, »… wohnt Sven in seinem Wohnwagen hinter dem Haus. Man sieht den Wohnwagen nicht, wenn man im Hof steht, und das ist auch so beabsichtigt. Unsere Feriengäste erwarten sowas nämlich nicht bei einem Urlaub auf Sylt.«

Mir rutscht vor Fassungslosigkeit das Geschirrtuch aus der Hand.

Als ich es aufhebe, bemerke ich, dass Claudia schon mehrere Sachen abgespült hat. Darauf hatte ich überhaupt nicht mehr geachtet, seit Sven zu unserem Gesprächsthema wurde.

»Ja, und äh … wie hat sich das ergeben?«, frage ich hörbar verblüfft, ehe ich mit dem Abtrocknen anfange.

»Henning und Sven sind schon seit ihrer Kindheit miteinander befreundet. Sie sind zusammen in Husum aufgewachsen. Sven ist allerdings mehrere Jahre um den ganzen Globus getingelt. Ich hab ihn zwar schon kennen gelernt, bevor er zu seiner ersten Weltreise aufgebrochen ist, aber danach war er erst mal für einige Zeit weg.«

»Wie lange genau?«, höre ich mich unabänderlich fragen.

»Acht oder neun Jahre.«

»Und seit wann ist er jetzt wieder hier?«

Oh nein, was soll das? Das kommt ja so rüber, als würde ich sie über ihn ausfragen. Ich will eigentlich gar nicht so neugierig sein, aber aus irgendeinem Grund kann ich nicht genug über diesen Mann erfahren.

Auf gewisse Art und Weise ist er aber auch eine ausgesprochen interessante Person. Ich hoffe nur, dass Claudia sich nichts auf mein übersteigertes Interesse einbildet.

Aber sie schöpft offenbar keinen Verdacht und spricht ganz lässig weiter: »Seit zwei Jahren. Henning und er hatten aber die ganze Zeit über Kontakt gehalten. Und eines Tages ist er dann eben hier auf Sylt mit seinem Wohnwagen aufgeschlagen.«

Ich will unbedingt noch einmal wegen seiner Funktion auf dem Hof nachhaken. Er ist der *Stallbursche* ... Klar, was soll er sonst sein? Wenn er sich so viel Zeit mit Weltenbummeln vertrieben hat, blieb ihm die Möglichkeit auf sowas wie eine Berufslaufbahn wohl oder übel verwehrt.

»Den ersten Sommer hat Sven noch auf dem Campingplatz verbracht«, berichtet Claudia weiter. »Als es kälter wurde, haben wir ihn dann zu uns geholt. Und im Winter schläft er auch schonmal bei uns im Haus oder in einer der Ferienwohnungen. Da ist dann meistens sowieso nicht alles belegt.«

»Und wie ist das mit der Arbeit ... ich meine, ist er bei euch angestellt?«, versuche ich mich, so sachlich wie möglich heranzutasten.

Naiv wie ich bin, bilde ich mir ein, Claudia würde davon ausgehen, dass mein Interesse nicht privater Natur rührt, solange ich vorrangig berufliche Fragen stelle.

»Nein, Sven ist nicht bei uns angestellt oder dergleichen«, bemüht sich meine Schwester um eine Erklärung. »Das läuft ganz normal auf brüderlicher Basis zwischen ihm und Henning ab.«

Mit halb geöffnetem Mund wäge ich ab, ob ich weiter nachbohren kann oder es besser dabei belassen sollte.

Was soll das heißen: ›auf brüderlicher Basis?‹ Meint sie damit, dass Sven unangemeldet bei ihnen arbeitet? Ich kenne mich nicht mit Schwarzarbeit aus, aber ich weiß, dass man sich damit ganz schön viel Ärger einhandeln kann.

Ich komme gerade auf die Idee, Claudia darauf aufmerksam zu machen, um sie hoffentlich zum Weiterreden zu bewegen, als völlig unverhofft die Küchentür aufschwingt.

Mit einem gediegenen »Moin« betritt Henning den Raum. Er nähert sich Claudia, umarmt sie von hinten und drückt ihr einen Kuss auf die Wange.

Dann kommt auch noch Sven hinter ihm in die Küche – ich fühle mich ertappt.

Immerhin haben wir mittlerweile Claudias Backutensilien abgetrocknet und weggeräumt.

»Ich schaue mal nach Oma und den Kids«, teile ich allen dreien mit.

Anschließend hänge ich das feuchte Geschirrtuch an den Kühlschrank und gehe hinüber ins Wohnzimmer.

Kapitel 7

Nach einer traumlosen Nacht erwache ich am nächsten Morgen erst, als im Esszimmer bereits der Frühstückstisch gedeckt wird. Noch nicht mal im Bad angekommen, steigt mir schon im Flur der Duft von Kaffee von frisch gebackenen Brötchen in die Nase.

Nachdem Claudia am Vorabend die Kinder ins Bett gebracht hatte, saßen wir mit Oma, Henning und Sven noch bis 23 Uhr im Wohnzimmer.

Dabei unterhielten wir uns über Gott und die Welt, trotzdem kam ich nicht dazu, noch einmal nachzufragen, was es denn jetzt mit Svens ominösem Arbeitsverhältnis auf dem Reiterhof auf sich hat.

Dafür erfuhr ich so einiges über seine Weltreisen. Sven hat tatsächlich sämtliche Kontinente besucht und wusste auch zu jeder noch so abgelegenen Gegend eine spannende Geschichte zu erzählen.

Nach dem Frühstück geht es nach draußen. Claudia will Oma und mir endlich den Hof zeigen und uns ihre Tiere vorstellen.

Neben den Pferden, die Henning und Sven schon am frühen Morgen auf die Weide gebracht haben, halten sich die Johannsens einige Hühner, deren Stall sich unter dem Vordach der Scheune befindet. Die Scheune dient heutzutage hauptsächlich als Garage und Lagerschuppen, außerdem hat Henning dort eine kleine Werkstatt untergebracht.

Ebenfalls in der Scheune befindet sich die Hundehütte von Husky-Labrador-Mischling Oskar, der nun fröhlich neben uns herspringt.

Darüber hinaus leben auf dem Pferdehof noch zahlreiche Katzen. Es sind mittlerweile so viele, dass Claudia die genaue Anzahl selbst nicht mehr weiß.

»Die haben hier schon gelebt, bevor wir den Hof übernommen haben«, erzählt sie. »Am Anfang waren es fünf Katzen und wir dachten, es wäre nichts dabei, sie alle zu behalten. Wir haben sie nur einmal am Tag gefüttert, aber wahrscheinlich hätten wir gar nicht erst damit anfangen sollen. Sie haben sich seitdem schneller vermehrt, als wir mit dem Zählen hinterhergekommen sind.«

Ich blicke verwundert zu Oskar, der sich offenbar gar nicht für seine samtpfotigen Mitbewohner interessiert.

Claudia nimmt dies grinsend zur Kenntnis und erklärt: »Als er noch kleiner war, hat er sie manchmal über den Hof gejagt, aber irgendwann wurden es so viele, dass es ihm wohl keinen Spaß mehr gemacht hat. Er hat sich dann aber auch schnell an sie gewöhnt und mittlerweile ist er froh, wenn er von ihnen in Ruhe gelassen wird.«

Ein paar junge Katzen tollen verspielt vor dem Stall herum. Marie und Elias folgen ihnen sichtlich vergnügt und wedeln mit dünnen Ästen vor ihren Nasen herum. Die Katzenkinder schnappen mit ihren Tatzen danach und flitzen ihnen hinterher, als würden sie für die Mäusejagd trainieren.

Wir Erwachsenen bleiben an der Koppel stehen und begutachten die Huftiere, die auf der Wiese herumtraben. Auf der Weide grasen nicht nur die normalen, riesigen Pferde, sondern auch kleinere Ponys. Außerdem fällt mir ein Pferd auf, das etwas kleiner ist als die anderen – aber größer als die Ponys – und deutlich längere Ohren hat.

»Ist das eine andere Rasse?«, frage ich meine Schwester und deute auf das Tier.

»Das ist ein Maultier, es trägt den Namen Erik. Eine Kreuzung zwischen Esel und Pferd. Er ist schon ziemlich alt und lebt schon viel länger auf dem Hof als wir. Hennings Onkel hatte damals noch mehr von denen, er hat sie sogar eine Zeitlang gezüchtet. Aber die anderen hat er alle verkauft und nur Erik behalten.«

»Und die Stute hier erwartet wahrscheinlich Nachwuchs«, stellt Oma fest und zeigt dabei auf ein hellbraunes Pferd mit rundem Kugelbauch.

»Ja, stimmt«, gibt Claudia kopfnickend zurück. »Das ist Svea, sie bringt demnächst ihr erstes Fohlen zur Welt.«

Dann schnalzt sie mit der Zunge, woraufhin die schwangere Stute auf uns zu kommt und sich von ihr bereitwillig über die Schnauze streicheln lässt.

Ich trete automatisch einen Schritt zurück, obwohl das Pferd durch einen stabilen Holzzaun von uns getrennt ist. Aber wer weiß, ob es nicht doch plötzlich über das Gatter springt? Wobei das mit dem dicken Bauch vermutlich nicht so leicht zu bewerkstelligen ist – aber es ist mir dennoch nicht ganz geheuer.

»Ja, Svea – du bist eine ganz Liebe«, lobt Claudia die Stute. Im Anschluss daran wendet sie sich wieder mir zu: »Hast du immer noch solche Angst vor Pferden?«

»Ich bin nach wie vor einfach vorsichtig bei so großen Tieren«, probiere ich einer klaren Antwort aus dem Weg zu gehen.

Nun kommen auch noch zwei andere Pferde an den Zaun und Oma fängt an, die beiden am Kopf zu streicheln.

»Die hätten sich wohl über ein paar Äpfel oder Karotten gefreut«, sagt sie mit mütterlichem Lächeln.

»Die bekommen sie später noch«, erwidert Claudia abwinkend. »Jetzt sollen sie sich erst noch mit Gras satt fressen.« Und dann richtet sie sich wieder an mich: »Hast du nie darüber nachgedacht, dich wegen deiner Pferdephobie behandeln zu lassen?«

»Behandeln?«, wiederhole ich stockend. Ich weiß gar nicht, was ich auf diese Frage antworten soll, weil ich selbst noch nie darüber nachgedacht habe. »Meinst du etwa, bei ´nem Psychologen?«

»Nicht unbedingt. Ich würde es vielleicht eher mit Hypnose probieren oder mal bei einem Naturheilpraktiker nachfragen.«

»Aha.« Meine Schwester hat ja mal wieder tolle Ratschläge auf Lager. Sie hat mir früher schon immer die besten Tipps gegeben (Vorsicht Ironie!). Ich verziehe das Gesicht und setze mit grenzwertiger Stimme hinterher: »Das ist doch Quatsch, ich hab keine Pferdephobie. Ich bin wie gesagt nur vorsichtig. Immerhin weiß ich aus eigener Erfahrung, dass diese Tiere unberechenbar sind.«

Claudia lacht schallend auf: »Unberechenbar! Mein Gott, Melli! Ein wilder Tiger ist vielleicht unberechenbar! Meinetwegen auch ein Wolf oder ein Grizzlybär ... aber doch nicht unsere Pferde! Und wenn du keine Pferdephobie hast, brauchst du auch keine zwei Meter Sicherheitsabstand halten. Die machen dir nichts – schon gar nicht, wenn sie hinter dem Zaun stehen.«

»Ich will nur nicht noch mal von so ´nem Gaul getreten werden. Reicht das als Erklärung?«

»Das wird im Normalfall auch nicht passieren, solange du die Tiere nicht erschreckst. Außerdem ist das über 20 Jahre her – ich finde, so langsam solltest du mal darüber hinweg kommen.«

Ich puste geräuschvoll die Luft zwischen meinen Lippen heraus, bis meine Lungen komplett leer sind. Einen tiefen Atemzug später gebe ich murrend zurück: »Meine Phobie, wie du es nennst, war all die Jahre überhaupt kein Problem für mich. Ich muss mich nur von den Viechern fernhalten, dann merke ich auch nichts davon.«

»Dann verpasst du aber was, das kannst du mir glauben.«

»Kann sein, aber bisher hab ich noch nichts vermisst«, setze ich trotzig dagegen.

»Jetzt ist aber wieder gut, Mädchen«, schaltet sich Oma nun schlichtend ein.

Sie befürchtet schon den nächsten großen Streit zwischen ihren Enkelinnen und diese Sorge wollen weder ich noch Claudia anschüren, also belassen wir es lieber dabei.

Wir wenden uns wieder von der Pferdekoppel ab und schlendern in Richtung Ferienhaus.

Claudia erzählt uns, dass sie und Henning eine Putzfrau beschäftigen, die für sie die Ferienwohnungen reinigt, sobald die Gäste abgereist sind.

»Es ist eine Art Ein-Frau-Putzdienst. Sie ist Ende vierzig und selbstständig. Sie putzt auch nicht nur bei uns, sondern noch viele andere Ferienwohnungen auf Sylt. Mittlerweile ist sie auf der ganzen Insel bekannt. Nicht nur für ihre Dienstleistungen, sondern auch wegen ihrer unkonventionellen Art.« Auf unsere fragenden Blicke hin, ergänzt sie: »Ende der Woche kommt sie das nächste Mal. Wartet mal ab – wenn ihr sie kennen lernt, wisst ihr, was ich meine.«

Als gegen Mittag die Sonne rauskommt, brechen wir auf zu unserer Fahrradtour.

Claudia hat zwei große Tupperdosen mit belegten Broten gerichtet und in einer Tasche in ihrem Fahrradkorb verstaut.

Zuvor haben wir schon ihr altes Fahrrad aus der Scheune geholt und die Reifen aufgepumpt. Es ist ein einfaches Damenrad mit sieben Gängen, Rücktritt und nur einer Handbremse.

Ein bisschen ungewohnt für mich, aber für die kurze Strecke sollte es mehr als ausreichen.

Sie selbst fährt ein modernes Crossbike mit Fahrradkorb und Gepäckträger.

Doch für die Räder ihrer Kinder habe ich sogar noch mehr Bewunderung übrig. Maries Fahrrad könnte kaum mädchenhafter sein. Es ist in den Farben Rosa und Weiß gehalten und am Lenker ist ein kleiner Korb mit einer niedlichen Schleife angebracht.

Ebenso wie seine Schwester durfte sich auch Elias sein Fahrrad selbst aussuchen. Claudia erzählt mir, dass er es zu seinem fünften Geburtstag bekommen hat. Sie und Henning waren geradezu verblüfft, wie schnell er in der darauffolgenden Zeit gelernt hatte, ohne Stützräder zu fahren.

Schmunzelnd nehme ich den Schriftzug ›POLIZEI‹ zur Kenntnis, mit dem die Mittelstange des blau-weißen Kinderfahrrads beschriftet ist. Natürlich muss ich dabei sofort an meine beiden Besuche im Stuttgarter Polizeipräsidium denken.

Als Elias seinen farblich dazu passenden Helm aufgesetzt hat, schaut er mich mit ernstem Gesicht an und erklärt mir: »Das ist in Wirklichkeit ein Polizeimotorrad. Guck!« Er deutet dabei auf den Schriftzug, als ob er mir das Wort vorlesen würde: »Po-li-zei.«

Es ist das erste Mal, dass er mich von sich aus anspricht.

Gleichermaßen überrascht und erfreut antworte ich: »Ja, das ist auf jeden Fall ein Polizeimotorrad. Polizisten fahren nämlich kein Fahrrad.«

Auch Maries Helm hat dieselben Farben wie ihr kleiner Drahtesel. Nachdem sie und schließlich auch Claudia ihre Helme auf dem Kopf sitzen haben, wendet nun auch sie sich erstmals direkt an mich: »Du musst auch einen Helm aufsetzen. Sonst kriegst du eine Gehirnerschütterung, wenn du hinfällst.«

Ich lächle betreten und spüre, wie ich augenblicklich in Erklärungsnot gerate. »Ähm, ja. Ich hab meinen Fahrradhelm leider zuhause vergessen.«

Zum Glück rettet mich Claudia mit einer Notlüge, die eigentlich der Wahrheit entspricht und so logisch erscheint, dass ich selbst nicht darauf gekommen wäre: »Melli fällt nicht hin, mein Schatz. Sie hat das Fahrradfahren 25 Jahre lang geübt und ist die beste Radfahrerin, die ich jemals gesehen habe.«

»Boar – 25 Jahre!«, kommt es von ihrer Tochter staunend zurück.

Und auch Elias starrt mich daraufhin an, als hätte ich freihändig die Tour de France gewonnen.

»Ja, ganz schön lange«, fährt Claudia fort. »Wenn du auch mal so lange Fahrrad fährst, darfst du auch ohne Helm fahren, wenn du willst.«

»Das mach ich!«, ruft Marie nun voll motiviert und schwingt sich auf den Sattel.

Ich frage mich, ob sie verstanden hat, dass es sich bei den ›25 Jahren‹ um eine Zeitangabe handelt. Im Moment kommt es mir nämlich so vor, als ob sie glaubt, sie müsse nur eine bestimmte Entfernung zurücklegen, um ohne Kopfschutz radeln zu dürfen.

Das erinnert mich sogleich daran, wie wenig Ahnung ich scheinbar von Kindern habe.

Ich glaubte ja immer, dass ich gut mit Kindern umgehen könnte und eine super Mama abgeben würde. Obwohl ich in meinem normalen Leben nur auf der Arbeit mit Kindern in Kontakt komme – denn auch in meinem engeren Freundeskreis gibt es bisher noch keine Eltern.

Marie ist in der zweiten Klasse; es fällt mir schwer abzuschätzen, wie viel sie weiß oder ob sie die Dinge im richtigen Zusammenhang versteht.

Ich kann mich auch kaum daran erinnern, wie schlau – oder nicht schlau – ich selbst in ihrem Alter war.

Aber nach kurzer Überlegung komme ich dann doch zu dem Entschluss, dass Marie sehr wohl den Unterschied zwischen Jahren und Kilometern kennt.

»Also gut, dann radeln wir mal los«, gibt Claudia das Signal zum Aufbrechen. »Und immer schön hinter mir bleiben, Kinder.«

Wir fahren vom Hof. Claudia voraus, danach Elias und Marie und ich hinterher.

Unser Ziel ist der Spielplatz am Ortrand von Tinnum. Da sich meine Schwester schon denken kann, wie unspektakulär dessen Besichtigung für mich sein muss, hat sie mir bereits angeboten, unter der Woche zu zweit noch eine längere Radtour zu unternehmen.

Ihre Vorschläge zu möglichen Zielorten reichen vom Rantumbecken und die Sansibar über den Strand in Westerland bis zum Leuchtturm ›Langer Christian‹ und irgendwelchen Steingräbern.

Im Endeffekt könnten wir mit dem Fahrrad die komplette Insel erkunden und bis nach List hochfahren. Claudia findet, dass sich sogar das durchaus lohnen würde.

Und ich kann mir das durchaus vorstellen.

Auch wenn wir leider nicht am Meer entlang radeln, sondern uns ziemlich in der Mitte der Insel befinden, genieße ich die angenehme Seeluft und den Wind, der mir durch die Haare weht.

Während ich Claudia und den Kindern in gemütlichem Tempo hinterher rolle und den Blick über das Flachland wandern lasse, beginne ich darüber nachzudenken, was Sven wohl gerade macht.

Ich bin ihm heute nur einmal kurz über den Weg gelaufen, als Claudia in der Küche unsere Verpflegung zusammengepackt hat. Er hatte sich eine Tasse Kaffee geholt und erzählt, er würde nachher gleich wegfahren.

Wo er an einem Sonntagmittag wohl hin will? Hat er vielleicht eine Freundin?

Ich erwische mich dabei, wie ich hoffe, dass dies nicht der Fall ist.

Was soll das, Mel?

Ich kenne diesen Mann noch keine 24 Stunden und schaffe es nicht mal, ihm sein Glück zu gönnen. Oder liegt es etwa an etwas anderem, dass ich mir wünsche, er wäre Single?

Ich schüttle mit dem Kopf, als wollte ich dadurch meine Gedanken ordnen – aber es hilft nichts.

Mein Gehirn weigert sich standhaft, das zu tun, was es tun soll und zwingt mich, weiter zu erörtern, ob es möglich ist, dass Sven eine Freundin hat.

Warum frage ich ihn nicht einfach, wenn mich das so brennend interessiert?

Blödsinn, sage ich mir.

Wenn er eine Freundin hätte, wäre er doch schon gestern Abend zu ihr gefahren. Oder kann es vielleicht sein, dass sie samstagabends arbeitet. Wenn sie in der Tourismusbranche tätig ist, wäre das sicherlich möglich.

Egal, wie ich es drehe und wende; ich komme zu keinem befriedigenden Ergebnis.

Es macht keinen Sinn, sämtliche Möglichkeiten abzuwägen. Am besten, ich lenke mich erst mal ab!

Ich trete die Pedale durch; sause erst an Marie und Elias und schließlich an Claudia vorbei.

»Fangt mich, wenn ihr könnt!«, rufe ich dabei.

»Warte! Du weißt doch gar nicht, wo du hinmusst!«, ruft mir Claudia hinterher.

»Ich komm schon zurecht!«

Und Tatsache: Wenig später taucht eine Ortschaft vor mir auf, bei der es sich eigentlich nur um Tinnum handeln kann.

Ich bleibe stehen und drehe mich um. Schon bald sehe ich erst Marie, danach auch Claudia und Elias näherkommen.

»Gewonnen!«, jubelt Marie, als sie neben mir zum Stehen kommt.

»Du warst ja schnell«, sage ich. »Weißt du, wo wir jetzt lang müssen?«

»Ja, aber wir müssen dann über die Straße und über den Bahnübergang. Deshalb sollten wir lieber noch auf Mama warten.«

»Du hast recht, Marie. Ich kenne mich hier nicht aus und wenn wir jetzt einfach abhauen, macht sich Mama bestimmt Sorgen.«

Claudia und Elias haben uns bald darauf eingeholt und wir setzen zu viert unseren Weg zum Spielplatz fort.

Er befindet sich zwischen Bäumen versteckt in einem Wohngebiet. Es ist wirklich ein lauschiges Plätzchen mit schönen Spielgeräten. Neben Schaukeln und einer Wippe gibt es eine kleine Kletterburg mit Hängebrücken.

Die Kinder springen gleich los, während Claudia ihre Tasche aus dem Fahrradkorb nimmt.

»Die Räder brauchen wir hier nicht abschließen«, teilt sie mir dabei mit. »Das ist hier ein wenig anders als in Stuttgart.«

»Was soll das denn heißen?«, gebe ich künstlich empört zurück.

»Na, das was es heißt. Oder willst du mir etwa erzählen, dir wäre in Stuttgart noch nie was geklaut worden?«

Ich brauche nur eine Sekunde, in der mir drei Diebstähle gleichzeitig einfallen, denen ich in meiner Heimat allein in den letzten zehn Jahren zum Opfer fiel. »Nein, will ich nicht.«

Claudia wirft mir ein vielsagendes Grinsen zu. »Siehst du.«

Wir setzen uns auf eine Bank, wo wir die mitgenommenen Brotschnitten und unsere Trinkflaschen auspacken.

»Elias, Marie! Kommt her, essen!«, ruft Claudia ihre Kinder zu Tisch.

Ein wenig widerwillig – sie brauchen noch zwei weitere Aufforderungen, ehe sie ihr Spiel unterbrechen – kommen Elias und Marie angerannt.

»Marie ist ein waschechtes Inselkind, sie ist noch auf Sylt geboren«, beginnt Claudia zu erzählen, nachdem wir gegessen haben und die Kinder wieder auf der Kletterburg herumspringen. »Ein Jahr später hat das Krankenhaus die Geburtsstation geschlossen, deshalb ist Elias dann auf dem Festland zur Welt gekommen.«

Sie berichtet weiter, dass sie zwei Wochen vor dem Geburtstermin in der Nähe der Flensburger Klinik untergebracht wurde, bis es soweit war.

Das sind zwar alles Geschichten, die ich irgendwann schon mal beiläufig von meinen Eltern aufgeschnappt habe, aber von Claudia persönlich davon zu hören, ist dann doch noch mal was anderes.

»Die Schulen und Kindergärten sind halt alle in Westerland«, erklärt sie wenig später. »Wir müssen sie jeden Morgen hinbringen und mittags wieder abholen. Das ist ab und zu ein bisschen stressig, aber es wäre nie im Leben ein Grund für uns, die Insel zu verlassen. Es ist einfach viel zu schön hier, um unser Leben hier aufzugeben. Außerdem haben Henning und ich uns ja auch was aufgebaut und letzten Endes unseren Lebenstraum erfüllt.«

Dann gehen wir dazu über, Pläne für den morgigen Vormittag zu schmieden. Claudia möchte Oma und mir Westerland zeigen und hat bereits mehrere Ideen parat, was dabei auf jeden Fall mit auf der Liste stehen muss.

Wir unterhalten uns gerade noch über verschiedene Geschäfte und Sehenswürdigkeiten, als sie völlig abrupt – so kommt es mir zumindest vor – das Thema wechselt und auf Markus und mich zu sprechen kommt.

»Wie war das denn jetzt eigentlich mit euch?«, will sie auf einmal wissen.

Da sie relativ unerwartet zu diesem Themenwechsel anstößt, reagiere ich dementsprechend perplex. »Er ist halt ein dämliches Arschloch«, presse ich ohne nachzudenken hervor.

Claudia schaut mich daraufhin an, als ob das für sie absolut keine Neuigkeit ist. Und ich bin froh, dass sie es sich erspart, mich daran zu erinnern, dass sie mir das so ähnlich schon vor ein paar Jahren gesagt hat.

Stattdessen wartet sie ab, was ich meiner Äußerung noch hinzufügen möchte.

Ich schnaufe tief durch und überlege mir, ob ich sie mit der Kurzfassung abspeisen soll oder mich dazu imstande fühle, die ganzen Geschehnisse der letzten zwei bis drei Monate chronologisch aufzurollen.

»Hätte ich mir meine Trennung nach einer neunjährigen Beziehung ausmalen müssen, wäre ich nie und nimmer darauf gekommen, dass die so asozial ablaufen würde, wie es sich in Wirklichkeit ergeben hat«, leite ich meine Abhandlung kopfschüttelnd ein.

Und noch im selben Augenblick wird mir klar, dass ich mich soeben für die lange Version entschieden habe.

Ich fange also an, zu erzählen und Claudia hört mir verständnisvoll zu.

Meine anfänglichen Aggressionen, die sich dabei in mir breitmachen, sind schnell verflogen und es tut gut, meiner großen Schwester mein Herz auszuschütten.

Ich erzähle aus freien Stücken mehr, als sie scheinbar wissen möchte, und Claudia muss mich sogar einmal unterbrechen, als Marie und Elias kommen, um einen Schluck Apfelsaft zu trinken.

Insgesamt führe ich einen halbstündigen Monolog, den ich damit abschließe, wie ich mich spontan zu der Zugreise nach Sylt entschlossen habe.

Als an dieser Stelle auch sie nun eine Rolle spielt, stiehlt sich bereits die erste Träne aus meinen Augen.

»Du kannst dir gar nicht vorstellen, wie froh ich darüber bin, dass du mit Oma hergekommen bist«, flüstert Claudia und nimmt mich dabei liebevoll in den Arm.

Nun passiert das Unvermeidbare; ich kann meine Tränen nicht mehr zurückhalten.

»Doch«, schluchze ich, wobei ich mein Gesicht in ihrer Schulter vergrabe. »Ich bin mindestens genauso froh, dass ich es geschafft habe, über meinen Schatten zu springen und mich einfach mit Oma in diesen Zug gesetzt hab.«

Bis vor wenigen Tagen war mir gar nicht bewusst, dass ich so eine Heulsuse bin.

Aber wenigstens weiß ich jetzt, dass zwischen mir und Claudia keine Aussprache wegen unserer Funkstille und dem vorangegangenen Streit mehr von Nöten ist.

Ich hoffe dabei inständig, dass Marie und Elias nicht mitbekommen, was mit mir los ist. Sie sind schließlich noch Kinder und könnten es unter Umständen in irgendeiner Art und Weise missverstehen.

Aber offenbar sind sie zu sehr in das Spielen vertieft und nehmen erst wieder Notiz von uns, als ich mich beruhigt habe. Sie sind sogar noch am Schaukeln, als Claudia und ich beschließen, dass es nun Zeit für die Heimfahrt wird.

»So, Freunde!«, ruft Claudia ihnen zu, und klatscht dabei in die Hände. »Es wird Zeit, nach Hause zu fahren!«

Wir stehen auf und nähern uns den Kindern, die jetzt nacheinander von der Schaukel abspringen.

»Nein, wir wollen noch nicht nach Hause fahren!«, protestiert Marie.

Und Elias ruft: »Fangt uns doch!«

Die Kinder flüchten sich lachend auf die Kletterburg, als Claudia und ich losrennen.

»Ihr kriegt uns nicht!«

»Das werden wir ja sehen!«, rufe ich, wobei ich Anlauf nehme und ihnen auf die Burg hinterher sprinte.

Claudia kommt von der anderen Seite und ihre Kids entwischen hörbar vergnügt über die Rutsche.

Die nächsten zehn Minuten verbringen wir noch mit Fangenspielen, wonach ich ganz aus der Puste bin. Erst dann geben sich Elias und Marie damit einverstanden, den Heimweg anzutreten.

Kapitel 8

Als wir nach unserer Radtour auf den Hof zurückkommen, saust uns Oskar freudig bellend entgegen.

Ich bleibe stehen, um ihn zur Begrüßung hinter den Ohren zu kraulen und er fängt an, meinen Arm abzuschlecken. Eigentlich versucht er, mit seiner Zunge mein Gesicht zu waschen, aber ich drehe mich schnell genug von ihm weg.

»Nein, lass das, Oskar!«, kichere ich, als er an mir hochspringt, um sein Vorhaben dennoch in die Tat umzusetzen.

»Oskar, aus!«, ertönt es im nächsten Moment aus Richtung des Pferdestalls, woraufhin der Hofhund sofort von mir ablässt.

Ich hebe den Kopf und erblicke Sven, der schmunzelnd auf uns zukommt.

»Na, hattet ihr einen schönen Sonntagsausflug?«, fragt er.

»Es war toll«, antwortet Claudia. »Wir waren fast zwei Stunden in Tinnum auf dem Spielplatz. Die Kids schlafen heute Nacht bestimmt wie die Murmeltiere.« Dann fügt sie fragend hinzu: »Und wie war´s bei euch?«

»Ganz entspannt. Henning ist grade rein gegangen und ich dreh jetzt noch meine Runde mit Oskar.«

Claudia richtet sich an mich und erklärt: »Sven geht jeden Abend eine große Runde Gassi mit ihm. Die beiden sind echt unzertrennlich.«

Nun fällt mir auf, dass Oskar gestern nicht angerannt kam, als wir in Claudias Geländewagen auf dem Hof eintrafen. Auf meinen unmittelbaren Verdacht hin, frage ich: »Gestern Abend auch, als du uns vom Bahnhof abgeholt hast?«

Sie nickt und bestätigt: »Ja, stimmt. Da war er auch grade mit ihm unterwegs.«

Dafür ist er also auch zuständig, huscht es mir durch den Kopf. Es ist mir noch immer ein wenig schleierhaft, was Sven auf dem Hof alles zu tun hat.

Klar, er hilft bei der Versorgung der Tiere. Nicht nur bei den Pferden, wie ich inzwischen erfahren habe.

Aber ist seine Hilfe wirklich erforderlich? Oder lässt Henning ihn in erster Linie um seiner Gesellschaft Willen auf dem Hof leben?

Und von was lebt Sven eigentlich? Bisher durfte ich ja noch nicht erfahren, ob er von Henning bezahlt wird und falls ja, wie das dann überhaupt geregelt ist.

»Also, bis später«, verabschiedet sich Sven vorerst.

Er geht mit Oskar an mir vorbei und mir wird klar, dass ich gerade eine Sekunde zu lange in meinen Gedanken versunken war.

Claudia und die Kids schieben ihre Fahrräder bereits in die Scheune und ich überlege noch, ob ich nicht Lust gehabt hätte, Oskar und Sven zu begleiten.

Es wäre bestimmt interessant gewesen, mit ihnen spazieren zu gehen.

So hätte ich zum ersten Mal etwas Zeit alleine mit Sven verbringen und ihn ein bisschen besser kennen lernen können.

Aber er hat mich ja nicht gefragt ...

Hätte er mich gefragt, ob ich mitkommen möchte, hätte ich womöglich ohne zu zögern Ja gesagt.

Oder ist es ihm etwa lieber, alleine mit Oskar Gassi zu gehen?

Mit all diesen Fragen in meinem Kopf – und der Frage, warum ich mich diese Dinge überhaupt frage – schiebe ich Claudias altes Fahrrad über das Kiesbett, bis ich vor der Scheune ankomme.

Dann geht es ins Haus, wo wir Oma mit einem Buch im Wohnzimmer vorfinden.

Sie freut sich, dass wir wieder da sind und legt den Krimi sofort zur Seite, als Marie und Elias zu ihr auf die Couch klettern.

Ich vergewissere mich nur kurz, ob bei ihr alles in Ordnung ist, dann gehe ich rüber in mein Gästezimmer und kurz darauf für eine warme Dusche ins Bad.

Gegen 19 Uhr finden wir uns alle zum Abendbrot im Esszimmer ein.

Es gibt selbstgebackene Pizza. Den Teig dafür hat Claudia schon am Morgen vorbereitet und über den Tag ziehen lassen.

Drei volle Backbleche hat sie damit bedeckt und gemeinsam mit den Kindern haben wir diese mit allen möglichen Belägen gestaltet. Unsere Kreationen reichen von Ananas-Salami über Lachs-Spinat-Champignons bis hin zu Schinken-Zwiebel-Paprika-Oliven.

Das Belegen der Pizzen macht nicht nur Marie und Elias, sondern auch mir eine Menge Spaß und allmählich schaffe ich es offenbar, ihr Vertrauen zu gewinnen.

Ich bekomme immer mehr das Gefühl, dass sie mich mögen; daher überrascht es mich kaum noch, als ich beim Essen von Marie zum gemeinsamen Filmabend eingeladen werde.

»Kommst du auch heute Abend zum Film gucken, Tante Melli?«, fragt sie – und mein Herz macht einen Sprung, weil sie mich grade zum ersten Mal ›Tante‹ genannt hat.

»Gerne. Welchen Film wollt ihr denn anschauen?«

»Ich bin für ›Die Eiskönigin‹«, stellt Marie in unmissverständlichem Ton klar.

Doch ihr Bruder protestiert umgehend: »Nein, nicht schon wieder die Eiskönigin!«

»Was möchtest du denn sehen?«, fragt Claudia ihn.

»Aladdin!«

»Aladdin haben wir auch erst gesehen«, mault Marie.

»Sie sind beide ganz verrückt nach Disney-Filmen, aber einig werden sie sich meistens trotzdem nicht so schnell«, erklärt mir Claudia. Dann wendet sie sich wieder an die Kinder und schlägt ihnen einen Kompromiss vor: »Wie wär´s mit dem Dschungelbuch? Diesen Film haben eure Tante und ich schon damals von unseren Eltern gezeigt bekommen.«

»Dann kennt sie ihn ja schon«, hält Elias trocken dagegen, wobei er wenig begeistert sein Gesicht verzieht.

Mir rutscht dabei glatt ein amüsiertes Lachen heraus, was ihn anscheinend nur noch bestätigt.

»Wie wär´s dann mit ›König der Löwen‹?«, fragt Claudia.

»Oh, ja! Diesen Film habe ich geliebt, als er damals auf Video rauskam!«, rufe ich mit nur geringfügig übertriebener Verzückung, um meine Schwester dabei zu unterstützen, schnellstmöglich auf den kleinsten gemeinsamen Nenner zu kommen.

»Willst du nicht lieber einen Film sehen, den du noch nicht kennst?«, erkundigt sich Marie nun bei mir. »Wir haben noch sooo viele andere.«

»Welche könntest du mir denn noch empfehlen?«

»Vaiana, Zoomania, Rapunzel ...«

Nachdem mir die ersten beiden nichts sagen – die letzten 15 Jahre hielt ich mich nur noch sporadisch auf dem Laufenden, was neue Disney-Filme angeht –, stoppe ich Marie bei ›Rapunzel‹. Deren Geschichte habe ich immer noch wage im Hinterkopf, auch wenn ich bis dato nicht wusste, dass dieses Märchen auch schon von Disney verfilmt wurde.

»Rapunzel wär doch was«, sage ich. Dann schaue ich prüfend zu Elias. »Wär das für dich auch in Ordnung?«

Er nickt immerhin. »Ja, okay.«

»Gut, abgemacht«, schließt Claudia die Verhandlungen ab.

Ich kann ihr dabei förmlich ansehen, wie sie hofft, dass es auch bei dieser Entscheidung bleibt.

Aber sie hat Glück: Die Kinder legen beide keine Revision ein und eine dreiviertel Stunde später sitzen wir gemeinsam im Wohnzimmer, um uns eine DVD von ›Rapunzel – Neu Verföhnt‹ anzuschauen.

Bis auf Oma, die den gemütlichen Ohrensessel bekommen hat, sind wir alle auf dem großen Ecksofa zusammengerückt. Links von mir sitzt Marie und zu meiner Rechten, ganz außen, hat sich Sven niedergelassen.

Da sich Henning auf der anderen Seite breit gemacht hat, weiß ich nicht genau, ob sich Sven nur aufgrund des Platzmangels neben mich gesetzt hat oder ob er auch meine Nähe suchen würde, wenn woanders noch ein Platz frei wäre.

Sven fällt zuerst fast wieder runter und stützt sich mit einem Bein ab, doch ich animiere die anderen, noch etwas mehr zusammen zu rutschen.

Und als er es sich daraufhin neben mir bequem macht und ausstreckt, sitzt er plötzlich doch wieder ganz nah neben mir.

Er hat seinen Arm hinter mir auf der Sofalehne abgelegt und unsere Beine berühren sich. Ich spüre die Wärme seines Körpers und jedes Mal, wenn er sich bewegt, reiben sich unsere Knie aneinander.

Sein maskuliner Duft steigt mir in die Nase, wodurch es mir bisweilen schwerfällt, meine ungeteilte Aufmerksamkeit auf den Film zu richten.

Und das obwohl der Animationsfilm wirklich unterhaltsam ist. Die Geschichte ist natürlich nicht so blutrünstig wie im Märchen der Brüder Grimm, sondern lustig und gleichermaßen actionreich erzählt.

Außerdem wird die Handlung Disneytypisch mit einigen tollen Liedern aufgelockert und weitergesponnen.

Ich bin ganz hingerissen von dem niedlichen Rapunzel und ertappe mich dabei, wie ich gegen Ende aufgeregt mitfiebere. Natürlich gibt es zum Schluss auch ein Happy End, bei dem Rapunzel mit ihrem Prinzen – der in diesem Film übrigens kein Prinz, sondern ein gutherziger Gauner ist – vereint wird.

Ich verspüre einen Hauch von Romantik und würde mich am liebsten in Svens Arme schmiegen, reiße mich aber zusammen und rufe mir ins Gedächtnis, dass wir gerade lediglich einen Kinderfilm angesehen haben.

Bin ich wirklich *so* dermaßen liebesbedürftig?

Nur gut, dass sich die Kinder nicht für ›Die Schöne und das Biest‹ oder ›Susi und Strolch‹ entschieden haben, sonst wäre ich möglicherweise doch noch schwach geworden.

Ein paar Stunden später, nachdem ich mich ins Bett gelegt habe, merke ich, dass ich noch nicht richtig zur Ruhe komme.

Ich wälze mich auf der Matratze umher, versuche es mit gleichmäßigem Atmen und bemühe mich, an nichts mehr zu denken. Aber es hilft nichts, ich fühle mich weiterhin hellwach.

Also hole ich meinen E-Book-Reader aus dem Koffer und fange an, in einem neuen Liebesroman zu lesen. Dabei kann ich für gewöhnlich abschalten und sollte nach etwa einer Stunde müde genug sein. Die Zeit vergeht und die Seiten fliegen nur so an mir vorbei.

Um halb zwei wird es schließlich allerhöchste Zeit zum Einschlafen, doch ich schaffe es noch immer nicht.

Als ich mir einen Moment Zeit nehme, um in mich reinzuhorchen, fällt mir auf, dass mein Magen knurrt. Mehr als sechs Stunden nach dem Abendessen ist das aber auch wenig verwunderlich.

Hungrig einzuschlafen ist etwas, was ich bis heute noch nicht gelernt habe.

Deshalb achte ich im Alltag darauf, drei bis vier Stunden vor dem Schlafengehen die letzte Mahlzeit zu mir zu nehmen. Und wenn es zeitlich nicht funktioniert, so spät noch zu Abend zu essen, weiche ich eben auf einen kleinen Snack aus. Ein paar Nüsse, Obst oder ein großer Becher Joghurt genügen dafür meistens auch schon.

Vielleicht ist mein Körper auch einfach nicht darauf ausgelegt, ohne Nährstoffreserven im Bauch runterzufahren. Doch egal, an was genau es auch liegt, mein leerer Magen hat den Kampf gegen die Müdigkeit schnell gewonnen.

Ich werde wohl nicht darum herumkommen, mir noch schnell etwas zu essen aus der Küche zu holen.

Dort hat Claudia eine Obstschale mit Äpfeln, Bananen und Kiwis aufgestellt, von der man sich jederzeit bedienen kann.

Also stehe ich noch mal auf und schlüpfe in meinen flauschigen Jogginganzug.

Barfuß schleiche ich über den Parkettboden Richtung Küche, als ich auf halber Strecke ein leises Poltern von dort vernehme.

Im ersten Moment erschrecke ich mich und bleibe wie angewurzelt stehen.

Was ist da los? Ist etwa jemand ins Haus eingedrungen?

Oder geht es einem der Hausbewohner genauso wie mir?

Könnte es vielleicht Claudia sein, die nach der Fahrradtour ebenfalls zu aufgedreht ist, um einschlafen zu können?

Die Bewegung, die wir bei unserem Ausflug bekommen haben, hat offensichtlich nicht ausgereicht, um erschöpft in den Tiefschlaf zu sinken. Es ist sogar eher so, dass ich dadurch noch mehr Energie bekommen habe und mein Kopf ständig mit neuen Gedanken versorgt wird.

Ach was, ein Einbrecher wird's schon nicht sein, schiebe ich meine Besorgnisse zur Seite und gehe lautlos weiter zur Küche.

Dort angekommen, sehe ich durch den Türspalt und erkenne Sven, der mir mit dem Rücken zugewandt ist. Er hat nichts an, bis auf seine hautengen Boxershorts, und steht in gebückter Haltung vor der Waschmaschine.

Er räumt Klamotten aus einem Wäschekorb in die Maschine und ich vermute, dass er sich gerade erst ausgezogen hat.

Dass er dabei wenigstens seine Shorts angelassen hat, beruhigt mich ein bisschen. Ich wüsste nicht, was ich tun sollte, wenn er ganz nackt wäre.

Naja, wahrscheinlich würde ich erst mal zurück in mein Schlafzimmer schleichen. Aber er hätte damit trotzdem einen seltsamen Eindruck bei mir hinterlassen – immerhin ist er nicht alleine im Haus.

Aber warum ist er überhaupt hier; um diese Zeit?

Vorsichtig schiebe ich die Tür auf. Ich bemühe mich, kein Geräusch von mir zu geben – doch die Tür quietscht auf einmal und verdirbt mir die Überraschung.

Sven dreht sich zu mir um und unsere Blicke treffen sich.

Auf sein Gesicht legt sich ein Lächeln, das mein Herz auf der Stelle höherschlagen lässt. Dieses Lächeln fühlt sich praktisch so an, als fliegt es auf mich zu, umhüllt mich wie eine strahlende Aura und lässt mich für einen Augenblick über dem Fußboden schweben.

Ich kann nicht anders, als dieses Lächeln zu erwidern, und trete in die Küche.

Nebenbei wandert mein Blick von seinem Mund hinab über seine Brustmuskeln und – uh! – er hat sogar ein Sixpack. Zumindest einen Sixpack-Ansatz; was ich noch viel heißer finde, als einen komplett gerippten und definierten Waschbrettbauch.

»So spät noch wach?«, fragt er und lehnt sich lässig gegen das Küchenbuffet.

Dabei schließt er mit einer Hand die Waschmaschinentür. Er stellt sogar den Waschgang ein, ohne seine Augen von mir abzuwenden.

»Keine Sorge, Waschpulver ist schon drin«, sagt er mit einem Augenzwinkern, ehe er ohne hinzugucken auf ›Start‹ drückt.

»Ja, ich konnte nicht schlafen«, gebe ich beinahe stotternd zurück. Dann greife ich schnell in die Obstschale, die neben mir auf Bauchhöhe steht, und nehme eine Banane heraus. »Hab noch mal Hunger gekriegt«, füge ich erklärend hinzu. »Und was machst du noch?«

»Wäsche waschen.«

Klar, was sonst? »Ja, aber …« Ich versuche gezielt, nicht zu stammeln.

Dieses betörende Lächeln nach wie vor auf den Lippen, deutet Sven auf die geschlossene Tür in Richtung Esszimmer. »Wollen wir uns nicht lieber hinsetzen?«

»Ja, warum nicht?«, gebe ich zugleich nickend und achselzuckend zur Antwort.

Er stößt sich sachte vom Küchenbuffet ab und öffnet die Tür zum Esszimmer.

Ich folge ihm mit meiner Banane in der Hand und rechne damit, dass er sich an den Esstisch setzt. Doch er geht weiter ins Wohnzimmer und lässt sich dort in die Couch sinken.

Ich setze mich neben ihn, behalte jedoch einen knappen Meter Abstand zu ihm ein.

Immerhin ist er halb nackt und jetzt mit ihm auf Tuchfühlung zu gehen, halte ich – vor allem hier im Wohnzimmer – für etwas bedenklich.

»Wäschst du deine Klamotten immer mitten in der Nacht?«, frage ich nun.

»Nur, wenn ich nicht schlafen kann und nichts anderes zu tun hab.«

»Aha«, gebe ich leicht irritiert zurück. »Und wie bist du ins Haus reingekommen?«

»Durch die Hintertür – mit dem Schlüssel, der unter der Fußmatte liegt.«

Hatte ich echt geglaubt, er hätte keine Möglichkeit, alleine ins Haus zu gelangen?

»Ich wusste nicht, dass du hier selbstständig ein- und ausgehst.«

»Doch, Melli, ich darf mich auf dem ganzen Hof frei bewegen. Der Wohnwagen hinter dem Haus ist nur meine Wohnung, nicht meine Gefängniszelle.«

Seine Mundwinkel zucken schelmisch nach oben, als er das sagt, und ich fange unweigerlich an zu lachen.

»Und ich dachte schon, du müsstest immer darauf warten, dass man dich rauslässt.«

»Nein, ganz so schlimm ist es nicht. Seit ich mir abgewöhnt habe, dem Postboten in den Hintern zu beißen, werde ich nicht mal mehr angeleint.«

Damit bringt er mich schon wieder zum Lachen und langsam bekomme ich das Gefühl, lockerer zu werden.

»Willst du die essen oder dich nur daran festhalten?« Er zeigt auf die Banane, die ich aus der Küche mitgenommen habe.

»Doch, ja …«

Erwartet er jetzt ernsthaft, dass ich die Banane schäle und vor ihm hineinbeiße?

Ich hatte eigentlich vor, sie in mein Zimmer mitzunehmen und dort unbeobachtet zu verspeisen. Ich kann doch keine Banane essen, wenn er mir dabei zusieht. Wie komme ich denn da rüber?

Er würde bestimmt denken, es wäre eine Anspielung auf Oralverkehr.

Ich weiß doch, wie Männer drauf sind. Womöglich würde er sich dabei sogar vorstellen, dass es sein bestes Stück ist, das ich in den Mund nehme.

Nein, das kann er sich gleich aus dem Kopf schlagen! Auf gar keinen Fall werde ich vor ihm diese Banane essen und damit seine heißen Fantasien beflügeln.

Das wäre eine total billige Anmache und überhaupt so ganz und gar nicht meine Art.

»Ich glaube, ich hab doch eher Appetit auf einen Apfel«, sage ich ohne jeglichen Übergang, und stehe dabei auf.

Er greift nach der Banane und nimmt sie mir aus der Hand. »Gut, dann nehme ich die.«

»Lass es dir schmecken.« Ich schaue ihn noch mal kurz an und gehe dann rüber in die Küche.

Mit einem Apfel in der Hand komme ich ins Wohnzimmer zurück und setze mich wieder aufs Sofa.

Sven schält gerade die Banane und beißt anschließend hinein.

Aber bei ihm sieht es irgendwie gar nicht so aus, als würde er damit einen Blowjob simulieren. Er beißt einfach ein Stück nach dem anderen ab, ohne auch nur im Entferntesten daran zu lutschen.

Wieso auch? Es ist ja schließlich kein Eis, das in seinem Mund schmilzt. Nein, eine Banane muss man abbeißen und kauen.

Ich selbst lutsche eigentlich auch nicht, wenn ich eine Banane esse. Aber das wird mir jetzt erst grade so richtig klar. Komisch, dass ich mir überhaupt Gedanken darüber gemacht hab, ob es falsch rüberkommen könnte.

Ich bin so sehr damit beschäftigt, Sven beim Essen der Banane zuzusehen, dass ich erst in meinen Apfel beiße, als er schon fast damit fertig ist.

Er legt die Bananenschale auf den Wohnzimmertisch und lehnt sich dann gähnend in die Couch zurück. »Du hast´s gut. Du kannst dich morgen früh wenigstens ausschlafen.«

»Ich bin auch nur zum Urlaubmachen hier – du dagegen arbeitest auf dem Hof.« Ich habe den Satz kaum zu Ende gesprochen, als mir die Idee kommt, dass das die perfekte Überleitung sein müsste, um ihn zu fragen, was ich schon die ganze Zeit über ihn erfahren möchte. »Wie ist das eigentlich genau …? Claudia meinte, du wärst nicht bei ihnen angestellt.«

Er schüttelt leicht mit dem Kopf. »Nö. Ich helfe ihnen und darf im Gegenzug mietfrei auf dem Gelände wohnen.«

»Ja, aber … du musst doch von irgendwas leben.«

»Klar.« Ein bescheidenes Grinsen umspielt seine Lippen. »Deshalb bekomme ich von deiner Schwester ja auch was zu essen.«

»Ich meinte jetzt eher finanzielle Mittel«, gebe ich ebenfalls grinsend zurück.

»Ach so – du meinst Geld?«, sagt er mit offensichtlich gespielter Überraschung.

Ich reagiere mit einem auffordernden Nicken.

»Ich hab ein paar Rücklagen. Ersparnisse«, schiebt er angesichts meines fragenden Blickes hinterher.

Das hat mich jetzt zwar auch nicht unbedingt weitergebracht, aber ich verzichte darauf, weiter nachzubohren. Wenn er mir nicht mehr verraten möchte, soll er es eben für sich behalten.

Vermutlich hat er zwischen seinen Weltreisen tatsächlich die Zeit gefunden, um zu arbeiten und einen Teil seines Verdienstes auf die Seite zu legen. Solange er in einem Wohnwagen lebt und weder Miete noch Lebensmittel bezahlen muss, braucht er ja eigentlich auch nicht viel.

Und je besser ich ihn kennen lerne, desto weniger schreckt mich seine Art zu leben ab. Ganz im Gegenteil; ich finde es sogar zunehmend interessant, was er da macht. Auch wenn ich nach wie vor der Meinung bin, dass er damit nicht gerade zukunftsorientiert denkt.

»Gucken wir mal, was nachts in der Glotze läuft«, murmelt er nun, während er die Fernbedienung vom Tisch nimmt und den Fernseher einschaltet. »Ich bleib jetzt noch eine Stunde da, bis meine Wäsche fertig ist – danach wird´s aber Zeit für´s Bett.«

Ich beschließe, ihm noch solange Gesellschaft zu leisten, und mich dann aber alleine in mein Zimmer zurückzuziehen.

Mein Blick wandert noch einmal über seinen fast nackten Körper. Verstohlen bleibt er an seiner Boxershorts hängen und ich kann es nicht verhindern, darüber zu spekulieren, wie das aussehen mag, was sich darunter befindet.

Als Sven zu mir hinüberschaut und merkt, wie ich ihn unter die Lupe nehme, richte ich meine Augen schnell auf den Fernseher. Meine Wangen werden warm und ich hoffe, dass er nicht sieht, wie ich erröte.

Nun zappt er weiter durch das Fernsehprogramm und stoppt dann bei einer Dokumentation auf Arte.

»Oh, schau mal«, sagt er. »Mönche in einem buddhistischen Kloster. Interessierst du dich für sowas?«

Ich kann nicht anders, als diese Frage zu bejahen – obwohl ich mich noch nie zuvor mit Buddhismus beschäftigt habe.

Es ist eigentlich ganz egal, was auf der Mattscheibe läuft. Mit Sven an meiner Seite fände ich es sogar interessant, auf eine leere Wand zu starren.

Kapitel 9

Es ist kurz nach neun, als ich am nächsten Morgen nach meinem obligatorischen Badezimmerbesuch in die Wohnstube schlurfe.

Claudia und Oma sitzen zusammen im Esszimmer und trinken Kaffee.

Ich begrüße sie mit einem verschlafenen »Guten Morgen.«

Die kurze Nacht macht sich jetzt bemerkbar, ich fühle mich leicht benommen und unterdrücke ein Gähnen.

Die zwei Mädels am Esstisch erwidern den Gruß und schauen mich dabei an, als hätten sie schon auf mich gewartet.

»Willst du noch was essen oder ´nen Kaffee trinken, bevor wir aufbrechen?«, fragt Claudia.

»Aufbrechen? Wohin?«

»Nach Westerland. Wohin denn sonst?«

»Jetzt schon? Ich dachte, erst gegen Mittag.«

»Vormittag«, verbessert mich meine Schwester. »Je früher wir losfahren, desto mehr Zeit haben wir für die Stadtbesichtigung.«

»Und Melli, du weißt ja; der frühe Vogel fängt den Wurm«, gibt Oma mir zu verstehen.

Ich überlege einen Augenblick lang. Hunger habe ich noch keinen und falls ich innerhalb der nächsten halben Stunde immer noch nicht richtig wach bin, kann ich meinen Kaffee auch in Westerland trinken.

»Ja, okay. Meinetwegen können wir gleich los. Ich geh mir nur schnell was vernünftiges anziehen.«

Mit diesen Worten gehe ich rüber in mein Zimmer, wo ich meinen Jogginganzug gegen ein Outfit austausche, in dem ich Westerland gerecht werden sollte.

Vorher werfe ich noch einen Blick in meine Wetter-App, die mir für heute sonnige Aussichten verspricht.

Ich entscheide mich daher für ein türkises Sommerkleid, das sich prima mit meiner leichten Übergangsjacke kombinieren lässt. Und da ich mir trotz des Sonnenscheins um den kühlen Nordseewind bewusst bin, ziehe ich vorsichtshalber eine Strumpfhose darunter.

Mir ist in den letzten zwei Tagen schon aufgefallen, dass die Temperaturen hier oben auf Sylt ein paar Grad unter denen in Süddeutschland liegen. Darum freut es mich umso mehr, dass sich der Frühling heute in seiner vollen Pracht zeigen soll.

Als wir nach draußen gehen, sind Henning und Sven gerade bei den Pferden auf der Koppel.

Claudia sagt ihrem Mann Bescheid, dass wir bis mittags weg sind, und ich flöte den beiden einen Guten Morgen zu.

Der Blick, den Sven mir dabei zuwirft, sorgt glatt dafür, dass sich meine Mundwinkel nach oben ziehen.

Dann gehen wir rüber in die Scheune, wo uns Oskar schwanzwedelnd in Empfang nimmt. Claudia öffnet den Kofferraum ihres Geländewagens und weist ihn an, darin Platz zu nehmen.

Ich steige auf die Rückbank, während Oma es sich auf dem Beifahrersitz bequem macht. Claudia setzt sich hinters Steuer und manövriert das wuchtige Vehikel aus der Scheune.

In Westerland angekommen, steuert Claudia das Parkhaus am Busbahnhof an. Sie erklärt uns, dass man dort extrem kostengünstig für einen Euro parken kann.

Von dort aus laufen wir mit Oskar an der Leine in Richtung Zentrum.

Bei der ersten Bäckerei, die unseren Weg kreuzt, besorge ich mir mein Frühstück. Da ich es gewohnt bin, morgens im Gehen zu essen, verputze ich das belegte Brötchen ohne Probleme, bevor wir in der Fußgängerzone angekommen sind.

Dort fallen mir als Erstes die vielen schönen Blumen auf, die an fast jedem freien Fleck eingepflanzt wurden, und in allen erdenklichen Farben strahlen. Krokusse, Stiefmütterchen und

Hornveilchen sind nur ein paar davon. Sie sorgen dafür, dass man den Frühling in Westerland jetzt auch sehen und riechen kann.

Wir schlendern durch die Friedrichsstraße und bewundern die Auslagen in den Schaufenstern der Geschäfte.

Natürlich können wir es uns dabei nicht entgehen lassen, in dem ein oder anderen Laden herum zu stöbern. Oma haben es hier vor allem die zahlreichen Insel-Souvenirs angetan, die es an jeder Ecke zu kaufen gibt.

So füllt sie ihre Taschen mit Mitbringsel wie Seife, Schokolade und Meersalz in Einmachgläsern. Alles von den heimischen Herstellern, die sich meistens als ›Sylter Manufaktur‹ bezeichnen.

Bei den Klamottenläden versuche ich mich ein wenig zurück zu halten. Wir haben schließlich nicht den ganzen Tag Zeit und da wir nebenbei nach Oma schauen müssen, habe ich ohnehin nicht die Möglichkeit für ausschweifende Anproben.

Ich nehme mir vor, in den nächsten Tagen noch mal alleine zum Shoppen nach Westerland zu fahren. Um trotzdem nicht mit leeren Händen nach Hause zu kommen, suche ich mir bei ›Scandic Way of Life‹ aber zumindest eine frühlingshafte Strickjacke aus.

Sylt gilt im Allgemeinen als sehr hundefreundlich, daher überrascht es kaum, dass Oskar bei Weitem nicht der einzige Vierbeiner in der Stadt ist. Alle paar Meter begegnet er einem Artgenossen, die er meist überaus fröhlich beschnuppert.

Wir besuchen noch das ›Teehaus Janssen‹, wo sich Oma gar nicht entscheiden kann und gefühlt den halben Laden leerkauft – dann geht es über die Kurpromenade zum Hundestrand.

Hier können wir Oskar frei herumtoben lassen und es scheint, als ob er sich am Meer genauso wohl fühlt wie wir.

Claudia hat sein Lieblingsspielzeug mitgenommen – einen Leuchtturm aus Schaumstoff, den man ihn wie ein Stöckchen apportieren lassen kann. Ich renne mit Oskar am Strand entlang und werfe es mit aller Kraft weg. Er flitzt hinterher und bringt es mir brav zurück.

Auch als sich Claudia und Oma für eine Verschnaufpause auf eine Bank setzen, spiele ich weiter mit Oskar. Es freut mich, dass er auf mich hört und allem Anschein nach als Alphatier akzeptiert.

Doch als unweit von uns entfernt ein Hund auftaucht, der im Gegensatz zu den anderen, denen wir bisher in Westerland begegnet sind, etwas größer als Oskar ist, gibt es für ihn kein Halten mehr.

Ich fordere ihn noch zum Stehenbleiben auf, als er losspringt, aber er reagiert nicht auf meine Rufe.

Obwohl ich sofort hinterhereile, ist er schon bei dem anderen Hund angekommen, ehe ich nah genug dran bin, um überhaupt zu erkennen, ob sie sich auf freundschaftlicher Ebene begegnen oder ob sie miteinander kämpfen.

Ich kann auch nicht feststellen, was für eine Rasse der andere Hund sein soll. Er ist ziemlich groß und ähnelt von der Gestalt her einem Deutschen Schäferhund. Allerdings wirkt er etwas schlanker und als ich näherkomme, sehe ich, dass seine Ohren ein bisschen kleiner sind.

Außerdem unterscheidet er sich farblich ganz klar von einem Schäferhund. Das Fell an seinem Rücken ist nicht so schwarz und auch der Rest ist eher grau, anstatt rotbraun.

»Keine Angst, er will nur spielen!«, höre ich plötzlich jemanden von der Seite rufen, als ich nur noch wenige Meter von den Hunden entfernt bin.

Und ja – offenbar spielen sie tatsächlich nur miteinander. Das kann ich jetzt, wo ich kurz vor den Hunden angelangt bin, bestätigen.

Ich drehe mich in die Richtung, aus der ich die Stimme gehört habe, und finde mich in dem freundlichen Lächeln eines jungen Mannes wieder – er ist schätzungsweise in meinem Alter, vielleicht ein paar Jahre älter.

Er hat ein kantiges, glattrasiertes Gesicht und trägt einen engen Sportanzug in schwarz und neon-gelb.

»Hi – ich bin Robert. Robert Jensen«, stellt er sich vor, wobei er mir auffordernd die Hand entgegenstreckt.

Ein wenig überrumpelt ergreife und schüttle ich sie. »Hallo. Melanie.«

»Sehr erfreut.« Er deutet auf seinen vierbeinigen Begleiter. »Lupus ist ein ganz Lieber. Und mit Hunden in seiner Größe versteht er sich normalerweise.«

»Ah«, gebe ich kurzsilbig zurück. »Dann bin ich ja beruhigt.«

Die beiden Hunde beschnuppern sich gegenseitig und rennen im Kreis um uns herum.

»Ist deiner auch ein Rüde?«, fragt er in einem Ton, als ob ihm die Antwort bereits klar wäre.

Ich nicke. »Ja. Oskar ist sein Name.«

»Oskar«, wiederholt er gedehnt. »Husky-Mischling nehme ich an.«

»Genau. Ein Husky-Labrador-Mix. Und deiner?«

»Saarlooswolfhund.«

Ich blicke ihn fragend an.

»Schäferhund-Wolf-Mix«, erklärt Robert mit stolzem Lächeln.

»Du meinst, er ist zur Hälfte Wolf?«, hake ich mit unsicherer Stimme nach.

Ich fühle mich ein wenig unbehaglich bei der Vorstellung, dass es sich bei Oskars neuem Spielgefährten um einen halben Wolf handelt. Aber immerhin wird mir jetzt ersichtlich, woher sein ungewöhnliches Erscheinungsbild kommt – Lupus sieht einem Wolf wirklich zum Verwechseln ähnlich.

»Nein, also höchstens zu einem Viertel«, beruhigt mich sein Herrchen. »Saarlooswolfhunde sind eine eigene anerkannte Rasse aus Holland. Sie direkt mit einem Wolf zu kreuzen, ist heutzutage meines Wissens nach verboten.«

»Verstehe. Er ist wirklich ein schönes Tier«, sage ich, weil ich nicht weiß, was ich sonst dazu beitragen soll.

»Danke. Ja, das finde ich auch. Er strahlt eine ganz besondere Ästhetik aus, die meines Erachtens nach bei anderen Hunderassen einfach nicht vorhanden ist.«

Robert sieht seinem Hund dabei hinterher, wie eine glückliche Mutter ihrem spielenden Kind. Doch als er merkt, dass ich seine Faszination nur bedingt teilen kann, wendet er sich schnell wieder meiner Wenigkeit zu: »Aber Husky und Labrador ist auch eine gute Mischung. Wie alt ist er denn?«

Ich krame unwillkürlich in meinem Gedächtnis, ob ich Oskars Alter in den letzten zwei Tagen erfahren habe, komme aber zu keinem Ergebnis. Bisher hielt ich das aber auch noch nicht für relevant genug, um mich danach zu erkundigen.

»Das weiß ich gar nicht genau«, gebe ich achselzuckend zurück.

Stirnrunzelnd zieht Robert die Augenbrauen hoch.

»Er ist der Hund von meiner Schwester und wir kennen uns auch erst seit letztem Wochenende.«

»Ach so, das heißt ...«

»Ich bin nur zu Besuch hier auf Sylt.«

Ich zeige hinüber zu Claudia und Oma, die immer noch auf der Bank sitzen und dort auf mich warten. Sie sind gerade noch so in Sichtweite und es freut mich, dass Claudia mir ihren Hund anvertraut. Ich glaube, sie ist nicht mal aufgestanden, als Oskar auf einmal losgerannt ist.

»Meine Schwester führt einen Pferdehof mit ihrem Mann, und zeigt mir heute Vormittag ein bisschen die Stadt.«

»Ah – eine Touristin!«, resümiert er mit anerkennendem Schmunzeln.

»Mehr oder weniger, ja.«

»Und wie lange bist du hier auf Sylt?«

»Das haben wir uns noch nicht überlegt. Ich bin ziemlich spontan hergekommen – im ICE, mit meiner Großmutter.«

»Oh, wie schön. Das hört sich ja richtig abenteuerlich an.«

»Das war es auch wirklich«, bekräftige ich mit einem Lächeln. »Mal sehen ... wenn meine Schwester nichts dagegen hat, bleiben wir vielleicht bis Ende des Monats.«

»Du bist also nur ... mit deiner Großmutter hier?«, bohrt Robert zögerlich nach.

»Ja«, gebe ich mit einem angedeuteten Nicken zurück – ehe mir einleuchtet, auf was er hinauswill.

»Und deinen Mann – oder Freund – hast du für diesen Urlaub zuhause gelassen?«

Ich schüttle den Kopf. »Nein. So jemanden gibt es nicht mehr ... also momentan nicht, in meinem Leben.«

Ich glaube zu erkennen, wie sich seine Miene aufhellt. Und es gefällt mir, dass er positiv darauf reagiert.

Seit ich wieder Single bin, ist es immerhin das erste Mal, dass ich auf der Straße – okay, in dem Fall am Strand – von einem Mann angesprochen und in eine nette Unterhaltung verwickelt werde.

Und vor allem ist es das erste Mal, dass ich dazu bereit bin, mich auch darauf einzulassen. Wenn mir in den vergangenen Wochen in Stuttgart Männer begegnet sind, die an mir Interesse zeigten, habe ich schon durch meine bloße Körpersprache jeglichen Kontaktaufbau im Keim erstickt.

Ich weiß, das hatte damit zu tun, dass ich mich einfach nicht wohl gefühlt habe. Aber jetzt, wo ich frei und urlaubsmäßig auf Sylt unterwegs bin, ist das natürlich ganz anders.

»Wenn du noch jemanden brauchst, der dir die Insel zeigt ... ich würde mich als Fremdenführer anbieten.«

»Du kennst dich hier also aus?«, kichere ich, anstatt das Angebot ohne Umschweife anzunehmen.

Diese Reaktion ist wahrscheinlich nicht so ganz das, was er sich erhofft hatte, aber ich will nichts überstürzen. Sonst lasse ich mich am Ende noch zu einem Date überreden, doch eine Urlaubsromanze steht nicht auf meiner To-Do-Liste für meinen Sylt-Aufenthalt.

»Ich war schon als Kind hin und wieder auf Sylt«, erklärt Robert, ohne sich dabei von meiner ausweichenden Antwort abschrecken zu lassen. »Und mittlerweile lebe ich hier schon seit fünf Jahren.«

»Hier in Westerland?«

»Ja«, nickt er. »Als Immobilienmakler bin ich zwar öfters in Kampen und Wenningstedt unterwegs, aber mein Wohnsitz liegt am Stadtrand.«

Er sagt das so beiläufig, dass mir fast entgeht, wie ein unterschwelliges Prahlen dabei mitschwingt. Oder meint er es etwa gar nicht prahlerisch?

Die Mieten in Stuttgart sind schließlich auch alles andere als preiswert. Wäre es bei mir Prahlerei, wenn ich sagen würde, dass ich lange Zeit in der Stuttgarter Innenstadt gelebt habe? Jedenfalls nicht mit Absicht ...

Ich antworte nur mit einem staunenden: »Oh, wie beeindruckend.«

Was soll ich denn auch sonst dazu sagen? Ich habe ja eigentlich keine Ahnung von Kampen und weiß lediglich, dass dort die ganzen Superreichen leben.

»Weißt du was, Melanie ...« Er zieht sein Mobiltelefon aus der Tasche und wirft mir einen auffordernden Blick zu. »Ich denke, wir sollten auf jeden Fall Nummern austauschen. Du kannst mich gerne anrufen, wenn du einen Fremdenführer brauchst.«

»Okay, ich meine ... klar – gerne.«

Jetzt habe ich mich wirklich überrumpeln lassen. Aber egal – mit meiner Nummer allein wird er nicht viel anfangen können. Falls er mich nervt, kann ich ihn später ja einfach blockieren. Und sobald ich aus Sylt abgereist bin, werde ich ihn vermutlich nie mehr wieder sehen.

Ich diktiere ihm meine Handynummer und speichere danach auch noch seine in mein Smartphone ein.

»Falls ich mal kurzfristig Zeit habe oder sich etwas ergibt, das dich interessieren könnte, würde ich dich einfach schnell anrufen«, eröffnet er mir, wobei er mir neckisch zuzwinkert.

Ich habe keine Vorstellung, was er meinen könnte, bin jetzt aber schon etwas neugierig geworden.

»Was denn zum Beispiel?«, will ich wissen.

»Nun ja ...« Er macht eine kunstvolle Pause, ehe er fortfährt: »Am Freitag gebe ich zum Beispiel eine kleine Party in Kampen. Sie findet in einem der Häuser statt, für die ich momentan einen Käufer suche.«

Wow! Hat er mich wirklich gerade zu einer Party in Kampen eingeladen?

»Äh, ja ...« Ich beginne zu stottern, obwohl ich einfach nur ausdrücken möchte, dass ich mich über diese Einladung freue. Dann doch lieber die Klappe halten!

»Du kannst auch ruhig noch jemanden mitbringen.« Robert deutet mit Blicken zu der Bank, von der Claudia und Oma jetzt aufstehen.

»Ja, gerne. Das wäre mir auf jeden Fall lieber, als ganz alleine zu kommen. Danke für die Einladung.«

Zu einer Party eingeladen zu werden, ist natürlich was ganz anderes als ein Date. Völlig unverbindlich – es gibt also keinen Grund, diese Einladung abzusagen.

»Kein Problem. Wir können im Laufe der Woche auch noch mal telefonieren, damit du auch weißt, wo und wann die Feier stattfindet.«

»Ja, das machen wir.«

»Gut, dann ... bis dann.« Er ruft Lupus Beifuß und verabschiedet sich mit einem charmanten Lächeln.

Ich knie mich zu Oskar hinunter und kraule ihn am Kopf, damit er erst gar nicht auf die Idee kommt, dem Wolfshund zu folgen.

Währenddessen sehe ich Robert hinterher. Er wirkt wahrhaftig wie ein Mann von Welt mit seiner selbstsicheren Gangart und dem majestätischen Tier an seiner Seite. Nach einigen Metern beginnt er zu joggen, Lupus läuft in derselben Geschwindigkeit neben ihm her.

Als ich mich umdrehe, sehe ich, dass Oma und Claudia auf uns zukommen.

»Komm, Oskar! Ich glaube, Frauchen will sich langsam auf den Heimweg machen.«

Wir spazieren zurück zum Parkhaus, anschließend holen wir Marie von der Schule und Elias vom Kindergarten ab.

In dem geräumigen Geländewagen ist auf der Rückbank genügend Platz für uns drei.

»Wir fahren noch kurz bei ›Knuts Hofladen‹ vorbei«, informiert uns Claudia, als sie in Westerland auf die Hauptstraße abbiegt. »Dort gibt es alles, was das Bio-Herz begehrt. Von Eiern und Fleischprodukten über Marmelade bis hin zum berühmten Sylter Bierlikör.«

Den Rest der Autofahrt lasse ich mir von den Kindern erzählen, was sie in der Schule beziehungsweise im Kindergarten erlebt haben. Es ist richtig süß anzuhören, wie für sie jeder Tag ein Erlebnis zu sein scheint.

Nach ein paar Minuten erreichen wir den Bio-Bauernhof. Claudia parkt ihren Wagen vor der Scheune – einem großen Backsteingebäude mit Reetdach – in dem der Laden untergebracht ist.

Wir steigen alle gemeinsam aus und begeben uns zum Eingang.

Auch Oskar lassen wir aus dem Kofferraum. Er darf zwar nicht mit in den Laden, dafür aber draußen über die Wiese toben. Er ist wohl nicht zum ersten Mal hier und Claudia macht sich keine Sorgen, dass er abhaut oder irgendwas anstellt.

Vor der Tür ist noch Osterdekoration aufgebaut, aber auch einige andere Akzente, die zu jeder Jahreszeit passen. Unter anderem vier große Holzbuchstaben: ›MOIN‹.

Wir folgen meiner Schwester nach drinnen, wo wir von einer älteren Frau begrüßt werden.

Die erkennt Claudia zwar erst auf den zweiten Blick, freut sich dann aber merklich über ihren Besuch und kommt sogar hinter ihrem Verkaufstresen hervor.

»Claudia, wie schön, dass du dich mal wieder blicken lässt!«

Die beiden fallen sich beinahe in die Arme.

Dann fragen sie sich gegenseitig, wie es ihnen und ihren Familien geht. Die Frau nimmt Elias und Marie in Augenschein und wuschelt ihnen herzlich über die Köpfe.

Und schließlich stellt Claudia uns gegenseitig vor: »Das sind meine Großmutter und meine Schwester Melanie – das ist Renate, die Chefin des Hofladens.«

»Hallo, freut mich«, sage ich, als wir uns die Hände schütteln.

»Knut ist auch hier«, verkündet uns Renate nun. Dann dreht sie sich um und ruft durch eine halb geöffnete Tür: »Knu-uut! Komm mal raus, Claudia ist zu Besuch!«

»Knut ist Renates Mann«, erklärt Claudia.

»Er ist eigentlich der Besitzer des Ladens«, raunt uns Renate zu, »aber ich bin die Chefin, das stimmt schon.«

Die Tür geht auf und ein Mann mit grauen Haaren, knubbeliger Nase und sympathischem Lächeln erscheint an der Schwelle. Er kommt auf uns zu und heißt uns freundlich willkommen.

»Claudia, das ist aber eine Überraschung«, sagt er.

Knut und Renate zeigen uns den Laden und geben Oma eine ausführliche Beratung in Sachen Marmelade. Genauso wie ich, ist auch sie ganz entzückt von dem liebevoll gestalteten Warenangebot.

Im Laufe der folgenden Gespräche erfahre ich, dass Knut und Renate alte Freunde von Hennings Eltern sind.

Sie fragen mich ein bisschen aus und als ich ihnen erzähle, was ich beruflich mache, stoße ich damit direkt auf offene Ohren.

»Eine Kauffrau also«, erfasst Renate. »Genau das, was wir gerade suchen.«

»Wieso das denn?«, frage ich mit sichtbarer Verwunderung.

»Weil wir schon seit Monaten auf der Suche nach einer Aushilfe sind«, erklärt Knut.

Und seine Frau führt weiter aus: »Es ist gar nicht so einfach, eine zuverlässige Verkäuferin zu finden. Auf dem Land geht uns der Nachwuchs aus, weil die jungen Leute entweder in die Stadt ziehen oder gleich komplett die Insel verlassen.«

»Das ist wirklich schade«, sage ich. »Ich wohne halt leider ein bisschen zu weit weg, um bei euch anzufangen. Aber wenn ich auf Sylt leben würde, wäre das hier der perfekte Arbeitsplatz für mich.«

Ich meine das tatsächlich so. In so einem ulkigen Hofladen zu arbeiten, stelle ich mir um einiges entspannter vor, als Kassiererin in einer Großstadt-Drogerie zu sein.

Aber ich verstehe natürlich auch die jungen Leute, die keine Lust auf so ein beschauliches Landleben haben. Vor allem, wenn man so aufgewachsen ist, will man doch erst mal raus in die Welt und eine Zeitlang Stadtluft schnuppern.

»Falls es mal irgendwann dazu kommen sollte, dass du zu deiner Schwester auswanderst ...« Renate wirft Claudia einen vielsagenden Blick zu. Ich weiß, dass sie das nur scherzhaft meint, aber irgendwie schwimmt auch ein bisschen Wahrheit in ihren Worten mit. »... dann kannst du dir gern überlegen, ob du bei uns arbeiten möchtest. Eine gute Verkäuferin können wir immer gebrauchen.«

»Genau«, schiebt Knut hinterher, »wir warten auf deine Bewerbung.«

»Aber ihr wisst doch noch gar nicht, ob ich eine *gute* Verkäuferin bin«, lache ich.

»Davon bin ich absolut überzeugt«, ist sich Renate sicher. »Wenn du so gut mit den Kunden umgehen kannst wie Claudia mit ihren Pferden, mache ich mir darüber gar keine Sorgen.«

Kapitel 10

Am Nachmittag sehe ich mit den Kindern dabei zu, wie die Pferde neue Schuhe bekommen.

Der Hufschmied, den die Johannsens damit beauftragt haben, ist hierfür extra vom Festland auf die Insel gekommen.

Er ist in seinem voll ausgestatteten Sprinter auf den Hof gefahren, in dem er alles eingebaut hat, was er für seine Arbeit braucht: Werkzeugschränke, seinen Amboss und sogar einen kleinen Schmiedeofen hat er im Laderaum untergebracht.

Den auf einem Baumstumpf befestigten Amboss hat er auf dem Boden abgestellt. Mit einer langen Zange hält er die Hufe fest, während er sie mit dem Hammer auf dem Amboss in Form klopft.

Er trägt eine Schutzbrille, Arbeitshandschuhe und einen schweren Lederschurz.

Um den Pferden die Eisen an die Hufe zu nageln, klemmt er sich deren jeweiliges Bein zwischen die Oberschenkel.

Sven und Marie streicheln die Pferde dabei und reden behutsam auf sie ein.

Ich bleibe mit Elias etwas abseits, um dem Schmied nicht bei seiner Arbeit in die Quere zu kommen. Aber auch, weil ich noch immer einen gebührenden Respekt vor den großen Vierbeinern habe.

Als der Hufschmied fertig ist und sich nach getaner Arbeit verabschiedet, bleibe ich draußen an der Koppel und beobachte Sven, wie er die Pferde striegelt.

Er ist mit den Tieren ein paar Meter von mir entfernt und ich setze mich auf das hölzerne Gatter, das die Weide umschließt.

»Die meisten Leute striegeln ihre Pferde im Stall«, erklärt er mir, »aber ich mach das so oft es geht draußen. In den Boxen ist es ziemlich eng, deshalb steig ich da nur rein, wenn es regnet oder wenn das Pferd eines von den Kandidaten ist, die auf der Koppel immer vor mir wegrennen.«

»Ich kann mir gar nicht vorstellen, dass die Pferde vor dir wegrennen«, lache ich. »Für mich sieht es so aus, als ob sie dich mögen und dir vertrauen.«

»Ich glaub auch, dass sie mich mögen, aber manchmal wollen sie mit mir Fangen spielen. Meistens abends, wenn ich sie in den Stall bringen will.«

Sven schwingt sich auf den Rücken des Pferdes und trabt mit ihm langsam über die Wiese. Er wirkt dabei wie ein Cowboy, nur der Hut fehlt. Nach ein paar Schritten bringt er das Tier wieder zum Stehen und lässt sich elegant herunter gleiten.

»Ohne Sattel soll man eigentlich nicht auf ihnen reiten«, belehrt er mich. »Ich wollte nur mal testen, ob sie mir wirklich vertraut.«

»Das tut sie anscheinend echt. Du bist wohl ein richtiger Pferdeflüsterer«, sage ich ehrlich beeindruckt.

»Nein, das finde ich nicht. Ich mag einfach nur Tiere sehr gern.«

Seine Bescheidenheit zaubert mir glatt ein verzücktes Lächeln ins Gesicht.

»Du etwa nicht?«, fragt er jetzt.

»Doch, Seehunde zum Beispiel!«

»Die mag jeder! Gibt´s hier übrigens auch … also drüben am Meer, nicht hier auf der Weide.« Er winkt mich nun einladend zu sich her. »Komm doch auch mal über den Zaun rüber! Oder willst du die Pferde etwa nur aus der Ferne beobachten?«

»Dafür hab ich die falschen Schuhe an«, flunkere ich und lasse demonstrativ die Füße baumeln.

Es ist mir unangenehm, vor Sven zuzugeben, warum ich den Pferden nicht zu nahe kommen möchte. Ich weiß nicht, wie er über mich denken würde, wenn er wüsste, dass ich vor ihnen Angst habe.

Was ist, wenn er meine Furcht vor den Tieren nicht nachvollziehen kann? Bisher kommt er mir zwar relativ verständnisvoll vor, aber wenn er so ein gutes Verhältnis zu den Pferden hat, kann er sich in dieser Hinsicht vielleicht überhaupt nicht in mich hineinversetzen.

»Warum? Was ist an den Schuhen so falsch?«, fragt er.

Ich trage Halbschuhe, die zwar nicht völlig ungeeignet wären, um über die Wiese zu laufen. Aber ich möchte sie auch nicht unbedingt schmutzig machen.

»Die gehen kaputt, wenn ich nicht darauf aufpasse«, behaupte ich.

Doch davon lässt sich Sven nicht beirren und erwidert: »Claudia hat bestimmt ein Paar Gummistiefel für dich. Geh doch einfach mal zu ihr und leih dir welche aus.«

»Später! Ich will sie jetzt nicht stören. Ich glaube, sie hilft grade Marie bei den Hausaufgaben.«

»Ah ja.« Jetzt kommt er auf mich zu und lehnt sich neben mir gegen das Gatter. »Wie wär´s, wenn du dafür am Mittwoch zum Ausritt mit kommst?«

»Ja, vielleicht.« Ich zucke unentschlossen mit der Schulter und bemühe mich, ein möglichst anmutiges Lächeln aufzusetzen.

»Zierst du dich immer so, wenn du zu etwas eingeladen wirst?«

»Kommt drauf an, um was es geht.«

Ich glaube, eine Spur von Enttäuschung in seinem Blick zu erkennen.

Das war nicht meine Absicht – ich will nicht, dass Sven wegen mir enttäuscht ist. Eigentlich will ich, dass er mich mag, aber es ist so schwer, mit ihm auf die gleiche Wellenlänge zu kommen, wenn sich sein ganzes Leben nur um die Pferde dreht.

»Interessierst du dich auch noch für was anderes als für Pferde?«, bricht es auf einmal aus mir heraus.

Hab ich das grade wirklich gesagt? Oh, nein! Das war jetzt bestimmt nicht sehr hilfreich, um mit ihm auf dieselbe Wellenlänge zu kommen.

Doch Svens Mundwinkel zucken nach oben und er fängt sogar an zu lachen. »Nein, Pferde sind mein Leben und ich hab sonst keine anderen Hobbys.«

Wie gut, dass er es mit Humor nimmt. Hätte er nicht gelacht, würde ich davon ausgehen, dass er das total ernst meint.

Also lache ich mit und schiebe schnell hinterher: »Aber du musst doch ab und zu auch noch was anderes machen.«

»Klar – ich gehe gern wandern, draußen in der Natur, und im Sommer an den Strand. Und wenn es sich ergibt, auch mal abends feiern. Ich liebe es auch zu Segeln, hab aber leider kein eigenes Boot.«

Dass Sven sehr naturverbunden ist, habe ich schon bemerkt. Offenbar haben fast alle seiner Freizeitaktivitäten mehr oder weniger damit zu tun.

Aber was soll man auf einer Insel wie Sylt denn auch anderes machen? Kein Wunder, dass er sich hier niedergelassen hat!

»Ich gehe auch gern in der Natur wandern«, sage ich – nicht zuletzt, um wieder gut zu machen, dass ich ihm auf seine Einladung zum Ausritt keine Zusage geben konnte. »Wenn du willst, kannst du mir ruhig mal deine liebsten Wanderwege auf Sylt zeigen.«

»Ja, vielleicht«, gibt er schulterzuckend zurück. Dann zeigt er auf meine Füße. »Das geht aber nur, wenn du noch andere Schuhe hast als die hier.«

»Ich hab noch ein paar Sneakers dabei. Aber wenn´s sein muss, kann ich mir auch noch richtige Wanderschuhe besorgen. Ich wollte die Tage sowieso noch mal zum Shoppen nach Westerland.«

»Das wär nicht schlecht.«

Ihn zu fragen, ob er mit mir zum Schuhe kaufen in die Stadt fahren möchte, erspare ich mir lieber. Shoppen wird wohl eher weniger sein Ding sein, außerdem will ich nicht aufdringlich erscheinen.

Aber ich möchte trotzdem noch mehr Zeit mit Sven verbringen.

Als ich heute Vormittag mit Oma und Claudia in Westerland war, musste ich daran denken, wie ich gestern Nacht mit ihm zusammen im Wohnzimmer saß.

Wir haben uns locker unterhalten und ich habe die Atmosphäre als sehr ungezwungen empfunden. Es war nicht wie bei einer Verabredung, wo klar ist, auf was es im besten Fall hinauslaufen soll.

Alles lief auf freundschaftlicher Ebene ab und es kam mir teilweise so vor, als ob wir uns schon ewig kennen würden. Obwohl er fast nackt neben mir saß, empfand ich das ganze Beisammensein als durchweg entspannt.

Auch wenn ich nicht abstreiten kann, dass seine textilfreie Präsenz bei mir für ein wohliges Kribbeln sorgte, überschritt keiner von uns diese Grenze zwischen einem netten Gespräch und einem Flirt.

Oder haben wir etwa schon miteinander geflirtet?

Ein bisschen vielleicht ... Aber nicht genug, dass ich sagen würde, es hätte zwischen uns geknistert.

Und jetzt sitzt er wortlos neben mir auf dem Gatter und sieht den Pferden hinterher.

Ich beobachte ihn von der Seite und versuche – nicht zum ersten Mal – ihn einzuschätzen.

Auch wenn er echt witzig sein kann, ist er dennoch ein ziemlich ruhiger Typ. Aber gleichzeitig auch sehr selbstbewusst – in sich ruhend, könnte man sagen.

»Und, was machst du heut noch?«, frage ich ihn.

Er sieht mich an und lässt sich eine Sekunde Zeit für seine Antwort.

»Ich gehe nachher noch mit Oskar Gassi, wie jeden Tag. Aber sonst ... nur das Übliche. Die Pferde in den Stall bringen; was halt so auf dem Hof getan werden muss.«

Ich fasse mir ein Herz und frage: »Was dagegen, wenn ich mitkomme? Beim Gassi gehen, mein ich.«

»Nein.« Er schüttelt ein wenig erstaunt mit dem Kopf. »Nein, ganz und gar nicht.«

»Toll, dann ... Wann willst du los?«

»Jetzt noch nicht«, grinst er. »Normalerweise in ein bis zwei Stunden.«

In zwei Stunden – super! Und was sollen wir solange noch machen?

Ich verkneife es mir, diesen Gedanken auszusprechen und überlege mir, wie ich bis dahin noch etwas Zeit mit ihm verbringen kann.

Da fällt mir wie aus heiterem Himmel ein, dass ich noch gar nicht gesehen habe, wie er auf dem Hof lebt.

»Du hast mir noch gar nicht deinen Wohnwagen gezeigt«, sage ich.

Und tatsächlich: Ich war in der ganzen Zeit, in der ich jetzt schon hier bin, noch kein einziges Mal hinter dem Haus, wo sein Unterschlupf steht. Ich habe den Campinganhänger nur von Weitem gesehen, als wir gestern nach unserer Radtour zurück zum Hof gekommen sind.

»Stimmt«, bestätigt Sven und steigt von dem Gatter herunter. »Dann komm mal mit!«

Ich folge ihm hinters Haus und sehe gespannt dabei zu, wie er die Tür des Wohnwagens öffnet.

Es ist ein moderner Caravan, der alles bietet, was man zum Leben braucht. Aber auch nicht viel mehr.

Sven winkt mich hinein, woraufhin ich eintrete und mir einen kurzen Überblick verschaffe.

Es gibt eine Sitzecke, eine kleine Küchenzeile, Dusche und WC. Im hinteren Bereich sehe ich ein einfaches Doppelbett. Alles in allem genauso wie ich es mir vorgestellt hatte.

Hatte ich etwa was anderes erwartet?

Für einen kurzen Moment stelle ich mir vor, wie es wäre, mit Sven hier drinnen zu wohnen.

Nicht, weil ich das so erstrebenswert fände, sondern einfach, um seine Lebensart nachvollziehen zu können.

Es macht durchaus Sinn für mich, mit so einem Anhänger in der Welt herum zu reisen.

Sven hat ja schon erzählt, dass er das eine Weile getan hat. Die ersten Jahre war er nur mit dem Rucksack unterwegs, später hat er sich dann den Caravan zugelegt.

Aber den Wohnwagen vor dem Haus abzustellen und dann darin zu leben?

Das käme für mich niemals infrage.

Das wäre genauso, wie dauerhaft auf dem Campingplatz zu wohnen.

Aber ich kann mir ja mittlerweile denken, warum Sven das macht. Er hat keine Lust, richtig arbeiten zu gehen, deshalb hat er auch nicht genug Geld für eine richtige Wohnung.

Ich finde das ein bisschen schade, weil ich – je besser ich ihn kennen lerne – immer mehr das Gefühl habe, dass er mehr aus sich machen könnte. Er hätte mit Sicherheit das Potential, einiges im Leben zu erreichen. Aber anscheinend will er das ja gar nicht.

Sven erklärt mir noch, wie das mit Strom und dem Wassertank funktioniert, ehe wir beide beschließen, die Hausbesichtigung zu beenden und nach den anderen zu sehen.

Es ist kurz nach fünf, als wir mit Oskar zu seinem Abendspaziergang aufbrechen.

Vor uns erstreckt sich die weite, flache und nahezu baumlose Ebene in sämtliche Himmelsrichtungen.

Wir gehen einen schmalen Feldweg entlang, die Wiesen um uns herum erblühen in den prächtigsten Farben und die Sonne des Spätnachmittags taucht die malerische Kulisse in ein angenehm schimmerndes Licht.

Oskar springt ohne Leine fröhlich vor uns her.

Er schnüffelt an Bäumen oder inspiziert kurz einen Busch, wenn er ein Rascheln darin hört. Hin und wieder hält er sich zu lange an etwas auf, das seine Aufmerksamkeit erregt hat.

Ein autoritäres »Beifuß!« sorgt jedoch dafür, dass er davon ablässt und unverzüglich an Svens Seite zurückkehrt.

Es stimmt wirklich, was Claudia über Sven und Oskar gesagt hat: Die beiden SIND unzertrennlich!

»Warst du schon immer so tierlieb?«, frage ich ihn nach einer Weile.

»Ja, eigentlich schon.« Sein langsames Nicken wirkt etwas nachdenklich. »Aber als ich noch klein war, hatte ich Angst vor großen Hunden.«

»Vor solchen wie Oskar?«

»Ja.«

»Dann könnt ihr ja echt froh sein, dass du jetzt keine Angst mehr vor großen Hunden hast. Sonst wärt ihr nicht so gute Freunde geworden.«

»Nein, bestimmt nicht.«

»Und warum hast du jetzt keine Angst mehr?«, bohre ich nach.

»Weil ich gelernt hab, dass man vor den meisten Tieren keine Angst zu haben braucht. Man muss nur richtig mit ihnen umgehen. Egal, ob man einen Hund oder ein Pferd vor sich hat.«

Wie kommt er denn jetzt auf Pferde?

Weiß er etwa von meiner Pferdeangst? Ich gehe sofort alle Möglichkeiten durch, wie er davon erfahren haben könnte – wenn er denn davon erfahren hat.

Kann er es erahnen? Ich finde nicht, dass ich mir meine Angst in irgendeiner Situation anmerken lassen hab. Geht er nur davon aus, weil ich vorhin nicht mit auf die Koppel gekommen bin?

Oder hat Claudia mich etwa verraten? Oder war es Henning?

Ich bin mir sicher, dass der auch davon weiß – Mist!

»Und was ist mit einem Krokodil?«, scherze ich, um von den Pferden abzulenken.

»Bei wilden Tieren ist das was anderes.« Er wirft mir einen düsteren Blick zu. »Das hast du doch hoffentlich nicht ernst gemeint.«

»Nein, natürlich nicht.«

Wir lachen beide ein wenig unbeholfen.

»Aber ich mein´s ernst«, sagt er jetzt. »Es gibt keine rationalen Gründe, vor einem domestizierten Tier Angst zu haben. Klar, es gibt Ausnahmen. Abgerichtete Kampfhunde zum Beispiel, aber daran sind allein die Halter, beziehungsweise die Züchter Schuld.«

»Gut!« Mein Tonfall klingt so bestimmt, als wollte ich das Thema damit abschließen. (Was ja im Endeffekt auch der Fall ist.)

Nur Sven checkt es scheinbar nicht – bei ihm zeigt meine Bestimmtheit keinerlei Wirkung.

»Was ›Gut‹?«, fragt er verdutzt.

»Gut, dass du mir das alles erklärst. Das hab ich nämlich selbst nicht gewusst«, entgegne ich einen Tick zu zickig.

»Hey, du tust ja grade so, als hätte ich dich irgendwie angegriffen.« Er schaut mich mit entschuldigender Miene von der Seite an. »Wenn es dir vorkam, als würde ich dich für dumm verkaufen wollen, tut es mir leid.«

»Ist schon in Ordnung.« Ich schenke ihm ein wohlwollendes Lächeln, um die Wogen zu glätten. »Ich bin nicht sauer auf dich.«

»Na, dann ist ja gut.«

Sven öffnet noch einmal den Mund, macht ihn dann aber unverrichteter Dinge wieder zu.

Daran merke ich, dass er noch lange nicht alles ausgesprochen hat, was ihm dazu einfällt. Aber ich bin froh, wenn er es erst mal für sich behält.

Nachdem ich inzwischen weiß, dass Sven definitiv in keiner Beziehung ist, will ich versuchen, mehr über sein Liebesleben zu erfahren.

Ich brauche mir nichts mehr vorzumachen: Er IST heiß und ich kann mir vorstellen, dass er schon so einige Herzen gebrochen hat. Zumindest in seinen jüngeren Jahren.

Aber wie sieht er das heute? Interessieren ihn Frauen gar nicht mehr oder hat er einfach nur die Schnauze von ihnen voll?

Oder sieht er das so entspannt, dass es ihm nichts ausmacht, auf eine zu warten, die ihn so nimmt, wie er ist. Das ist absolut nicht böse gemeint, aber … naja, er lebt in einem Wohnwagen.

Es gibt sicher Leichteres, als einen Partner zu finden, der einen so unkonventionellen Lebensstil teilt.

»Ich wollte eigentlich immer Kinder und schon früh eine Familie gründen«, beginne ich drauf los zu plaudern. »So ähnlich wie meine Schwester, nur den Ponyhof hatte ich nie eingeplant. Aber dazu ist es leider nie gekommen.«

Er schaut amüsiert zu mir rüber. »Dazu ist es nie gekommen? Du tust grade so, als ob dein Leben schon fast vorbei wär.«

Ich schaue mit irritiertem Blick zurück. Das war jetzt nicht unbedingt die Reaktion, mit der ich gerechnet hatte. Aber was hatte ich denn sonst erwartet, von einem, der derart sorglos in den Tag hineinlebt?

»Ähm … nein, vorbei ist mein Leben noch nicht. Aber ich hatte mir immer vorgenommen, vor 30 zu heiraten und Kinder zu kriegen.«

»Wieso das denn?«

»Na, weil …« Eigentlich, weil ich es so bei meinen Eltern gesehen hatte und … »… weil das eben normal ist.«

»Was ist denn schon ›normal‹?«, lacht Sven sichtbar belustigt. »Außerdem: Heutzutage ist es ganz bestimmt nicht normal, vor 30 schon Kinder in die Welt zu setzen. Eher mit 40.«

»Mit 40?«, frage ich beinahe entsetzt. »Willst du erst mit 40 …« Ich unterbreche mich vor Entgeisterung. »Oder nein warte: Willst *du* denn überhaupt Kinder?«

»Klar, schon irgendwann.«

»Irgendwann, aber …?«

»Kinder zu bekommen, ist doch kein Lebensziel, für das man sich eine Deadline setzen kann. Schon gar nicht, wenn man alleine ist.«

Ich will etwas entgegensetzen, doch mein Mund bleibt nur offenstehen.

Denn die Information, dass ich bis Anfang des Jahres noch nicht alleine war, gehört nicht hierher.

Erstens habe ich mit mir selbst vereinbart, nicht mehr an Markus zu denken – und zweitens möchte ich es generell vermeiden, vor Sven über meinen Ex herzuziehen. Darauf würde es nämlich zwangsläufig hinauslaufen, wenn ich anfange, von ihm zu erzählen.

Außerdem hat Sven leider recht, mit dem was er sagt. Das wird mir jetzt erst bewusst, als ich über seine Worte nachdenke.

»Ich bin der Meinung, dass man im Leben nichts erzwingen kann«, gibt er mir nun die nächste seiner Sichtweisen bekannt. »Und für mich persönlich ist es sowieso das Wichtigste, frei zu sein. Also, ob ich mich überhaupt eines Tages fortpflanze, wollte ich jetzt noch gar nicht endgültig entscheiden.«

»Es wäre schade um die guten Gene«, rutscht es mir daraufhin raus.

Ich war tatsächlich so sehr in seine Worte vertieft, dass ich nicht mehr darauf geachtet habe, was mein Gehirn an meinen Mund weitergibt.

Er lacht freudig auf und ich spüre, wie ich direkt rot anlaufe. Na toll ...

»Danke«, sagt er. »Das ist ein nettes Kompliment – was ich übrigens nur zurückgeben kann.«

Ich bin froh, dass er diesen Spruch wohl nicht nur als plumpe Anmache verstanden hat.

»Du hast schon irgendwie recht«, räume ich schließlich ein. »Vielleicht habe ich das alles auch immer viel zu verkrampft gesehen.«

»Gut möglich.«

»Aber ...« Ich verkneife es mir in letzter Sekunde, Sven von meiner biologischen Uhr zu berichten, die unaufhörlich tickt. Das wäre genauso ein Abturn wie die grässlichen Erzählungen von meinem Exfreund.

Was ist nur los mit mir? Warum will ich ihm unbedingt gefallen?

Wo es sich doch perfekt anbieten würde, nur eine lockere Freundschaft mit ihm aufrecht zu halten.

Aber andererseits bin ich eine erwachsene Frau. Wenn ich mich nach über zwei Monaten Singledasein nach etwas mehr als Freundschaft sehne, habe ich ein gutes Recht darauf!

Kapitel 11

Am Dienstagvormittag sitzen Oma und ich mit Claudia zusammen im Esszimmer.

Wir haben gemeinsam gefrühstückt und trinken gerade noch in aller Ruhe eine Tasse Kaffee, als mein Handy klingelt.

Ein Blick auf das Display verrät mir, dass es meine Chefin ist, die anruft.

Ich denke mir nichts Böses dabei und gehe ran.

»Guten Morgen, Ulrike«, begrüße ich sie.

»Guten Morgen, Melanie.« Sie macht eine kurze Pause. »Wie geht´s dir? Hast du dich schon ein bisschen erholt?«

»Gut, danke.« Ich beginne zu lächeln. »Ja, tatsächlich. Ich bin spontan zu meiner Schwester nach Sylt gefahren und es gefällt mir wirklich gut hier oben.«

»Oh, das freut mich. Dann hast du meinen Ratschlag also angenommen.«

»Ja, diese Reise war echt das Beste, was ich machen konnte. Du hattest recht damit, dass mir ein wenig Abstand zu allem gut tun würde.«

Sie gibt ein grüblerisches »Mhm« von sich. Dann verändert sich ihr Tonfall mit einem Schlag von freundlich zu ernsthaft und streng: »Melanie, ich rufe eigentlich nicht nur deshalb an, weil ich wissen will, wie es dir geht.«

»Nein, davon bin ich auch nicht ausgegangen.«

Ich befürchte schon, dass sich etwas in unserem Dienstplan verändert hat. Wahrscheinlich ist eine andere Kollegin krank geworden oder irgendwas anderes vorgefallen, weshalb ich nun doch wieder früher als geplant in die Arbeit zurück muss. Sowas kann vorkommen, wenn man von seiner Chefin spontan beurlaubt wird.

»Melanie, es geht darum, dass sich eine Kundin bei der Unternehmensverwaltung über dich beschwert hat.«

»Wie bitte?«

Ich kann es zunächst gar nicht fassen, aber dann wird mir schnell klar, wer diese Kundin gewesen sein muss: Josephine!

»Eine gewisse Josephine Walther hat einen Brief an die Unternehmensverwaltung geschrieben, in dem sie behauptet, dass du ihr gegenüber handgreiflich geworden wärst. Das wird wohl die Frau gewesen sein, mit der du dich letzte Woche im Laden gestritten hast.«

Diese widerliche …

Mir bleibt vor Entsetzen der Mund offen stehen. Aber es kommt nichts heraus, mir fehlen schlichtweg die Worte bei so viel Dreistigkeit.

»Bitte, sei ehrlich zu mir, Melanie: Ist an diesen Anschuldigungen was dran?«

Ich schnappe nach Luft.

Nebenbei sehe ich in die fragenden Gesichter von Oma und Claudia. Die beiden haben längst gemerkt, dass bei mir etwas nicht in Ordnung ist.

»Nein, also ja … schon, aber …«

»Aber was?«, kommt es scharf vom anderen Ende der Leitung zurück.

»Sie hat mich doch selbst provoziert, Ulrike. Ich hab dir doch schon erzählt, wie das abgelaufen ist.«

»Du hast mir nicht erzählt, dass du sie gegen das Shampoo-Regal geschubst hast.«

Ich erwidere nichts darauf. Wozu auch? Es abzustreiten würde keinen Sinn machen.

»Also stimmt es …«

Ist das jetzt eine Frage oder eine Feststellung? Es gelingt mir nicht, das rauszuhören – aber egal, macht jetzt sowieso keinen Unterschied.

»Ich weiß ja nicht, was sie genau geschrieben hat …«, versuche ich, um den heißen Brei herumzureden.

»Dass du sie gegen das Regal geschubst und aus dem Laden gejagt hast.«

»Naja, so gesehen …«

»Schon verstanden«, entgegnet Ulrike. Sie klingt dabei ein bisschen enttäuscht.

Offenbar hat sie mehr von mir erwartet.

Nur ob sie jetzt von mir enttäuscht ist, weil ich dieses Flittchen geschubst hab oder weil ich nicht von Anfang an komplett ehrlich zu ihr war, ist mir momentan noch ein Rätsel.

»Es tut mir leid«, sage ich. Ich will mich erklären, weiß aber grade nicht wie.

»Ist schon okay, Melanie. Wir haben uns danach ja schon unterhalten, daher kann ich dich ein Stück weit verstehen.«

Ich atme erleichtert aus. Wenn ich Glück habe, bleibt es bei dieser Verwarnung.

Doch meine Chefin ist noch lange nicht fertig.

»Unserer Personalleitung musst du das allerdings auch noch erklären.«

»Was?«, schießt es erschrocken aus mir heraus.

»Den Leuten in der Zentrale, im Personalbüro ... du weißt schon. Die verlangen eine umfassende Stellungnahme.«

»Aha.«

»Also eine Darlegung der Geschehnisse aus deiner Sicht. Ich habe heute Morgen schon mit einem der Chefs telefoniert.«

Na, das kann ja heiter werden!

»Okay, und was hat der gesagt?«

»Sie erwarten bis Ende der Woche deine Stellungnahme. Ob brieflich oder per E-Mail ist ihnen dabei egal. Wichtig ist aber, dass du ehrlich bist und dein Verhalten logisch erklären kannst. Denn sollten sie damit nicht zufrieden sein, könnte daraus deine Kündigung resultieren.«

»Meine Kündigung?«

Ich bin derart fassungslos, dass sich beinahe meine Stimme überschlägt.

»Ja, eine Abmahnung wirst du dafür sowieso bekommen. Jetzt hängt es von deiner Stellungnahme ab, ob es bei der Abmahnung bleibt oder ob du gekündigt wirst.«

»Ich werde dafür abgemahnt?«

Mir wird schwindelig und obwohl ich sitze, fühlt es sich an, als würde mir grade der Boden unter den Füßen weggezogen.

Eine Abmahnung ist fast noch schlimmer, als direkt gekündigt zu werden!

Wenn sie mich kündigen, bin ich wenigstens weg vom Fenster. Aber nach einer Abmahnung weiter zu arbeiten, stelle ich mir wie die Hölle auf Erden vor.

Dann bin ich nämlich gebrandmarkt. Mit einem Stempel auf meiner Stirn, auf dem steht: ›Letzte Chance‹ oder ›Fast verkackt‹.

Und so abgestempelt soll ich dann jeden Tag auf die Arbeit kommen?

Der ganze Laden wüsste Bescheid und würde sich denken: ›Das ist die Kollegin mit dem erhöhten Aggressionspotential, die eine Kundin in das Shampoo-Regal geschubst hat!‹

»Ich denke, daran lässt sich nichts ändern«, fährt Ulrike nun fort. »Aber besser, einmal abgemahnt zu werden, als nächsten Monat beim Arbeitsamt zu sitzen. Oder siehst du das etwa anders?«

Ich schlucke und presse dann ein gequältes »Weiß nicht« hervor.

»Ach, Melanie – sei doch vernünftig. Wir wollen dich nicht verlieren und freuen uns, wenn du bald wieder auf der Arbeit erscheinst. Schreib einfach deine Stellungnahme und schick sie bis spätestens Freitag an die Personalleitung.«

»Ja, okay.« Ich gebe mich geschlagen.

»Gut, dann ... Ich denke, die Adresse hast du. Notfalls findest du die auch im Internet.«

»Ja, natürlich.«

»Okay, Melanie. Dann sehen wir uns übernächste Woche wieder ... hoffe ich jedenfalls. Das liegt wie gesagt allein an dir.«

»Ja, ich hab´s schon kapiert«, gebe ich geknickt zurück.

»Alles klar. Mach´s gut und einen schönen Urlaub noch.«

»Danke, bis dann.«

»Tschau.«

Ich beende den Anruf und blicke mit langem Gesicht zwischen Oma und Schwester hin und her.

»Was ist passiert?«, fragt Claudia als Erste.

»Ich wurde abgemahnt.« Ich kann es immer noch nicht glauben und das hört man auch an meiner Stimme.

»Und ich dachte schon, du wärst gekündigt worden.« Oma wirkt eindeutig erleichtert. »Davon hast du ja grade am Telefon gesprochen.«

»Oma, es macht keinen Unterschied, ob ich gekündigt oder abgemahnt werde ...«

Claudia sieht mich an, als ob ich nicht alle Tassen im Schrank hätte. »Doch, natürlich. Eine Abmahnung ist doch bloß ...«

»Das ist bloß die Plakette für hoffnungslos inkompetente Mitarbeiter! Ich weiß, dass es schwer für dich zu verstehen ist, Schwesterherz – weil du nach deiner Ausbildung nie wieder irgendwo angestellt warst. Aber als Arbeitnehmer ist das die größte Herabwürdigung überhaupt!«

Ich stütze mich mit den Ellenbogen auf dem Esstisch ab und lasse den Kopf in meine Hände fallen.

Meine Unterlippe beginnt zu zittern und ich habe alle Mühe, meine Tränen zurück zu halten.

Oma legt mir tröstend eine Hand auf den Rücken.

»Mach dir nichts draus, Melli. Wir wissen, dass du nicht inkompetent bist.«

Ich schnappe nach Luft, bis ich mich halbwegs beruhigt habe. Dann fange ich an, den beiden die ganze Geschichte zu erzählen.

Den Teil, wie ich Josephine kennen gelernt habe, lasse ich – aus Rücksicht auf meine 84-jährige Großmutter – natürlich weg. (Ich meine die Story, wie ich sie und Markus in meinem Bett erwischt hab – ich nehme an, ihr erinnert euch.)

Dafür beschreibe ich detailliert, wie sie mich auf der Arbeit aufgesucht und auf ekelhafteste Weise provoziert hat. Ich erzähle, wie ich sie in das Regal geschubst habe und sie daraufhin keifend aus dem Laden gestürmt ist.

Dann mache ich damit weiter, wie ich wenig später vor meiner Chefin saß und ihr unter Tränen den Sachverhalt schilden musste. Ich gebe wieder, was mir Ulrike gerade am Telefon gesagt hat und beende meinen Monolog damit, dass ich innerhalb der nächsten Tage diese verdammte Stellungnahme schreiben soll.

»Mach dir keine Sorgen wegen dem Text«, redet Claudia nun beruhigend auf mich ein. »Ich kann dir dabei helfen. Seit ich mich um das ganze organisatorische Zeug mit den Feriengästen kümmern muss, hab ich festgestellt, dass ich ziemlich gut in solchen Dingen bin.«

»Danke, das weiß ich zu schätzen«, nehme ich ihr Angebot zur Kenntnis. »Aber ich denke, ich würde es erst mal allein probieren.«

»Wie du willst.«

Claudia steht auf und räumt ein paar Sachen in die Küche, die noch auf dem Tisch stehen.

Ich beschließe, erst mal ein Weilchen nach draußen zu gehen. Ein Spaziergang, alleine und mit aggressiver Musik in den Ohren – ja, ich glaube, in dem Fall ist Heavy Metal ausnahmsweise genau das Richtige – sollte mir helfen, um mich mit der Situation arrangieren zu können.

Ich gehe in mein Zimmer und ziehe mir geeignete Kleider an.

Als ich wieder zurückkomme, hat Oma es sich mit ihrem Krimi im Wohnzimmer gemütlich gemacht.

Claudia bereitet schon mal einen Teil des Mittagsessens vor, ehe sie nachher nach Westerland fährt, um die Kinder abzuholen.

Vor der Haustür angekommen, überlege ich mir, ob ich bei Svens Wohnwagen vorbeischauen soll. Auf dem Hof sind weder er noch Henning zu sehen.

Nur ein paar Feriengäste – eine Familie mit zwei Kindern – stehen vor der Koppel und begutachten die Pferde.

Aber ich mache mir wenig Hoffnung, ihn dort anzutreffen. Vermutlich ist er mit Henning zusammen weggefahren. Außerdem will ich ihm nicht hinterher laufen – schon gar nicht in meinem aktuellen Gemütszustand.

Also mache ich mich wie geplant alleine auf zu einem Spaziergang. Ich habe knapp zwei Stunden Zeit, ehe ich zum Mittagessen wieder zuhause sein will.

Weil ich mich in der Umgebung nicht gut genug auskenne, um Querfeldein zu laufen, gehe ich dieselbe Runde, die ich gestern mit Oskar und Sven gegangen bin.

Allerdings strahlt die Sonne heute nicht ganz so herzlich wie gestern und als ich zurückkomme, habe ich nicht das Gefühl, einen freien Kopf dadurch bekommen zu haben. Ich fühle mich eher müde und erschöpft und habe gar keine Lust mehr, bis heute Abend wach zu bleiben.

Nach dem Mittagessen verabschiede ich mich in mein Zimmer, um an meiner Stellungnahme zu arbeiten.

Da mir hierfür jedoch die Motivation fehlt und ich mich beim Essen aus Frust vollgestopft habe, dauert es nicht lange, bis ich mein Vorhaben aufgebe und mich unter die Bettdecke kuschle.

Draußen klopft etwas gegen die Fensterscheibe. Ich werde hellhörig und lausche, was das sein kann. Wie sich herausstellt, hat es nur angefangen zu regnen.

Gut, dann verpass ich wenigstens nichts, ist mit das letzte, was mir durch den Kopf geht.

Das rhythmische Klopfen der Regentropfen hat eine beruhigende Wirkung auf mich. Ich schließe die Augen und stelle mir vor, wie ich in der Matratze versinke.

Ein paar Minuten später bin ich auch schon eingeschlafen und erwache erst wieder gegen halb sechs – pünktlich zum Abendessen.

Wie nicht anders zu erwarten, habe ich nun kaum Appetit, daher begnüge ich mich mit einem Käsebrot.

Meine Laune hat sich weder durch den Spaziergang noch durch meinen Mittagsschlaf erheblich verbessert und so halte ich es für sinnvoller, den Rest des Tages allein zu verbringen.

Also gehe ich anschließend zurück in mein Zimmer und nehme mir vor, noch heute diese blöde Stellungnahme zu schreiben. Ich will mich ab morgen nämlich nicht mehr damit beschäftigen müssen, da ich es überhaupt nicht einsehe, mir noch einen weiteren Tag von diesem Schwachsinn versauen zu lassen.

Ich entscheide mich dafür, den Text mit einer App auf meinem Handy zu verfassen. Zwar könnte ich mir auch Claudias Laptop ausleihen, aber wozu?

Diese Idioten von der Geschäftsleitung haben es gar nicht verdient, dass ich mir die Mühe mache, um alles möglichst formell darzustellen. Ich werde ihnen auch keinen Brief schreiben, sondern meine Textdatei einfach per Mail verschicken.

Sollen sie damit halt glücklich werden – und wenn es ihnen nicht passt, haben sie Pech gehabt. Lieber suche ich mir einen neuen Job, als mich bei Leuten anzubiedern, die mir unfairerweise so ein Ultimatum stellen. Ist ja nicht so, dass es in Stuttgart keine anderen Arbeitsstellen für ausgebildete Einzelhandelskauffrauen gibt.

Ich lege mich also bäuchlings aufs Bett und fange an, meinen Text umständlich mit der Handytastatur einzutippen:

Sehr geehrte Damen und Herren,

wie mir heute von meiner Filialleitung zugetragen wurde, stehen Sie derzeit vor der Entscheidung, ob Sie mir kündigen müssen oder mich mit einer Abmahnung davonkommen lassen.

Um Ihnen diese Entscheidung erleichtern zu können, wurde mir nahegelegt, Ihnen in einer ausführlichen Stellungnahme zu erläutern, wie es zu dem Vorfall kam, der zu dieser Misere geführt hat.

Der Vorfall ereignete sich am vergangenen Donnerstag, kurz vor der Mittagspause. Ich war gerade mit dem Einräumen neuer

Ware beschäftigt, als die Ihnen als Josephine Walther bekannte Kundin in unsere Filiale kam.

Das ist doch alles Scheiße, denke ich mir.

Ich will den Text schon gleich wieder löschen, besinne mich dann aber eines Besseren und speichere ihn ab, bevor ich das Dokument schließe.

Ich habe mir noch gar nicht richtig überlegt, was ich eigentlich schreiben will. Vielleicht hilft es mir, wenn ich mir erst mal ein paar Notizen mache.

Einfach mal alles aufschreiben, was mir zu dem Thema einfällt. Meinen Gedanken freien Lauf lassen, mir den Schmerz von der Seele schreiben.

Ja, genau, das ist es!

Das würde mir bestimmt auch helfen, den ganzen Mist mental zu verarbeiten. So wie es wahre Künstler machen.

Die großartigsten Songs der Musikgeschichte sind schließlich auf diese Art entstanden – nehme ich zumindest mal an. Und obwohl ich keine Musikerin bin, kann auch ich sehr kreativ sein, wenn ich will. Vor allem dann, wenn ich inspiriert bin.

Nach diesem Geistesblitz öffne ich ein neues leeres Dokument und fange an, einfach völlig unbefangen drauf los zu schreiben:

Als ich an besagtem Vormittag bei der Arbeit war, stand plötzlich Josephine Walther hinter mir.

Ich war ihr mit dem Rücken zugewandt, als sie mich ansprach. Dementsprechend überraschend kam die Unterhaltung für mich zu Stande, ich habe sie weder kommen sehen noch gehört. Wahrscheinlich hatte sie sich sogar absichtlich so leise an mich herangeschlichen, wie das Schlangen nun mal so tun.

Sie begann das Gespräch in herablassendem Ton über ein Thema, das erstens viel zu privat ist, um es an meinem Arbeitsplatz zu besprechen. Und zweitens war es mehr als absurd von ihr, davon auszugehen, dass ich überhaupt mit ihr sprechen wollte.

Jeder, aber auch wirklich JEDER Mensch, der weiß, welche Geschichte ich mit dieser Person habe, würde mir zustimmen, dass ich keinen Grund habe, die gleiche Luft wie sie atmen zu wollen.

Ich war neun Jahre mit meinem Exfreund zusammen, sie war seit ein paar Monaten seine Sekretärin. Und da es sich bei beiden leider um komplett klischeeartige Prototypen eines in der Zeit verirrten Neandertalers handelt, führte schließlich das eine zum anderen: Die beiden begannen eine Affäre miteinander.

Ich weiß nicht genau, wie lange das schon ging, aber man kann davon ausgehen, dass es nicht erst seit dem Tag lief, an dem ich die zwei in MEINEM Bett erwischt hab!

Die Gelegenheit dazu hatten sie übrigens nur bekommen, weil ich Idiotin – aufopfernd wie ich für euren Drecksladen bin – zu einer verdammten Fortbildung gefahren war, die mich ehrlich gestanden kein Stück weitergebracht hat.

Und jetzt soll ich also ein Statement bringen, warum ich Josephine Walther in das Shampoo-Regal geschubst hab?

Sagt mal, hakts bei euch eigentlich? Ihr trinkt wohl euern Kaffee zu heiß, dass ihr auf so grenzdebile Ideen kommt!

Aber egal, hier habt ihr euer Statement:

Josephine Walther ist eine ekelhafte Schlampe, die noch viel Schlimmeres verdient hätte, als gegen ein Regal geschubst zu werden!

Man sollte sie an ihren billigen Haarverlängerungen aufhängen und als Sandsack benutzen! Und zwar so lange, bis sich das Silikon aus ihren Fake-Titten verabschiedet und aus ihrer überschminkten Hackfresse herausquillt!

Und was ich mit ihrem verlogenen, fremdgehenden Waschlappen-Freund anstellen würde, davon will ich jetzt gar nicht erst anfangen.

Nur so viel: Dieser Fehlgriff der Evolution hat es tatsächlich fertig gebracht, mich anzuzeigen. Wegen Körperverletzung, obwohl er das nicht mal beweisen konnte. Nur weil Josephine, seine neue kleine Schlampenfreundin, das von ihm verlangt hat.

Könnt ihr euch das vorstellen, liebe Personalleitung?

Und da wundert ihr euch noch ernsthaft, wenn ich hinterher mal kurz aus der Haut fahre, nachdem ich von ihr auch noch aufs Übelste provoziert werde?

Ganz ehrlich, ist mir doch mittlerweile egal, was ihr über mich denkt. Entweder ihr steht hinter mir oder ihr könnt euch eine neue Verkäuferin suchen!

Aber glaubt mir, ihr werdet niemals eine finden, die mich ersetzen kann! Ich habe die besten Jahre meines Lebens für euern Laden geopfert und die Stammkunden werden euch in Scharen davon laufen, wenn ich nicht mehr da bin!

Ich finde es einfach nur unverschämt von euch. Es ist geradezu eine Anmaßung, dass ich mich für die Sache rechtfertigen soll!

Und glaubt bloß nicht, ich würde es auf mir sitzen lassen, wenn ihr mich wirklich abmahnt! Ich habe absolut nichts getan, wofür ich eine Abmahnung verdient hätte.

Abmahnungen sind für Leute, die ständig zu spät kommen, unabgemeldet von der Arbeit weg bleiben oder schlicht und ergreifend Scheiße bauen!

Aber nicht für Mitarbeiterinnen, die sich neben dem Arbeitsstress noch mit dummen Clowntussis auseinandersetzen müssen. Dafür sollte mir stattdessen eher ein Orden verliehen werden!

Deshalb könnt ihr diese Stellungnahme auch nehmen und sie euch mit Schwung in den Arsch schieben! Wenn es euch nicht passt, wie ich auf die Bitch reagiert habe, dann fickt euch!

Als ich damit fertig bin, kommt es mir tatsächlich so vor, als ob mir eine zentnerschwere Last von meinen Schultern genommen wurde. Obwohl ich die Stellungnahme nun immer noch nicht fertig gestellt habe, fühlt es sich an, als ob ich dessen ein ganzes Stück nähergekommen bin.

Mittlerweile ist auch es schon nach halb neun. Für heute mache ich erst mal Feierabend.

Jetzt muss ich morgen nur noch ein paar Sätze aus meinem Text, die dafür geeignet sind – auch wenn es zugegebenermaßen nicht allzu viele sind – in das andere Dokument einfügen. Vielleicht ein bisschen verändern und zusammenfügen – und dann habe ich diese Stellungnahme im Endeffekt auch schon fertig.

Diese Erkenntnis zaubert mir doch glatt ein fast schon zufriedenes Lächeln auf die Lippen. *War ja gar nicht so schwer, wie ich anfangs befürchtet hatte!*

Ich merke, wie mein Magen knurrt. Das ist wohl meinem spärlichen Abendessen geschuldet – aber kein Problem; ich weiß ja, wo ich was finde.

Ich lege mein Handy zur Seite, stehe auf und gehe rüber in die Küche, um mir ein bisschen Obst zu holen.

Als ich danach ins Wohnzimmer schaue, sitzen dort Oma und Sven auf der Couch.

Sie informieren mich, dass Claudia und Henning gerade die Kinder ins Bett bringen. Das dauert manchmal etwas länger, deshalb haben sie die ganze Prozedur heute schon früher als sonst gestartet.

Ich setze mich mit meinem Apfel und meiner Banane zwischen Oma und Sven aufs Sofa und fange an zu essen. Diesmal macht es mir auch nichts mehr aus, vor Svens Augen in eine Banane zu beißen.

Und ich bin froh, den Abend doch noch in Gesellschaft verbringen zu können. Da ich dank meines Mittagsschlafs sicher erst sehr spät einschlafen werde, bin ich heute Nacht noch lange genug allein wach – allein mit dem neuen Liebesroman auf meinem Kindle.

Kapitel 12

Als ich am nächsten Morgen die Augen aufschlage, kreisen meine Gedanken sofort um ein einziges Thema: Der Ausritt mit den Feriengästen!

Sven hatte mich gefragt, ob ich ihn dabei begleiten würde und ich hatte ihm keine klare Antwort darauf gegeben.

Ich hatte ihm nicht zugesagt, aber auch nicht abgesagt. Weil es mir peinlich war, vor ihm zuzugeben, dass ich Angst vor Pferden habe!

Und was mache ich jetzt?

Er wird mich heute ganz sicher wieder fragen und diesmal muss ich entweder Ja oder Nein sagen.

Ich kann aber nicht mit zu dem Ausritt, das geht auf gar keinen Fall!

Er würde schließlich erwarten, dass ich eines der Pferde, auf dem die Ferienkinder sitzen, an den Zügeln führe. Aber wie sollte ich das bewerkstelligen, wenn ich mich noch nicht mal traue, näher als zwei Meter an so ein Ungetüm heran zu treten?

Ich brauche also unbedingt eine glaubhafte Ausrede, warum ich nicht mitkommen kann.

Dieser Gedanke trifft mich wie ein Blitzschlag und innerhalb von einer Zehntelsekunde bin ich auf einmal hellwach.

Ich knipse das Licht an, steige aus dem Bett und drehe fieberhaft Runden im Zimmer. Nebenbei denke ich angestrengt nach, wie ich meinen Kopf aus der Schlinge ziehen kann.

Soll ich so tun, als müsste ich heute noch den ganzen Tag an meiner Stellungnahme arbeiten? *Nein, das ist keine gute Idee.* Ich habe gestern Abend schon erzählt, dass ich fast damit fertig bin, und währenddessen saß er direkt neben mir.

Oder könnte ich einfach behaupten, dass es mir nicht so gut geht? Magenschmerzen vielleicht?

Nein, das wäre zu offensichtlich. Magenschmerzen bekommt man immer dann, wenn man keine Lust auf etwas hat.

Ich könnte natürlich auch vorgeben, Migräne zu haben.

Bei Markus hat das meistens funktioniert. Er hat nur selten hinterfragt, ob ich wirklich Migräne habe oder ob ich sie mir nur einbilde.

In Wahrheit weiß ich bis heute nicht, wie sich Migräne überhaupt anfühlt.

Aber bei Sven kann ich sowas nicht bringen. Er ist schließlich nicht Markus und wäre bestimmt nicht dumm genug, um mir so eine ausgelutschte Notlüge abzunehmen.

Außerdem könnte er sich dann denken, dass ich die Migräne auch in anderen Situationen als Vorwand benutze. Ich will aber nicht, dass er mich für frigide oder verklemmt hält.

Was bleibt mir also sonst noch übrig?

Als ich ins Bad gehe, denke ich kurzzeitig darüber nach, eine richtig abenteuerliche Geschichte zu erfinden.

Ich könnte erzählen, dass ich mich auf dem Festland mit einer alten Freundin treffe. Und dass die nur heute Zeit hat, weil sie morgen früh selbst wegfährt.

Dann würde ich mit dem Zug nach Niebüll fahren, eventuell sogar weiter nach Flensburg, und dort den Tag mit einem gemütlichen Einkaufsbummel verbringen.

Aber diese Lüge wäre einfach zu groß, als dass ich sie moralisch vertreten könnte.

Ich müsste zumindest Claudia mit einweihen, aber davon wäre sie ganz und gar nicht begeistert. Wahrscheinlich würde sie mir diesen Plan sogar ausreden, anstatt mich bei der Umsetzung zu unterstützen.

Claudia mag keine Lügen. Auch keine Notlügen – und insbesondere bei mir ist sie in dieser Hinsicht ein wenig vorbelastet. Ich würde sie dadurch an die ganzen Male erinnern, wo ich behauptete, keine Zeit zu haben, wenn sie bei unseren Eltern zu Besuch war.

Das wäre also keine Option. In den letzten Tagen haben wir so ein gutes Verhältnis zueinander aufgebaut, das ich dadurch sicher nicht kaputt machen will.

Aber könnte ich Claudia nicht trotzdem mit einbeziehen?

Ich weiß, dass sie mir dabei helfen kann, von dem Ausritt fern zu bleiben. Mir müsste nur irgendeine Ausrede einfallen, bei der sie nicht für mich lügen muss.

Vielleicht, wenn ich sie darum bitte, dass sie und Henning das heute übernehmen. Dann hätte ich sogar die Möglichkeit, mit Sven allein zu sein und womöglich etwas mit ihm zu unternehmen, das mir mehr zusagt als ein Spaziergang mit den Pferden.

Als wir vorgestern mit Oskar Gassi gegangen sind, hat er mir versprochen, dass er mir bei Gelegenheit seine Lieblingsplätze auf Sylt zeigt. Wenn ich ihn dazu bringen könnte, heute diesen Ausflug mit mir zu machen, wäre es perfekt.

Dann müsste ich mir für den Ausritt am Samstag zwar eine neue Ausrede einfallen lassen, aber das sollte ich schon irgendwie hinkriegen.

Nachdem ich mich im Bad fertig gemacht habe, gehe ich zu Claudia in die Küche.

Ich muss unbedingt mit ihr sprechen, nicht nur wegen meiner Ausrede. Ich bin bisher noch gar nicht dazu gekommen, sie darauf hinzuweisen, dass Sven nichts von meiner Pferdeangst erfahren soll.

Und da Claudia so eine ehrliche Haut ist, kann es durchaus sein, dass sie ihm einfach die Wahrheit erzählt, wenn er sie fragt, warum ich mich von den Pferden fernhalte. Aber dazu darf ich es unter keinen Umständen kommen lassen.

Denn auch, wenn er mein Geheimnis herausfinden sollte, wäre es mir immer noch lieber, wenn ich es ihm selbst erklären könnte.

Claudia ist schon wieder am Brot backen, als ich in die Küche komme. Sie knetet gerade den Teig und unterhält sich dabei mit Oma, die ebenfalls bei ihr ist.

Ich nehme mir eine Schüssel aus dem Schrank, die ich zur Hälfte mit Haferflocken fülle, und fange dann an, das Obst für mein Müsli zu schneiden.

»Habt ihr schon ausgemacht, wer heute mit den Pferden spazieren geht?«, taste ich mich vorsichtig heran.

»Ja – eigentlich Sven und du, dachte ich«, grinst Claudia.

»Haha. Sehr witzig. Jetzt mal ernsthaft.«

»Na, was glaubst du denn?«

»Keine Ahnung. Aber ich hoffe, du weißt schon, dass ich dir bei den Pferden keine Hilfe sein kann.«

»Das ist nichts Neues, Schwesterchen. Aber du brauchst dir keine Sorgen zu machen; Sven ist heute Morgen weggefahren.«

»Wie, weggefahren?« Ich bin total überrascht und schaue Claudia neugierig an.

»Er musste dringend nach Husum zu seinen Eltern. Ich hab ihn nach Westerland zum Bahnhof mitgenommen, als ich die Kinder weggebracht hab.«

Ich bin erst mal erleichtert. Gleichzeitig bedauere ich aber auch, dass Sven nicht auf dem Hof ist.

»Weißt du, wie lang er weg ist?«, frage ich.

»Er will heute Abend wieder zurückkommen. Warum fragst du?«

Ich bemühe mich, mir meine Erleichterung über seine zeitnahe Rückkehr nicht anmerken zu lassen, und suche händeringend nach einer Antwort: »Ähm ... nur so.«

»Aha.«

Sowohl Claudia als auch Oma schauen mich so komisch an. Ich spüre den Argwohn in ihren Blicken. Vermuten sie etwa irgendwelche Hintergedanken, wenn ich mich nach Sven erkundige?

Ich drehe mich schulterzuckend zu ihnen um. »Was denn? Man wird doch wohl noch fragen dürfen!«

»Klar darfst du nachfragen. Mich würde nur interessieren, warum du das unbedingt wissen willst.«

»Das liegt doch auf der Hand«, gibt uns Oma nun zu verstehen. Sie geht die ganze Sache deutlich weniger subtil an als Claudia. »Melli kann es gar nicht abwarten, bis er wieder da ist. Und das kann ich ihr keineswegs verübeln, bei so einem netten jungen Mann wie Sven.«

Den beiden brauche ich wohl nichts vormachen. Und vermutlich sollte ich auch damit aufhören, mir selbst etwas vorzumachen.

»Okay, ihr habt recht; ich mag ihn«, gestehe ich den beiden. »Aber deshalb ist es mir auch so wichtig, dass er nichts von meinem Pferdeproblem erfährt.«

Claudias Blick wird jetzt sogar noch argwöhnischer. »Wie stellst du dir das vor? Du bist hier bei uns auf dem Pferdehof und er soll nicht erfahren, dass du vor den Tieren Angst hast? Obwohl er sich fast durchgehend mit ihnen beschäftigt ... Wie soll das gehen?«

»So wie die letzten paar Tage schon«, erkläre ich in nahezu flehender Tonlage. »Du musst nur dafür sorgen, dass er mich nicht mehr zu euren Reitspaziergängen einladen kann.«

Claudia und Oma lachen beide erheitert auf, erstere übrigens ein gutes Stück lauter.

Allerdings stoppt ihr Lachen dann abrupt. »Melli, es ist doch gar nichts dabei, wenn er es weiß. Oder glaubst du ernsthaft, dass er dich dadurch weniger interessant findet?«

»Vielleicht nicht weniger interessant, aber trotzdem irgendwie ... dumm.«

»Naja, *übertrieben ängstlich* triffts wohl besser«, gibt sie nüchtern zurück.

»Und auch das würde nichts daran ändern, wie er zu dir steht«, beschwört mich Oma von der Seite. »Du bist doch eine erwachsene und begehrenswerte Frau, Melanie. Und du hast es nicht nötig, dich für sowas zu schämen.«

Ich nicke ihr mit dankbarem Lächeln zu, verfalle dann aber in niedergeschlagenes Kopfschütteln.

»Aber jetzt ist es zu spät! Das hätte ich ihm dann gleich sagen müssen – als ich zum ersten Mal die Gelegenheit dazu hatte. Wie kommt denn das, wenn er es jetzt erst nach mehreren Tagen erfährt?«

»Besser spät als nie«, flöten Claudia und Oma beinahe synchron. Im Anschluss daran schauen sie sich grinsend an und brechen dann in einträchtiges Gelächter aus.

»Na, toll … Macht ihr euch etwa über mich lustig?«, grummle ich in meine Sweatjacke hinein, ehe ich mich umdrehe und die Fertigstellung meines Müslis abschließe.

Meine Schwester hat ihren Brotteig zum Gehen in eine Schüssel verfrachtet und sich inzwischen die Hände gewaschen.

Als ich mit meiner Müslischüssel ins Esszimmer rüber gehe, kommen Oma und Claudia mit mir. Die beiden nehmen gegenüber von mir Platz und während sie an ihren Kaffeetassen nippen, richten sie ihre Aufmerksamkeit wieder auf mich.

»Okay«, beginnt Claudia nun in energischem Ton. »Was erwartest du von mir, was ich für dich tun kann?«

»Nur mit Henning zusammen diese Pferdespaziergänge übernehmen, solange ich da bin. Alles andere kriege ich allein hin.«

Claudia rollt mit den Augen und gibt ein widerwilliges Schnaufen von sich. »Meinetwegen. Aber wunder dich nicht, wenn Sven trotzdem rausfindet, dass du ein Problem mit den Pferden hast. Man muss kein Biologiewissenschaftler sein, um das zu erkennen.«

»Das lass mal schön meine Sorge sein«, zische ich zwischen zwei Löffeln Müsli. Dann setze ich, in möglichst freundlichem Ton, hinterher: »Aber bitte, sag es ihm nicht. Sollte er tatsächlich von selbst drauf kommen, will ich es ihm selber erklären.«

»Ja, in Ordnung«, antwortet Claudia, und wendet dabei den Blick ab.

»Und kannst du Henning auch bitte sagen, dass er es Sven nicht verraten soll?«

Claudia nickt betreten und nimmt dann schnell einen Schluck von ihrem Kaffee.

Ich denke mir nichts dabei und bin froh, dass ich diesen Umstand wenigstens geklärt habe.

In meinem Kopf plane ich bereits eine große Shoppingtour, für die ich am Samstag frühzeitig den Hof verlassen werde. Aber nicht aufs Festland, das wäre doch ein bisschen übers Ziel hinausgeschossen. Ich werde auf der Insel bleiben und mir in aller Ruhe die Geschäfte in Westerland und Kampen ansehen, damit sollte ich den Samstag bis abends füllen können.

Nach dem Frühstück ziehe ich mir meinen Trainingsanzug sowie meine Laufschuhe an und hole Claudias altes Fahrrad aus der Scheune.

Meine Musikbox passt genau in den Getränkehalter, was mich ungemein freut. Mit Musik macht das Fahrradfahren gleich doppelt so viel Spaß. Dadurch kann ich mir zwar nichts zu trinken mitnehmen, aber da ich mir unterwegs was besorgen kann, ist das nur halb so wild.

Mein Ziel ist das Inseldörfchen Rantum, wo ich den kleinen Hafen und den Strand besichtigen möchte. Claudia hat mir verraten, dass es dort auch einen kleinen Supermarkt gibt – verdursten werde ich also nicht.

Ich radle also los, zwischen Wiesen und Feldern den Radweg entlang.

Am Anfang kämpfe ich noch gegen den starken Westwind an, doch als es dann weiter nach Süden geht, komme ich immer leichter voran.

Ich passiere den Recyclinghof und die ›Zauberbude Dikjen Deel‹, einen Kiosk mit integriertem Imbiss. Hier könnte ich mir also auch schon etwas zu trinken kaufen, aber ich habe noch keinen Durst und fahre weiter.

Aus der Ferne sehe ich das Rantumbecken, das durch einen Deich vom Wattenmeer abgetrennt wird. Der Wind zieht jetzt wieder etwas stärker um meine Ohren, aber ich finde es hier so idyllisch, dass das kaum ins Gewicht fällt.

Als ich am Campingplatz ankomme, checke ich meine Route in Google Maps und stelle dabei fest, dass es gar nicht mehr weit bis zum Hafen ist. Am äußeren Ortsrand geht es also weiter, bis ich den Hafen erreiche.

Ich befestige den Drahtesel per Schloss an einem Fahrradständer und erkunde die Gegend zu Fuß. Neben dem Hafen gibt es nämlich einige Geschäfte, die ich mir nachher noch genauer ansehen will.

Auch hier gibt es wieder einen Kiosk – den ›Hafenkiosk 24‹ – und diesmal hole ich mir auch eine Flasche Mineralwasser. Während ich die leer trinke, schaue ich mir die Boote am Hafen an und blicke aufs Meer hinaus.

Anschließend statte ich den Geschäften in der Hafenstraße einen Besuch ab.

Dort gibt es unter anderem einen Händler für Strandkörbe, ein Süßwarengeschäft und eine Tischlerei.

Mich zieht es aber vor allem in den SANSIBAR Outlet Shop.

Hier gibt es einige coole Klamotten, die ich gerne mitnehmen würde. Da ich mit dem Fahrrad unterwegs bin und keinen Rucksack dabei habe, muss ich jedoch aufpassen, nicht in Shopping-Laune zu verfallen.

Ich entscheide mich daher nur für ein T-Shirt und ein Paar Sandalen. Die Verkäuferin packt mir die Sachen in eine Einkaufstüte, die ich gerade so noch am Lenker transportieren kann.

Auf meine Nachfrage, ob dieses Bekleidungsgeschäft mit dem Restaurant SANSIBAR zu tun hat, erzählt sie mir ein paar Takte darüber.

So erfahre ich, dass das Restaurant nur sechs Kilometer in südlicher Richtung liegt und ich beschließe, im Anschluss auch da noch vorbei zu fahren.

Aber zunächst geht es mit dem Fahrrad durch Rantum. Was mir dort besonders auffällt, sind die prachtvollen Reetdachhäuser, die fast alle unheimlich weit auseinander stehen.

Dass sich um diese Anwesen herum noch so viel Grundstück erstreckt, kenne ich aus meiner Heimat gar nicht. *Die Bewohner dieser Gegend müssen wirklich verdammt reich sein*, denke ich mir.

Und Rantum ist ja bei Weitem noch nicht mal Sylts teuerste Wohngegend. Was wird mich dann erst in Kampen erwarten?

Über eine Straße, die passenderweise als ›Strandweg‹ ausgeschildert ist, gelange ich in der Ortsmitte zum Meer auf der anderen Seite der Insel. Soweit das Auge reicht, erstreckt sich hier der momentan nahezu menschenleere Sandstrand.

Ich stelle mein Fahrrad ab und setze mich in einen der Strandkörbe, die dort aufgebaut sind.

Die kurze Pause nutze ich, um Claudia Bescheid zu geben, dass ich zum Mittagessen noch nicht nach Hause kommen werde. Ich nehme mein Handy und wähle ihre Nummer in der Kontaktliste aus.

»Na, wie weit bist du gekommen?«, fragt sie nach einer kurzen Begrüßung.

»Bis jetzt zum Rantumer Strand. Am Hafen war ich auch schon. Aber ich hab vor, noch länger weg zu bleiben.«

»Ja – was hast du denn noch vor?«

»Ich will noch weiter zur Sansibar radeln und dort einkehren. Ihr braucht also nicht mit dem Mittagessen auf mich zu warten.«

»Okay, alles klar«, gibt Claudia zurück. »Dann viel Spaß noch, und bis später.«

Ich bleibe noch ein bisschen im Strandkorb sitzen, blicke aufs Meer hinaus und genieße das Rauschen der Wellen.

Dann schwinge ich mich wieder aufs Fahrrad und treffe nur eine Viertelstunde später an der Sansibar ein.

Hier ist um die Mittagszeit schon ganz schön viel los. Radfahrer, Familien mit kleinen Kindern und ältere Ehepaare – sie alle kommen hierher, um zwischen Dünen und Windböen in dem Kultlokal zu speisen.

Ich finde auf Anhieb auch keinen freien Platz und suche erst mal nach einer Servicekraft, die mir weiterhelfen kann.

Ein junger Kellner erklärt mir, dass man eigentlich reservieren muss, weil der Laden im Normalfall ausgebucht ist. Ich erzähle ihm, dass ich im Urlaub auf Sylt bin und spontan mit dem

Fahrrad hergefahren bin, nachdem ich im Outlet Shop eingekauft habe.

Daraufhin verspricht er, zu tun was in seiner Macht steht, und weist mir ausnahmsweise einen Platz zu. An dem Tisch sitzt eine Gruppe von älteren Touristen, die wegen mir extra näher zusammen rutschen.

»Tut mir leid, ich will Ihnen keine Umstände bereiten«, entschuldige ich mich.

Doch ich werde von den Herrschaften freundlich aufgenommen und voller Interesse darüber ausgefragt, woher ich komme und was mich nach Sylt treibt.

Sie geben mir sogleich eine umfassende Beratung bezüglich des Speisenangebots und raten mir zu der legendären Sansibar Currywurst. Ich dachte zuerst zwar an Meeresfrüchte, in Anbetracht des preislichen Unterschieds entschiede ich mich dann aber doch für die Currywurst mit Bratkartoffeln.

Bevor ich mich nach dem Essen auf den Rückweg mache, werfe ich einen Blick in mein Handy, genauer gesagt in Google Maps. Am Rantumer Hafen habe ich gesehen, dass auch ein Weg über den Deich des Rantumbeckens entlangführt.

Und tatsächlich: Was ich dort gesehen habe, ist ein Radweg, mit dem es beinahe direkt zum Reiterhof zurück geht.

Ich radle also zurück nach Rantum, und biege dann am Hafen zum Deich ab.

Jetzt fahre ich genau am Rantumbecken entlang, das sich zu meiner Linken befindet. Rechts von mir erstreckt sich das Wattenmeer in seiner ungewöhnlichen, aber dennoch hinreißenden Schönheit.

Hier ist es ganz ruhig; ich höre nur das Meeresrauschen und das Kreischen der Wasservögel, die im Naturschutzgebiet brüten.

Schon von Weitem erkenne ich eine Schafsherde, die grasend über den Deich spaziert. Als ich mich den Tieren nähere, laufen ein paar von ihnen über den Fahrradweg.

Ich halte an und schaue ihnen schmunzelnd dabei zu, wie sie keine zwei Meter vor mir auf die andere Seite der Wiese rüber wechseln.

Warum können Pferde nicht einfach genauso sein wie Schafe? Süß, klein und tollpatschig. Dann bräuchte ich keine Angst vor ihnen zu haben und hätte nicht das Problem, dieses bescheuerte Geheimnis vor Sven bewahren zu müssen.

Als ich weiterfahre, denke ich darüber nach, wie es wohl wäre, wenn Sven ein Schäfer wäre. Eigentlich ist er ja fast sowas wie ein Schäfer – nur eben für Pferde. Für ich als Außenstehende jedenfalls; Leute, die sich näher mit der Materie befassen, sehen das vermutlich ein bisschen anders.

Ich muss daran denken, was Oma und Claudia heute Morgen zu mir gesagt haben: Dass Sven nicht schlechter über mich denken wird, nur weil ich seine große Leidenschaft nicht mit ihm teilen kann.

Das mag schon richtig sein – und selbst, wenn nicht: Könnte es mir dann nicht total egal sein, was er über mich denkt?

Warum ist es mir überhaupt so wichtig, gut bei ihm anzukommen?

Nur, weil ich ihn attraktiv finde ... oder lege ich allgemein zu viel Wert darauf, was Leute über mich denken?

Wahrscheinlich ist es von beidem ein bisschen. Aber das ist sowas von irrational! Sowohl der eine Grund, als auch der andere.

Vielleicht sollte ich es ihm einfach bei der nächsten Gelegenheit sagen. Das wäre zwar endpeinlich, aber unterm Strich immer noch besser, als sich weiterhin ständig Ausreden einfallen zu lassen.

Bisher bin ich damit zwar ganz gut durchgekommen, aber wenn ich das jetzt noch eine Woche länger durchziehen muss, könnte es wirklich mühsam werden.

Als ich auf dem Hof eintreffe, wollen Claudia und Henning gerade zum Ausritt aufbrechen. Sie haben die Pferde schon von der Koppel geholt und gesattelt, es sind vier an der Zahl.

Marie sitzt auf einem von ihnen, ebenso wie drei andere Kinder, die mit ihren Eltern zum Urlaubmachen hier sind. Zwei Frauen – vermutlich Mütter der Kinder – sind auch dabei und halten die Pferde an einem zusätzlichen Zügel fest.

»Du bist ja früher zurück, als ich dachte«, sagt Claudia. »Das trifft sich gut – dann kannst du mit Elias spielen, solange wir weg sind. Für Oma könnte es etwas anstrengend werden, sich eine Stunde lang allein mit ihm zu beschäftigen.«

»Klar, mach ich gern.« Ich deute in Richtung Haustür. »Sind die beiden drin?«

»Ja, grade noch am Malen im Esszimmer. Aber das wird nicht lange gehen, Elias bleibt nie lange am selben Fleck sitzen.«

»Okay, dann geh ich gleich rein. Bis später!«

Sie verabschieden sich und setzen sich in Bewegung.

Ich gehe ins Haus, ziehe meine Schuhe aus und schaue direkt ins Esszimmer.

Elias hat eine Ritterburg gemalt, die er mir stolz vorzeigt. Wie von Claudia vorhergesehen, hat er jetzt aber keine Lust mehr zu malen.

»Wollen wir was spielen?«, frage ich ihn.

Er zeigt sich sofort hellauf begeistert. »Au ja! Magst du Lego?«

»Ja, aber sicher.«

»Super!« Elias springt auf und nimmt mich an der Hand. »Komm mit! Wir können meine Polizeistation aufbauen!«

»Dann werde ich jetzt wohl nicht mehr gebraucht«, kommentiert Oma das Ganze mit erleichtertem Lächeln. »Ihr findet mich dann im Wohnzimmer.«

Elias zieht mich nach oben in sein Zimmer, dann wuchtet er eine Kiste aus der Ecke und wirft sie um. Unzählige Legoteile fallen heraus und verteilen sich quer über den kompletten Fußboden.

Ich merke schon, dass es ein Weilchen dauern wird, bis wir alle benötigten Steine herausgesucht haben.

Nun holt er einen Schnellhefter unter seinem Bett hervor und hält ihn mir aufgeklappt vor die Nase.

»Ach so, das sind deine Baupläne«, sage ich, als ich erkenne, dass es sich dabei um die Bauanleitungen seiner Lego-Sets handelt.

»Ja, genau!« In Windeseile sucht er den Plan für die Polizeistation heraus und lässt den Schnellhefter dann auf den Boden fallen. »Schau hier!«

»Wow, die sieht ja cool aus.« Ich schaffe mir eine freie Stelle auf dem Boden und lasse mich im Schneidersitz nieder.

Wir machen uns sofort an die Arbeit. Als Claudia nach einer Stunde zurückkommt und nachsieht, wie es bei uns läuft, haben wir die Polizeistation schon fast aufgebaut.

Wir sind damit schneller fertig geworden, als ich zunächst befürchtet hatte. Zum einen, weil ich Elias Fähigkeiten im Legobauen gnadenlos unterschätzt hatte. Aber zum anderen auch, weil die neuen Lego-Sets heutzutage mit viel weniger Teilen auskommen, als ich es aus meiner Kindheit kannte. Aber um unser Tante-Neffen-Verhältnis zu stärken, hat es sich allemal gelohnt.

Als ich wenig später, nachdem ich mich geduscht habe, auf meinem Bett sitze, checke ich meine WhatsApp-Nachrichten.

Robert Jensen, der Mann, den ich in Westerland am Hundestrand kennen gelernt habe, hat mir geschrieben. Er lädt mich noch einmal ausdrücklich zu seiner Party in Kampen ein.

›Freitag 20 Uhr geht´s los‹, schreibt er. Sogar die Adresse hat er mir schon geschickt.

Wie aufregend! Meine erste Party auf Sylt, und dann auch noch gleich bei der High Society!

Ich bin direkt Feuer und Flamme und antworte ihm, dass ich auf jeden Fall kommen werde.

Nur, wer mich begleiten wird, weiß ich momentan selbst noch nicht.

Aber eigentlich kann es ja nur auf Claudia oder Sven hinauslaufen. Ansonsten kenne ich schließlich niemanden auf der Insel, den ich mitnehmen könnte.

Danach schreibe ich noch schnell eine Nachricht an Mama, in der ich ihr mitteile, dass es mir gut geht, und eine an Lisa mit ähnlichem Inhalt.

Gerade rechtzeitig zum Abendessen ist Sven wieder da. Henning hat ihn am Bahnhof abgeholt, nachdem er zur Abwechslung mal selbst mit Oskar Gassi gegangen ist.

Am Tisch herrscht lockere, fast schon ausgelassene Stimmung.

Ich setze mich neben Sven und kann es gar nicht abwarten, zu erfahren, was er zu erzählen hat. Es interessiert mich brennend, was er den ganzen Tag in Husum gemacht hat. Klar, er hat seine Eltern besucht – das weiß ich ja. Aber das wird doch wohl nicht alles gewesen sein.

»Wie war deine Fahrradtour, Melli?«

Mist! Er hat mich zuerst gefragt!

»Gut, ich hab´s bis nach Sansibar geschafft.«

Er lacht, das ist schon mal ein gutes Zeichen. Aber Moment mal ...

»Woher weißt du, dass ich ´ne Radtour gemacht hab?«

Sven nickt meiner Schwester zu, die gegenüber von uns sitzt und grinst dabei.

»Verräterin.«

Alle lachen – das ist meine Chance, mich nach ihm zu erkundigen.

»Und was hast du heute so erlebt?«

»Familienbesuch, drüben in Husum.«

Soviel weiß ich schon (von Claudia, wie ironisch!), aber ich schalte schnell genug, um es für mich zu behalten. Diesen Trumpf behalte ich für mich.

»Bei deinen Eltern?«

»Japp. Seit ich wieder in ihrer Nähe wohne, bestehen sie darauf, dass ich sie mindestens einmal pro Woche besuchen komme.«

»Verständlich. Sie haben dich bestimmt vermisst, als du so lange weg warst.«

»Ja, natürlich. Wär ja schlimm, wenn es nicht so gewesen wäre.« Sein Mundwinkel zuckt ein paarmal schelmisch nach oben.

Ich muss mit grinsen, obwohl ich das Gesprächsthema bisher als nicht sehr witzig empfunden habe.

»So hab ich das nicht gemeint.«

»Echt nicht?« Sven schaut mich künstlich überrascht an, aber er ist maximal ein mittelklassiger Schauspieler. »Wie denn dann?«

»Ach, keine Ahnung.« Ich boxe ihm spielerisch gegen den Oberarm.

Er scheint es gar nicht wahrzunehmen.

»Hast du morgen schon was vor?«, fragt er nun gänzlich unvermittelt.

Ich überlege kurz. *Ausflug mit Sven zu seinen Lieblingsplätzen?*

»Nein, oder ... Sekunde. Welches Datum ist morgen?«

Okay, ich gebe zu; ich bin auch keine bessere Schauspielerin als Sven.

»Donnerstag«, schaltet sich Henning von rechts ein.

»Danke.« Ich nicke ihm höflich zu und verfalle in ein unreifes Grienen, als ich mich wieder an Sven wende. »Morgen früh hab ich ganz zufällig noch Zeit.«

»Sehr schön. Dann haben wir morgen ein Date.«

Er sagt es so trocken, als würde er einen Arzttermin vereinbaren, und dennoch freue ich mich über die Bezeichnung ›Date‹.

»Mama, was ist ein Date?«, will Elias wissen.

Claudia kommt ins Straucheln und wirft Sven und mir zwei giftige Blicke zu.

»Das machen Verliebte«, glaubt Marie zu wissen.

Ich grinse nur noch in mich hinein – bemühe mich aber, es nach außen weitestgehend zu verbergen.

Kapitel 13

An diesem Morgen sitze ich zum ersten Mal alleine mit meinem Müsli am Frühstückstisch, als Sven in Jeans und Lederjacke ins Esszimmer kommt.

Bestens gelaunt wünscht er mir einen Guten Morgen, bevor er gegenüber von mir Platz nimmt.

Ein Lächeln legt sich auf mein Gesicht. Ich sehe in seine strahlenden blauen Augen und muss mich zusammenreißen, damit es nicht wirkt, als würde ich ihn zügellos anschmachten.

Oma und Claudia habe ich beide nicht im Haus angetroffen. Daher vermute ich, dass Oma heute schon früh genug aufgestanden ist, um Claudia nach Westerland zu begleiten. Wahrscheinlich sind sie noch einkaufen gegangen, nachdem sie die Kinder weggebracht haben.

»Bist du bereit, *mein* Sylt kennen zu lernen?«, fragt Sven, lässig in den Stuhl gelehnt.

»Du meinst wohl, ob ich bereit für unser Date bin?«

»Wenn du´s so nennen willst ...«

»DU hast es doch so bezeichnet.«

»Ach so, stimmt.«

Was ist denn jetzt los? Er tut grade so, als hätte er diesen Begriff völlig willkürlich verwendet.

Aber von einem *Date* zu sprechen, wäre auch etwas übertrieben. Wir haben ja nur einen Ausflug – eine Art Inselführung – geplant. Ein richtiges Date ist auch in meiner Definition etwas ganz anderes.

»Ja, ich bin gleich soweit. Lass mich nur noch schnell zu Ende essen.«

»Und umziehen wär auch nicht schlecht.«

Ich sitze wie immer in meinem flauschigen Jogginganzug am Esstisch.

Da ich davon ausgehen kann, dass es raus in die Natur geht, sollte ich mir was anziehen, das ruhig auch schmutzig werden darf.

»Ja, natürlich.«

Sven schmunzelt mich frech an. »Und heute unbedingt vernünftige Schuhe anziehen.«

»Ich habe leider keine Gummistiefel dabei«, gebe ich schlagfertig zurück.

»Claudia hätte bestimmt noch welche für dich übrig. Aber keine Sorge, deine Turnschuhe müssten ausreichen.«

Als ich zehn Minuten später in meinem Wald-und-Wiesen-Outfit raus auf den Hof komme, wartet draußen schon Sven auf mich.

Er hat jeweils einen Motorradhelm in jeder Hand.

Natürlich! Was hatte ich denn sonst gedacht, mit was für einem Fahrzeug sich Sven fortbewegt?

Neben ihm steht ein altes Motorrad, das mir schon aufgefallen ist, als ich zum ersten Mal Claudias Fahrrad aus der Scheune geholt hab. Es stand dort einsam in einer Ecke herum und ich war eigentlich gar nicht davon ausgegangen, dass mit dem Ofen überhaupt noch jemand fährt.

Ich deute ungläubig mit dem Zeigefinger darauf. »Du erwartest doch nicht etwa, dass ich mich da draufsetze?«

»Doch. Oder wär´s dir lieber, mit dem Fahrrad zum Ellenbogen zu fahren?«

»Zu welchem Ellenbogen?« Ich weiß nicht, von was er redet.

»Zum Sylter Ellenbogen, dem nördlichsten Punkt Deutschlands.«

Okay, er meint also die Nordspitze der Insel. Da wir uns in der Mitte befinden und ich weiß, wie lange ich mit dem Fahrrad zur Sansibar unterwegs war, kann ich mir ungefähr ausmalen, was es bedeuten würde, mit dem Rad zum Ellenbogen zu fahren.

»Also was ist?«, fragt er, nachdem ich mir mit einer Antwort etwas zu viel Zeit gelassen habe.

Kritisch beäuge ich sein altes Motorrad. Es ist relativ klein, aber der Sattel ist länger als bei den meisten anderen Maschinen. Ich würde also immerhin genügend Platz darauf haben.

Und außerdem wollte ich ihm doch nahe sein. Die Möglichkeit dazu habe ich hier auf jeden Fall.

»Ja, okay. Meinetwegen.«

»Hört sich aber nicht sehr begeistert an.«

»Doch, naja ...« Ich druckste unschlüssig herum. »Es ist nur ... ich bin noch nie auf so ´nem Teil mitgefahren.«

»Meinst du, auf *so* einem oder allgemein noch nie auf einem Motorrad?«

OMG, wie er mich dabei ansieht! Aber er hat recht – ich stelle mich grade genauso dämlich an wie bei den Pferden!

»Nur auf einem Roller, mit 15, 16«, antworte ich.

»Dann wirst du hier drauf auch zurecht kommen. Das ist ´ne 125er, auch nichts anderes als ein schnellerer Roller.«

»Was heißt das?«

»125 Kubikzentimeter Hubraum und grade mal zwölf PS. Fährt auch kaum schneller als 90.«

Eigentlich sollte ich froh sein, dass ihm überhaupt ein fahrbarer Untersatz zur Verfügung steht.

»Ist das deine Maschine?«

»Japp. Ein Auto besitze ich leider nicht – hatte bisher auch keinen Bedarf dafür.«

»Dann bleibt uns wohl keine andere Wahl, als damit zu fahren.«

Sven schüttelt den Kopf und grinst dabei. »Ich hab das Moped nicht ohne Grund aus der Scheune geholt.« Er reicht mir einen der beiden Helme. »Hier – nimm den, das ist der Bessere.«

Ich nehme ihm den Helm ab und ziehe ihn mir über den Kopf. Ganz schön eng ist es da drin.

Nur gut, dass ich mir vorhin noch schnell die Haare nach hinten gebunden hab. Ich wüsste nicht, wie ich die jetzt aus meinem Gesicht bekommen würde.

»Du musst noch den Verschluss zu machen – warte.«

Er greift mit seinen Händen unter mein Kinn und zieht einen Gurt hervor, von dem ich noch gar nicht wusste, dass er überhaupt existiert.

Dann macht es kurz ›klick‹ und ich spüre ein leichtes Ziehen über meinem Hals.

»So, fertig«, sagt Sven, bevor er sich seinen Helm auf den Kopf setzt.

»Okay, wer muss dann jetzt zuerst aufsitzen?«

»Ich. Aber ich würde vorher noch den Inhalt aus deiner Handtasche in den Satteltaschen verstauen.« Er öffnet eine der braunen Ledertaschen, die an jeder Seite über dem Hinterrad angebracht sind.

»Ich kann doch nicht das ganze Zeug, das ich in meiner Handtasche ...«

Ich spare mir den Rest meiner Erklärung und quetsche meine Handtasche kurzerhand komplett in die linke Satteltasche.

»Klar, so geht´s natürlich auch«, merkt Sven bewundernd an.

Jetzt setzt er sich auf den Sattel und signalisiert mir mit Blicken, hinter ihm auf zu steigen.

»Wo soll´s denn überhaupt hin gehen?«, frage ich. »Nur zu diesem Ellenbogen?«,

»Nein, zuerst nach Keitum. Hast du schon mal was vom ›Harhoog‹ gehört?«

»Nicht, dass ich wüsste.«

»Dann wird´s jetzt aber allerhöchste Zeit.«

Er klappt das Visier an seinem Helm herunter und ich tue es ihm gleich.

Etwas unbeholfen steige ich nun hinter ihm auf das Moped und suche mit den Händen nach einer Möglichkeit zum Festhalten.

»Halt dich an mir fest!«, fordert er mich auf.

Ich taste mich an seiner Taille nach vorne.

»Kannst ruhig richtig zupacken, ich bin nicht aus Glas.«

»Gut zu wissen«, murmle ich in meinen Motorradhelm hinein.

Sven schmeißt den Motor an und als er Gas gibt, fliege ich mit dem Oberkörper nach vorne, bis ich von seinem Rücken ausgebremst werde. Ich versuche noch, mit dem Hintern zurück zu rutschen, bekomme dann aber Angst, nach hinten runter zu fallen.

Also bleibe ich ganz dicht hinter ihm und schlinge meine Arme um seinen Bauch. Das fühlt sich gut an, gibt mir fast schon ein Gefühl der Geborgenheit. Obwohl ich gleichzeitig spüre, wie ein Schub Adrenalin durch meine Blutbahn rauscht.

(... wofür natürlich allein die Gefahrensituation verantwortlich ist, in die ich mich begeben habe, als ich auf dieses Motorrad gestiegen bin.)

Wir brettern über einen Feldweg auf die Straße und erreichen schon nach wenigen Minuten die erste Ortschaft.

Sven steuert jedoch daran vorbei; es geht durch ein Wohngebiet, in dem mal wieder nur ein paar teuer aussehende Reetdachhäuser mit viel Grundstücksfläche stehen. Dann lenkt er sein Moped von der Straße herunter und stoppt es neben einer Ansammlung von Felsbrocken, die auf der Wiese aufgestellt sind.

Vor uns erstreckt sich das Wattenmeer, es befindet sich jetzt nur ein paar Meter von uns entfernt.

Wir steigen ab und nehmen die Motorradhelme von unseren Köpfen.

Die Felsbrocken sind im Rechteck aufgestellt, in der Mitte sind ein paar davon aufeinander gebaut.

»Das ist das Harhoog«, erklärt Sven mir. »Es ist eine Grabstätte aus der Jungsteinzeit, sie ist etwa 5000 Jahre alt.«

»Wow! Ich wusste nicht, dass es vor so langer Zeit schon Menschen auf Sylt gab.«

»Beeindruckend, oder? Das war zu einer Zeit, als die Menschen allmählich sesshaft wurden und sich von Jägern und Sammlern zu Ackerbauern und Viehzüchter entwickelt haben.«

Wir schauen uns die Infotafel an, die in unmittelbarer Nähe der Grabstätte steht.

»2500 vor Christus«, lese ich vor. »Das heißt, das Harhoog ist erst 4521 Jahre alt.«

»Was bist du denn für ´ne Klugscheißerin?«, lacht Sven.

Ich bin froh, dass er es mit Humor nimmt. Es war schon ein bisschen unnötig von mir, ihn zu verbessern. Aber Genauigkeit ist mir bei Zahlen nun mal wichtig – wahrscheinlich eine Berufskrankheit als Kassiererin.

Von der Infotafel erfahre ich außerdem, dass das Harhoog ursprünglich an einem anderen Ort errichtet und erst hierher versetzt wurde, als der Sylter Flughafen vergrößert wurde. Vorher befand es sich nämlich auf dessen heutigem Gelände.

»Und das da drüben ist das Tipkenhoog«, sagt Sven, wobei er in die Richtung zeigt.

Meine Augen folgen seinem Zeigefinger, doch ich weiß nicht, was er meint.

»Der Hügel«, gibt er mir zu verstehen. »Komm, den schauen wir uns auch noch an.«

»Den Hügel? Was ist denn daran so interessant?«

»Das ist auch ein Grab – vom Wächter der Sylter Kämpen.«

»Die Sylter Kämpen? Was ist das denn jetzt?«, frage ich, während ich mit Sven zu dem Hügel gehe, der keine 100 Meter entfernt ist.

»Das waren der Legende nach Riesen, die Sylt vor den Dänen beschützt haben. Aber ich will nicht wieder was Falsches erzählen, deshalb lesen wir uns lieber die Infotafel durch.«

Viel mehr als der Hügel an sich, gefällt mir die Aussicht, die man bekommt, wenn man von dort oben auf das Meer hinausblickt. Ich nehme ein paar tiefe Atemzüge von der frischen Seeluft und lasse den Blick am Horizont entlang schweifen.

»So, was steht als Nächstes auf dem Plan?«, frage ich schließlich.

»Naja, solche Grabstätten gibt es fast auf der ganzen Insel verteilt. Wollen wir uns noch mehr davon ansehen?«

Das kann doch nicht sein Ernst sein! Glaubt er tatsächlich, ich wollte den ganzen Tag lang Hügel und Felsbrocken besichtigen?

Ich schüttle energisch mit dem Kopf.

Sven grinst. »Das dachte ich mir schon.«

»Gut! Was steht sonst noch zur Auswahl?«

»Das Altfriesische Haus, die Lügenbrücke ...«

»Also ein altes Haus und eine Brücke?«, hake ich skeptisch nach.

»Das eine ist eigentlich ein Museum, aber ... okay, ich versteh schon. Ich würde sagen, wir fahren direkt zur Uwe-Düne und ans Rote Kliff. Und heute Nachmittag haben wir dann was richtig Cooles vor.«

»Da bin ich jetzt aber gespannt«, sage ich.

Wir gehen zurück zum Motorrad, ziehen uns die Helme über die Köpfe und steigen auf.

Ich weiß nicht genau, wo wir jetzt hinfahren – nur dass es stetig nach Norden geht. Diese Fahrt dauert etwas länger als die erste und wir fahren nahe der Küste durch mehrere kleine Siedlungen.

Dann geht es ein Stück weiter ins Landesinnere. Merkwürdigerweise taucht dabei nun ein Leuchtturm vor uns auf. Ein paar Häuser sind schlossartig um den Leuchtturm herum gebaut.

Sven hält das Moped an und klappt sein Visier hoch. »Das ist der ›Lange Christian‹. Ich dachte, den mal zu sehen, wäre noch halbwegs interessant für dich.«

»Halbwegs, ja. Also der Leuchtturm wird ›Langer Christian‹ genannt?«

»Genau. Aber soweit ich weiß, kann man den nur von außen anschauen.«

Wir fahren noch etwas weiter, bis Sven an einem Wanderweg wieder anhält. Der Weg führt zu einem Hügel – es ist der höchste Hügel, den ich bisher auf Sylt gesehen habe.

»Das ist die Uwe-Düne. Die höchste Erhebung der Insel. Bei dem Wetter heute müssten wir von da oben sogar das Festland sehen können.«

»Dann nichts wie hin!«, fordere ich voller Vorfreude.

Wenn mir an Sylt etwas ganz besonders gefällt, dann sind es die Aussichtspunkte.

Ich renne los und Sven eilt mir hinterher. Mit den Motorradhelmen in der Hand steigen wir die hölzernen Stufen auf die Uwe-Düne hinauf und als ich vor ihm oben ankomme, strecke ich triumphierend meine Arme in die Höhe.

Bewundernd genieße ich die atemberaubende Aussicht über das Meer und die Insel.

»Welche Stadt ist das?«, frage ich, und zeige dabei auf die schicken Häuser, die nur einen Katzensprung von uns entfernt sind.

Ich habe bereits eine Vermutung und bin gespannt, ob ich damit richtig liege.

»Kampen, die Heimat der Edelspießer«, gibt Sven grinsend zurück.

Okay, ich lag richtig mit meiner Vermutung.

»*Edelspießer* nennst du diese Leute also?« Ich muss lachen, als ich die Wortkreation ›Edelspießer‹ selbst über die Lippen bringe.

»Ja, so würde ich schon die meisten Bewohner von Kampen bezeichnen.«

»Ich bin am Freitag auf einer Party in Kampen eingeladen«, informiere ich ihn.

»Aha.« Er schaut mich ein wenig verdutzt an. »Wie kommst du denn zu dieser Ehre?«

»Das frag ich mich auch«, kichere ich. »Ich war nur mit Oskar in Westerland am Hundestrand – und schon hab ich jemanden kennen gelernt, der mich zu seiner Party eingeladen hat.«

»Das geht aber schnell bei dir.«

»Was soll das denn heißen?«

Sven zuckt mit den Schultern. »Naja … ich war auch schon öfters mit Oskar am Hundestrand, aber mich hat dort noch nie jemand zu ´ner Party eingeladen.«

Ich überlege, ob ich ihn jetzt fragen soll, ob er mich am Freitagabend begleiten möchte. Eigentlich habe ich das Thema sogar nur deswegen angesprochen. Aber irgendwie scheint er von Kampen und dessen Einwohnern nicht sonderlich angetan zu sein.

Vielleicht sollte ich mich damit lieber zurückhalten. Ich hätte mir aber auch denken können, dass Sven nicht viel mit dem Leben der Reichen und Schönen anfangen kann. Die sind schließlich ein ganz anderer Menschenschlag als er – war wohl doch keine so gute Idee, ihn mit dorthin nehmen zu wollen.

Es würde mich auch reizen, jetzt schon mal eine Runde mit dem Motorrad durch Kampen zu drehen. Aber Sven hatte angekündigt, mir *sein* Sylt zeigen zu wollen. Dann ist es wohl doch besser, wenn ich ihn nicht weiter von seinen Reiseführerplänen abhalte.

Nach der Uwe-Düne besichtigen wir noch das Rote Kliff, das sich ganz in der Nähe befindet. Danach geht es auf zwei motorisierten Rädern weiter nach List.

Sven hat mir versprochen, dass wir bei ›Sylter Suppen‹ zu Mittag essen. Was das bedeutet, wird mir jedoch erst klar, als wir dort ankommen.

Wie der Name schon sagt, werden dort hauptsächlich Suppen serviert. Aus einem schnuckeligen, kleinen Imbisswagen, der draußen am Ortsrand steht.

Und was einem hier serviert wird, schmeckt wirklich köstlich. Abgesehen von Omas Kartoffelsuppe ist es so ziemlich die leckerste Suppe, die ich jemals gegessen habe.

Wir setzen uns mit unseren Schüsseln ins Gras und fangen an, sie auszulöffeln. Nebenbei versuche ich aus Sven herauszubekommen, was er als Nächstes vorhat.

Doch er macht ein Geheimnis daraus und lässt mich nur wissen, dass er was ganz Besonderes vorbereitet hat. Das schürt meine Neugier natürlich erst recht an.

Auf mein ungeduldiges Drängen hin, verrät er mir zumindest, dass er mir hier in List gleich jemanden vorstellen wird und wir anschließend endlich zum Ellenbogen aufbrechen.

Wenig später parkt Sven sein Moped in der Einfahrt vor einem kleinen Häuschen, das laut ihm nicht weit vom Lister Hafen entfernt ist.

Ich will ihn noch fragen, ob hier die Person wohnt, die er mir vorstellen will, als auch schon die Haustüre aufgeht.

»Sven, min Jung! Da biste ja endlich – ich dachte schon, du kommst gar nicht mehr!«

»Moin, Arne!«, ruft Sven zurück. »Seit wann spielt Zeit denn ´ne Rolle bei dir?«

»Wenn ich zuhause auf dich warten muss, immer!«

Als der Mann jetzt auf uns zukommt, fällt mir als Erstes sein freundliches Lächeln auf. Er ist überdurchschnittlich groß, hat schulterlange Haare und einen Vollbart, der an den Seiten aber deutlich kürzer ist als um die Kinnpartie herum.

Ich schätze ihn auf um die 40, er ist also ein paar Jahre älter als Sven. Aber er sieht noch ziemlich gut aus und ich bemerke, dass sich unter seinem Leinenhemd ein paar stramme Muskeln abzeichnen.

Er begrüßt zuerst mich und dann Sven mit einem Handschlag.

»Arne – du musst Claudias Schwester sein«, sagt er.

»Richtig – Melanie.«

»Sven hat mir schon viel von dir erzähl.«

»Wirklich?« Ich schaue ihn fragend an.

»Übertreib nicht, Arne. Ich hab dir VON ihr erzählt … aber nicht *viel*.«

»Wie auch immer … Ihr wollt heute also zu den Seehundbänken rüber schippern?«

Für mich kommt diese Information vollkommen überraschend. Mir bleibt glatt der Mund offenstehen.

Sven nickt und lächelt gequält. »Das sollte eigentlich ´ne Überraschung werden.«

»Dat deit mi bannig Leed. Aber später hätte sie es sowieso rausgekriegt.« Arne zwinkert mir zu, dann deutet er auf seine geöffnete Haustüre. »Wollt ihr eure Motorradhelme bei mir ablegen?«

Ohne zu antworten, reicht Sven ihm die beiden Helme. »Danke.«

Als Arne jetzt zum Haus zurück geht, drehe ich mich zu Sven um und schaue ihn geradewegs an.

»Seehundbänke?«, frage ich mit unüberhörbarem Erstaunen in der Stimme.

»Sollte eigentlich ´ne Überraschung werden«, wiederholt er achselzuckend.

»Ich bin schon genug überrascht – und zwar durchweg positiv«, eröffne ich ihm mit strahlendem Gesicht.

»Na, dann hab ich ja noch mal Glück gehabt.«

Er sagt es wie aus Spaß, aber mir entgeht nicht die Erleichterung in seinem Blick.

Nun kommt Arne aus dem Haus zurück. Anstatt den Helmen hat er jetzt zwei Schwimmwesten dabei.

»Ich bin mir sicher, dass ihr beide schwimmen könnt, aber sicher ist sicher.«

Wir fallen in kollegiales Lachen ein und nehmen ihm die Schwimmwesten ab.

Nun geht es zum Hafen. Wir brauchen höchstens zehn Minuten, bis wir zu Fuß da sind.

Arne erzählt uns dabei ein wenig von den Seehunden und Kegelrobben, denen man zum Teil auch an Sylts Sandstränden begegnet.

»Wenn man die Robben am Strand antrifft, sollte man sie in Ruhe lassen und nur von Weitem beobachten. Aber viele von den Touristen kapieren das nicht. Die gehen hin, um ein Selfie mit ihnen zu machen, setzen ihr Kind drauf oder lassen den Hund dran schnüffeln. Völlig idiotisch – aber was will man schon von Leuten aus der Stadt erwarten. Die haben oft gar keinen Bezug mehr zur Natur.«

Arne dagegen ist offenbar ein Naturbursche durch und durch. Anscheinend sogar noch mehr als Sven – kaum zu glauben, wie das überhaupt möglich ist.

Ich erfahre im Laufe des Gesprächs, dass er sich nicht nur mit der See auskennt, sondern sich auch für den Vogelschutz auf der Insel einsetzt.

Am Hafen angekommen, gehen wir über den Steeg zu einem kleinen Segelboot.

»Das ist meine Jolle, die ›Stille Lotta‹.«

Der Name des Boots steht vorne auf dem Rumpf drauf.

»Warum ›Stille Lotta‹?«, frage ich.

»Ich hab sie nach meiner kleinen Schwester benannt. Aber die ist meistens alles andere als still, im Gegensatz zu dem Boot – deshalb ›*Stille* Lotta‹.«

Diese Erklärung entlockt mir auf der Stelle ein amüsiertes Lachen. Arnes nordischer Humor ist schon so eine Nummer für sich.

Sven und ich ziehen uns die Schwimmwesten über, dann gehen er und Arne an Bord, um die Segel zu setzen.

Die liegen zunächst beide noch auf dem Deck; sie heben eines davon auf und rollen es auseinander. Nachdem sie es am Mast befestigt haben, wird es mithilfe einiger Seile nach oben gezogen.

Sie ziehen die Seile fest und machen mehrere Knoten hinein. Wie man das nennt und was sie da genau tun, entzieht sich jedoch meiner Kenntnisse.

Als beide Segel gesetzt sind, kommt Arne zurück zu mir auf den Steeg.

»Du darfst an Bord gehen«, gibt er mir zu verstehen.

Sven reicht mir seine Hand, um mir beim Übersteigen zu helfen.

Ich nehme seine Hand und mache einen großen Schritt auf das Boot. Es ist ganz schön wackelig und ich bin froh, dass er mich festhält. Sobald ich das Deck unter meinen Füßen spüre, lasse ich mich auf einer der beiden Bänke nieder.

Dann macht Sven die Leinen los und stößt uns mit einem Schiffsharken vom Pier ab.

»Ahoi, Leichtmatrosen! Und gute Fahrt!«, winkt uns Arne zum Abschied zu.

Wir winken zurück, wobei ich mich vorsichtig mit einer Hand an der Reling festhalte.

»So, jetzt geht´s also zu den Robben«, freue ich mich.

»Genau – zu den Robben am Ellenbogen. Ich dachte mir, von Meer aus könnte das für dich interessanter sein. Am Ellenbogen gibt´s nämlich hauptsächlich Schafe, Dünen und Heideland. Aber davon hast du ja gestern schon genug gesehen.«

»Das stimmt allerdings«, pflichte ich ihm bei – was ich allerdings gleich danach wieder zurücknehme: »Naja, ich gebe zu: Eigentlich kann man davon gar nicht genug sehen. Aber es ist trotzdem eine willkommene Abwechslung, Sylt mal vom Wasser aus zu erleben.«

Und wie ich es erlebe!

Schon auf der ersten Sandbank, an der wir mit angemessenem Abstand vorbeisegeln, tummeln sich die Seehunde mit ihren plumpen, aber putzigen Körpern in Scharen.

Wir schippern weiter, an der Sylter Nordküste herum durch das Wattenmeer. Auf meine Nachfrage hin, erklärt Sven, dass wir um den Ellenbogen herum bis nach Weststrand segeln.

Meine Frage, was uns dort erwartet, beantwortet er nur mit einem diebischen: »Wart´s ab!«

Wir sitzen nebeneinander in dem kleinen Boot auf der Bank. Sven hält mit einer Hand die Segel, seine freie Hand hat er hinter mir auf der Sitzfläche abgelegt.

Ich weiß nicht genau, ob ihm klar ist, wie nah sie an meinem Hintern dran ist – aber mir macht es nichts aus. Dafür fühlt es sich viel zu gut an, so nah bei ihm zu sein. So verbunden habe ich mich noch nie zu ihm gefühlt.

Jetzt wäre eigentlich der Zeitpunkt gekommen, an dem er mich küssen könnte.

Es ist das erste Mal, dass ich mich nicht nur danach sehne, sondern es mir sogar mit ganzem Herzen wünschen würde. Hier draußen auf dem Meer, wo wir ganz unter uns sind und niemals jemand mitbekommen würde, was zwischen uns passiert.

Doch er scheint nicht einmal daran zu denken. Scheinbar tiefenentspannt, ist er auf die Steuerung des Boots fokussiert, während er mir immer wieder etwas über das Wattenmeer, das Segeln oder die Seehunde erzählt.

Ich lehne mich an ihn, möchte in seinen Arm fallen, doch unsere Schwimmwesten verhindern, dass wir uns so richtig nahekommen.

So segeln wir weiter, und allmählich wird es ruhig.

Nicht nur das Meer, ich meine auch Sven und mich. Keiner sagt mehr was, wir saugen einfach nur die unbeschreiblichen Eindrücke auf, die sich uns darbieten.

Doch nach einiger Zeit schreckt Sven plötzlich auf.

»Da! Hast du das gesehen?« Er zeigt auf eine Stelle im Wasser.

»Was?« Ich habe nichts gesehen. »Was ist da?«

»Warte, er müsste noch mal …«

Ich sehe etwas aus dem Wasser ragen. Es ist dunkelgrau und dreieckig … Eine Flosse! Die Rückenflosse eines …

»Ist das ein Delfin?«

»Ja, fast. Ein Schweinswal. Ein kleiner Wal, der mit den Delfinen verwand ist.«

»Wow, ich wusste nicht, dass es hier Wale gibt!«

»Doch, die gibt es hier. Allerdings springen sie nicht aus dem Wasser, wie man das von anderen Walen oder Delfinen kennt.«

Der Schweinswal schwimmt noch ein wenig um uns herum, ehe er sich dazu entscheidet, abzutauchen.

Nicht nur Sven, sondern auch ich bin der Meinung, dass seine Überraschung geglückt ist.

Wir machen uns nun wieder auf den Rückweg nach List.

Dort erwartet uns im Hafen bereits Arne, der mit Sven zusammen die Segel einrollt.

Er lädt uns noch auf einen Kaffee zu sich nach Hause ein und etwa eine Stunde später verabschieden wir uns von ihm.

Die Heimfahrt dauert am Stück jetzt knapp 30 Minuten und Sven fährt diesmal sogar unaufgefordert mitten durch Kampen durch.

Als wir auf dem Reiterhof ankommen, bereiten Oma und Claudia schon in der Küche das Abendessen vor.

Sven hilft Henning, die Pferde in den Stall zu bringen. Unter dem Vorwand, noch schnell unter die Dusche springen zu müssen, mache ich mich davon, bevor er mich darum bitten kann, ihnen dabei Gesellschaft zu leisten.

Eigentlich kein würdiger Abschluss für diesen schönen Tag – aber um dem gerecht zu werden, wären ohnehin zu viele neugierige Augen und Ohren auf dem Hof.

Kapitel 14

Es ist kurz vor elf, als ich Claudia heute das erste Mal alleine in der Küche erwische.

Ich will sie fragen, ob sie am Abend mit mir zu dieser Party in Kampen gehen will. Sven wäre dafür zwar meine erste Wahl gewesen, aber nachdem, was er über die Bewohner dieses Städtchens gesagt hat, glaube ich nicht, dass er darauf Lust hätte.

Deshalb habe ich ihn gestern auch gar nicht mehr gefragt. Wir waren ohnehin nicht mehr dazu gekommen, uns unter vier Augen zu unterhalten. Dafür mussten wir den anderen eine umfangreiche Berichterstattung abliefern; sie wollten wirklich jede Kleinigkeit über unseren Ausflug wissen.

Claudia ist übrigens schon wieder am Brotbacken. Manchmal frage ich mich, ob sie überhaupt noch was anderes macht.

Klar, natürlich kümmert sie sich auch noch um die Kinder, den Haushalt und ihre bürokratischen Aufgaben auf dem Hof – und das ist ja schon eine ganze Menge. Aber abgesehen davon verbringt sie meines Erachtens nach auch ziemlich viel Zeit mit ihrem Brotteig.

»Das ist mein Hobby«, erklärt sie mir nun. »Es entspannt mich und ich fühle mich gut, wenn ich hinterher sehe, was ich erschaffen hab.«

»Obwohl die vielen hungrigen Mäuler im Haus dafür sorgen, dass es am nächsten Tag wieder weg ist«, grinse ich.

»Schon, aber ich backe das Brot ja nicht zum Angucken.«

»Hättest du auch mal wieder Lust, zur Abwechslung was anderes zu machen«, leite ich behutsam den erforderlichen Themenwechsel ein.

»Was meinst du genau?«

»Naja, heute Abend zum Beispiel. Ich bin da auf so eine Party eingeladen worden und brauche noch jemand, der mich begleitet.«

»Was ist mit Sven?«, fragt sie geradewegs zurück.

»Ja … ich weiß nicht. Ich bin mir nicht sicher, ob er darauf Lust hätte.«

»Wieso denn? Glaubst du, Sven geht nicht ab und zu mal gern feiern?«

»Vielleicht nicht unbedingt in so einer Gesellschaft. Die Party findet in Kampen statt und Sven scheint mit den Leuten dort nicht viel anfangen zu können.«

»In Kampen?«, hakt Claudia in stutzigem Ton nach. Dabei schaut sie mich verwundert an. »Wie kommt´s denn, dass du zu einer Party nach … Moment mal – wie kommt´s, dass du *überhaupt* auf eine Party eingeladen wurdest? Hast du bei deiner Radtour jemanden kennen gelernt?«

»Nicht auf der Radtour«, gebe ich mit leicht betretenem Lächeln zurück. »Am Hundestrand. Der Typ, mit dem ich mich dort unterhalten hab … Du erinnerst dich?«

Claudia nickt. »Ja, der mit dem Wolfshund.«

»Genau. Wir haben Nummern ausgetauscht und er hat mir auch gleich von seiner Party erzählt.«

»Und der wohnt in Kampen?«

»Nein, in Westerland, hat er gesagt. Aber er ist Immobilienmakler und gibt eine Party in diesem Haus in Kampen, das er verkaufen will.«

»Aha.« Meine Schwester klingt nicht sonderlich überzeugt.

»Glaubst du nicht, dass das spaßig werden könnte? Wie früher, als wir hin und wieder zusammen ausgegangen sind?«

»Das ist mir ein bisschen zu spontan, Melli. Ich hätte das spätestens gestern schon mit Henning besprechen müssen – wegen den Kindern und … du weißt schon.«

»Okay, verstehe. Ich dachte jetzt auch nicht, dass wir da lange bleiben müssten. Aber so eine Party in Kampen … das würde ich mir halt schon gern mal ansehen.«

»Klar, kannst du ruhig machen. Nimm doch einfach Sven mit, ich bin mir sicher, dass er …«

»Womit bist du dir sicher?«, höre ich es plötzlich hinter mir aus der Küchentür, die zum Flur führt.

Es ist Sven, der gerade hereinkommt und sich einen Apfel aus der Obstschale nimmt.

Wenn man vom Teufel spricht!

»Und habe ich da grade ›Party‹ gehört?«

»Jaaa!«, jubelt Claudia grinsend. »Ich hab doch gesagt, dass Sven manchmal immer noch gerne auf Partys geht.«

Mein Mund zieht sich auseinander, bis er die Form eines Strichs angenommen hat, als ich ihn nun ansehe.

»Ich wollte dich eigentlich gestern schon fragen, ob du mich begleiten würdest«, sage ich, nachdem er mir ein paar neugierige Blicke zuwirft.

»Und? Warum hast du´s nicht gemacht?«

»Die Party findet in Kampen statt«, erklärt Claudia an meiner Stelle, was sie schon beinahe schwärmerisch betont.

»Bei den Edelspießern«, füge ich kleinlaut hinzu.

Sven zuckt unbeeindruckt mit den Achseln. »Cool. Bin dabei.«

»WAS?«

Ich kann zunächst gar nicht glauben, was ich da soeben gehört habe.

»Na also, da hast du doch jemanden, der mit dir hingeht«, zieht Claudia ihr vorschnelles Resümee.

Ich schaue Sven an, als bräuchte ich noch eine letztendliche Bestätigung dafür, dass er das auch wirklich ernst meint.

»Klar, warum nicht?« Er fängt an zu lächeln – so, als ob er sich echt darauf freuen würde. »Das wird bestimmt lustig.«

»Ja ... ähm – sicher«, stammle ich. »Dann bist du also dabei?«

»Ja, hab ich doch schon gesagt.«

»Ihr könnt auch gern unser Auto nehmen«, bietet Claudia uns nun großzügigerweise an. »Muss ja nicht sein, dass ihr nachts mit dem Moped durch die Gegend rauscht.«

Nach einem unaufgeregten Tag auf dem Hof stehe ich zirka acht Stunden später in Unterwäsche vor meinem Bett. Auf dem liegen ausgebreitet meine zwei Abendkleider, die ich mitgenommen habe: Ein kleines Schwarzes und ein längeres in glänzendem Grün, mit einem seitlichen Schlitz, der bis zum Oberschenkel hinauf reicht.

Beide sind verdammt sexy, aber das Grüne finde ich eleganter und daher für Kampen besser geeignet.

Ich hoffe nur, dass Sven dieses Kriterium bei der Wahl seiner Abendgarderobe ebenfalls beachtet. Aber er wird schon nicht so naiv sein und mit T-Shirt und zerrissenen Jeans ankommen.

Bevor ich mich in Schale werfe, nehme ich mein Handy und beantworte die WhatsApp-Nachrichten, die ich während meines Aufenthalts im Badezimmer bekommen habe.

Lisa habe ich bereits heute Mittag geschrieben, dass ich in Kampen zu einer Party gehe. Sie ist fast so aufgeregt wie ich selbst und meint, ich solle ihr unbedingt Fotos schicken, falls ich dort irgendwelchen Promis begegne.

Vanessa, meine Lieblingskollegin, hat mir mitgeteilt, dass heute eine junge Frau zum Probearbeiten da war.

Auf meine Frage, ob es sich dabei um eine zukünftige Azubine handelt, schreibt sie, dass wohl irgendeine Stelle neu besetzt werden soll – sie aber noch nichts Genaueres weiß.

Es überkommt mich wie ein Eimer kaltes Wasser, der mich frühmorgens aus dem Tiefschlaf aufschrecken lässt, als mir einfällt, welche Stelle das voraussichtlich sein wird.

Meine! Denn ich habe meine Stellungnahme noch gar nicht an die Personalleitung geschickt!

Weil ich nämlich überhaupt nicht mehr daran gedacht habe. Ich war die ganze Zeit über abgelenkt und hatte es komplett verdrängt, dass ich bis Ende der Woche noch eine E-Mail an die Zentrale schicken sollte.

Hektisch öffne ich mein E-Mail-Postfach und suche die Adresse des Personalbüros heraus.

Geschrieben habe ich die Stellungnahme ja zum Glück schon. Jetzt muss ich den grauen Herren nur noch das Dokument zuschicken.

Mehr bekommen sie nicht von mir – meine Erklärung muss ihnen genügen. Aber meine Chefin hat mir ja selbst am Telefon gesagt, dass eine E-Mail ausreicht.

Also wähle ich auf meinem Handy schnell den Ordner aus, in dem die Datei gespeichert ist. Es sind gleich zwei, die ich an diesem Tag verfasst habe.

Geistesgegenwärtig entscheide ich mich für die größere der beiden. Die andere beinhaltet wohl nur ein paar Notizen, die ich mir dafür gemacht habe.

Ich füge sie meiner Mail als Anhang bei, schreibe noch eine freundliche Begrüßungsfloskel dazu und fülle die Betreffzeile aus.

Im nächsten Moment habe ich auch schon auf ›Versenden‹ geklickt.

Uff – das wäre geschafft!

Jetzt kann ich nur noch hoffen, dass morgen jemand bei denen im Büro ist. Ich weiß nicht, ob die Schreibtischmenschen auch samstags arbeiten, wie wir im Laden.

Aber vielleicht zeigen sie sich auch kulant, wenn sie sehen, dass ich die Mail schon am Freitag abgeschickt hab. Falls sie meine Stellungnahme erst am Montagmorgen lesen, meine ich.

Okay, jetzt aber genug von dem Arbeitsstress. Es wird Zeit zum Feiern!

Erleichtert und voller Vorfreude schlüpfe ich in mein grünes Abendkleid.

Sven wird Augen machen, wenn er mich darin sieht! Ich kann mich gar nicht entsinnen, wann ich mich zum letzten Mal so darauf gefreut habe, abends auf eine Veranstaltung zu gehen.

Und noch weniger entsinne ich mich, wann ich mich zum letzten Mal so schick gemacht hab.

»Wow! Du siehst … umwerfend aus. Wirklich wunderschön!«

Svens Reaktion ist genau so, wie ich sie mir erhofft hatte, als ich ihm wenig später gegenüber trete.

Und auch ich bin fast schon ein wenig entzückt von seinem Outfit.

Er trägt einen dunkelblauen Anzug mit weißem Hemd darunter. Eigentlich nichts Außergewöhnliches – aber *ihn* so gekleidet zu sehen, ist in der Tat etwas Besonderes.

»Nur die Krawatte fehlt«, ziehe ich ihn auf, während ich seinen Hemdkragen glattstreiche.

»Sowas besitze ich nicht«, sagt er. »Ich mag es nicht, wenn mir die Dinger den Hals zuschnüren.«

»Ist schon in Ordnung. Ich bin schon froh, dass du wenigstens ein Sakko mit der passenden Hose im Schrank hast.«

»Du tust grade so, als lebe ich in ´nem Wohnwagen.«

Wir fangen beide an zu lachen.

Kurz darauf verabschieden wir uns von den anderen. Sven bekommt Hennings Zweitschlüssel für den Geländewagen zugesteckt und wir gehen gemeinsam nach draußen, um in der Scheune ins Auto einzusteigen.

Als Sven den Wagen vom Hof auf die Straße steuert, beginne ich, über unseren gestrigen Ausflug nachzudenken.

Ohne mir großartig Gedanken darüber zu machen, habe ich ihm gestern ein Maximum an Vertrauen geschenkt.

Man könnte schon fast sagen, ich hätte ihm mein Leben anvertraut.

Immerhin bin ich bei ihm auf dem Motorrad mitgefahren. Das hätte ich nicht machen können, wenn ich ihm nicht vertrauen würde.

Und für unsere Segeltour gilt noch mal das Gleiche. Schwimmweste hin oder her – auch da habe ich mein Leben in seine Hände gegeben, wenn man so will.

Das wird mir erst jetzt so richtig bewusst und ich hoffe, dass er das auch zu schätzen weiß.

Und auch heute Abend, wo ich ihn auf diese Party mitnehme – zu Menschen, die vermutlich ganz anders ticken als er –, vertraue ich ihm beinahe blind.

Vielleicht wäre es nun auch an der Zeit, Sven von meiner Pferdeangst zu erzählen. Schließlich hat er mir gezeigt, dass ich ihm vertrauen kann – also sollte ich ihm auch Dinge anvertrauen können, die mir ein bisschen unangenehm sind.

Ich mache mir inzwischen auch gar keine Sorgen mehr, dass er irgendwie komisch darauf reagieren könnte. Er würde mich wahrscheinlich höchstens dazu überreden wollen, mit ihm zusammen an meiner Pferdeangst zu arbeiten.

Aber ich weiß momentan noch nicht, ob ich dazu bereit wäre. Sven kennt sich zwar echt gut mit Tieren aus und weiß genau, wie er mit den Pferden umzugehen hat, aber ich bin mir trotzdem nicht sicher, ob das schon genügt.

Immerhin ist Sven kein ausgebildeter Pferdewirt. Daher fehlen ihm womöglich spezielle Kenntnisse, die es erfordert, um Mensch und Tier – in so einem Extremfall wie meinem – zusammen zu bringen.

»Wie heißt die Straße noch mal?«, fragt Sven, als wir nach Kampen reinfahren und an den ersten Reetdachhäusern vorbeikommen.

Ich schaue auf mein Smartphone, wo ich die Adresse in Google Maps eingegeben habe, und navigiere ihn bis zum Zielort.

Zwei Minuten später hält er vor dem Gartentor einer kleinen Landhausvilla mit roten Backsteinwänden und dem obligatorischen Reetdach. Eine gepflegte Hecke umgibt das Grundstück und an der Straße stehen schon ein paar andere Autos: Mercedes-Limousinen, Jaguar, Porsche, zwei Ferraris ...

»Das muss es sein«, sage ich.

»Sieht ganz so aus.«

Wir steigen aus und gehen durch das Tor zur Haustüre.

Auf dem Klingelschild steht kein Name. Natürlich nicht – momentan wohnt hier schließlich niemand. Robert hatte mir ja schon erzählt, dass er einen Käufer für das Haus sucht.

Ich drücke auf die Klingel. Es dauert nicht lange, bis die Tür aufgeht.

»Moin«, begrüßt uns ein Mann mit langen, braunen Locken und etwas Bart im Gesicht.

Er ist etwa in unserem Alter und trägt seinen Anzug wie Sven ohne Krawatte. In der linken Hand hält er ein Klemmbrett – wie sich gleich herausstellen wird, ist das die Gästeliste.

»Moin«, grüßen wir ihn zurück.

Er reicht zuerst mir und dann Sven seine freie Hand.

»Lars«, stellt er sich vor.

»Melanie.«

»Sven.«

Er wirft einen Blick auf die Liste. »Melanie, Stuttgart?«

Ich nicke eifrig mit dem Kopf. »Ja, genau!«

»Okay, ihr dürft reinkommen«, grinst er.

Als wir über die Schwelle treten, reicht er uns ein Tablett mit einigen Sektgläsern, das er auf einem Schränkchen im Flur abgestellt hat.

»Danke.« Wir nehmen unsere Begrüßungsdrinks und genehmigen uns ein Schlückchen.

»Robert ist grade draußen auf der Terrasse«, erklärt Lars uns. »Er versucht den Leuten grade, den tollen Garten schmackhaft zu machen.«

»Der ist aber auch wirklich schön«, hebe ich hervor.

»Ja, geht schon klar«, entgegnet Lars wenig beeindruckt. »Interessiert ihr euch auch für das Haus?«

Ich werde direkt ein bisschen verlegen und fange an, unsicher herum zu drucksen: »Naja, also eigentlich hat Robert mich nur zu der Party eingeladen ...«

»Party«, wiederholt Lars mit sichtlich amüsiertem Grinsen. »Schon okay – braucht euch nicht peinlich sein, wenn ihr die Bude nicht kaufen wollt.«

»Oder können«, murmelt Sven, wobei er vielsagend die Mundwinkel verzieht.

Ich werfe ihm einen düsteren Blick zu, denn so viel Ehrlichkeit ist mir doch etwas zu viel des Guten, und schaue dann Lars fragend an.

»Die Leute hier sind alle stinkreich, aber davon braucht ihr euch nicht einschüchtern lassen«, erklärt der nun, so als könnte er meine Gedanken lesen. »Alle sprechen sich mit Vornamen an, weil sie der Meinung sind, dass Nachnamen hier keine Bedeutung haben. Aber Vorsicht: Manche von denen finden es trotzdem unhöflich, wenn man sich gegenseitig duzt. Das heißt, die wollen gesiezt werden und sich gleichzeitig beim Vornamen nennen. Aber das ist im Endeffekt auch schon das Einzige, auf was ihr achten solltet.«

»Oh«, sage ich. »Na dann, vielen Dank für den Hinweis.«

»Keine Ursache.« Er zwinkert uns aufmunternd zu. »Ich kann mit dieser Gesellschaft auch nicht viel anfangen, aber ich hab meinem Kumpel versprochen, ihm heute ein bisschen bei der Bewirtung seiner Gäste zu helfen.«

Im Haus erklingt aus mehreren Lautsprechern gediegener Jazz in Zimmerlautstärke. Die Leute auf der Party tragen Anzüge und schicke Abendkleider – wir sind also auf keinen Fall overdressed.

Lars führt uns in einen großen, fast leeren Raum, der an die Terrasse angrenzt. Drinnen wie draußen sind einige Stehtische mit weißen Tischdecken aufgestellt.

»Das ist das Wohnzimmer«, erklärt er. Dann zeigt er nach draußen auf die Terrasse. »Und da draußen steht Robert. Er belabert grade diesen neureichen Aktienhändler, dessen Name ich schon wieder vergessen hab. Soll ich euch zu ihm bringen oder …«

»Danke, wir schaffen das schon«, winke ich mit höflichem Lächeln ab.

»Gut, dann viel Spaß«, wünscht Lars und verschwindet dann wieder in Richtung Hausflur.

»Der ist mir schon mal sympathisch«, raunt Sven mir ins Ohr.

»Ja, finde ich auch. Ich hoffe nur, er ist nicht der Einzige, der so nett zu uns ist.«

Wir gehen auf die geöffnete Terrassentür zu und als Robert mich sieht, entschuldigt er sich bei seinen Gesprächspartnern und wendet sich sofort uns zu.

»Melanie, wie schön, dass du gekommen bist!«

Robert breitet bereits die Arme aus und als ich vor ihm ankomme, zieht er mich an den Oberarmen sanft zu sich heran und gibt mir links und rechts ein Küsschen auf die Wangen.

Er scheint sich wirklich über mein Erscheinen zu freuen, doch als er im nächsten Moment Sven an meiner Seite registriert, versteift sich sein Blick auf der Stelle.

»Das ist Sven, meine Begleitung heute Abend«, stelle ich ihn vor. »Sven, das ist Robert, unser Gastgeber.«

Die beiden schütteln sich die Hände – etwas zu lange, wie ich finde – und Robert schaut Sven dabei mit misstrauischem Blick in die Augen.

Ich merke sofort, dass Robert nicht gerade von ihm begeistert ist.

Kann er Sven etwa ansehen, dass er kein Teil der Society ist?

Oder ist er womöglich enttäuscht, weil ich mit einem Mann zusammen erschienen bin?

Als er mich eingeladen hat, sagte er, ich könne jemanden mitbringen. Er hat aber nicht gesagt, dass ich mit einer Frau kommen soll.

Was hat er denn erwartet? Er konnte doch nicht davon ausgehen, dass ich, nur weil ich Single bin, niemand anderes als meine Schwester mitnehmen kann.

Aber Robert lässt sich seine Enttäuschung nicht weiter anmerken und erzählt nun: »Lupus ist heute Abend auch wieder dabei.« Er deutet dabei auf ein kleines Holzhäuschen, das auf der anderen Seite des Gartens steht. »Er sitzt da drüben in der Hundehütte. Wollen wir ihn mal herrufen?«

Ich will ihm noch sagen, dass das nicht nötig ist und Lupus sich ruhig ausruhen darf.

Doch Robert hebt schon die Stimme und ruft: »Lupus! Beifuß!«

Der Schäferhund-Wolfs-Mischling kommt daraufhin aus der Luxushundehütte und sprintet hechelnd über den sauber gemähten Rasen auf uns zu.

Robert wuschelt ihm kraftvoll durch das graue Fell, auch von Sven und mir bekommt Lupus ein paar Streicheleinheiten.

Nachdem er uns noch ein wenig von seinem Hund erzählt und hierzu auch Svens Fragen beantwortet, bringt er schließlich noch ein Anliegen hervor, bevor er sich den nächsten Gästen zuwendet, die gerade erschienen sind.

»Ich möchte euch um eine Sache bitten«, beginnt er in verschwörerischem Ton. »Wenn euch jemand fragt, ob ihr das Haus kaufen wollt, dann sagt bitte Ja. Für die meisten Käufer wird so eine Immobilie umso interessanter, je mehr andere Interessenten es dafür gibt.«

»Klar, machen wir«, gibt Sven völlig unbehelligt zurück.

Und auch ich lasse mich zu einem Nicken hinreißen, obwohl mir diese Idee nicht ganz geheuer ist.

Wir mischen uns unter die Leute, halten ein wenig Smalltalk und lernen ein älteres Ehepaar kennen, das ebenfalls aus Süddeutschland kommt. Wir stehen mit ihnen auf der Terrasse an einem der Tische.

Sie heißen Dieter und Simone und erzählen uns, dass sie sich endlich ein eigenes Feriendomizil auf Sylt zulegen wollen, da sie schon seit Jahren jeden Sommer zwei bis drei Wochen auf der Insel verbringen. Auch die beiden haben ihren Hund dabei; einen Zwergpudel, den ich mit seinem flauschigen Fell und den riesigen Ohren wirklich zum Niederknien goldig finde.

Als Dieter uns fragt, ob wir auch darüber nachdenken, das Haus zu kaufen, kommt Sven augenblicklich Roberts zweifelhafter Bitte nach.

»Ja, deswegen sind wir hier«, flunkert er ohne mit der Wimper zu zucken. »Wir sind auch schon seit längerem auf der Suche nach einem passenden Objekt in Kampen.«

Mir entgleisen beinahe die Gesichtszüge, als Sven von dem Ehepaar nun in eine fieberhafte Unterhaltung über die Luxusvillen auf dem Sylter Immobilienmarkt verwickelt wird.

Er ist dabei voll in seinem Element und wirft mit Fachbegriffen um sich, die er sich, wie mir scheint, gerade erst ausdenkt.

Ich befürchte aber, dass er sich ein wenig zu sehr hineinsteigert und es einfach damit übertreibt. Es macht sogar fast den Eindruck, als hätte er schon zu viel getrunken. Obwohl er, da er ja fahren muss, nach dem Begrüßungssekt kein weiteres alkoholisches Getränk mehr angerührt hat.

»Dürfte ich fragen, für welchen Preis Ihnen das Haus angeboten wurde?«, will Dieter schließlich von Sven erfahren. Dabei spricht er so leise, als würde er ihn auffordern, ihm ein streng gehütetes Geheimnis anzuvertrauen.

»Drei Millionen«, antwortet Sven und nickt, um seine Aussage zu bekräftigen.

Ich sehe ihm buchstäblich dabei zu, wie er sich innerlich selbst für diese Antwort auf die Schulter klopft. Offenbar ist er vollends davon überzeugt, das Richtige gesagt zu haben.

Aber Dieter und Simone schauen ihn nahezu entgeistert an.

»Drei Millionen?«, fragt Simone schließlich ungläubig nach, nachdem sie und ihr Mann einen verwirrten Blick ausgetauscht haben.

»Ja, für wie viel hat Robert Ihnen das Haus denn angeboten?«

»Zu uns hat er gesagt, mehr als auf sechs Millionen kann er auf keinen Fall runter gehen«, gibt Dieter nüchtern zurück. »Ursprünglich hatte er vor, es für sieben zu veräußern.«

»Sieben Millionen?«, platzt es jetzt hörbar erstaunt aus Sven heraus. »Das ist doch viel zu teuer für ´ne Bude in der Größe! Es ist ja noch nicht mal ein Altbau, sondern nur einem klassischen Friesenhaus *nachempfunden*! Das Reet auf dem Dach zum Beispiel, das kommt aus Osteuropa ... und die Böden sehen viel teurer aus, als sie in Wirklichkeit sind! Das alles ist doch nie im Leben sieben Millionen Euro wert!«

Ich ziehe ihn noch am Ärmel, um ihm anzudeuten, sein Wissen lieber für sich zu behalten, aber es ist schon zu spät ...

»Kann ich euch bitte kurz sprechen?«, höre ich im nächsten Augenblick Robert neben mir.

Mir rutscht beinahe das Herz in die Hosentasche, doch Sven dreht sich zu ihm um, als wäre nichts gewesen.

»Entschuldigen Sie uns bitte einen Moment«, sagt Robert zu Dieter und Simone. Dann winkt er uns hinter sich her.

Wir folgen ihm ins Wohnzimmer.

»Was war *das* denn gerade?«, fragt er Sven jetzt in gedämpftem, aber unverkennbar giftigem Ton.

»Was meinst du?«, fragt Sven zurück.

»Na, das da draußen! Ich hab doch gehört, wie du den Leuten das Haus schlecht geredet hast.«

»Ich hab es nicht schlecht geredet«, verteidigt sich Sven, »ich hab ihnen nur erklärt, dass der Verkaufspreis völlig überzogen ist.«

»Der Verkaufspreis ist keineswegs überzogen!«, widerspricht Robert, wobei er sich jetzt deutlich aggressiver anhört. »Wir sind hier in Kampen auf Sylt, da sind solche Preise normal. Und selbst, wenn es wirklich zu teuer wäre: Dann behältst du das trotzdem für dich, anstatt mir meine Geschäfte zu versauen. Ich hab dich nicht auf meine Party eingeladen, um ...«

»Du hast mich nicht auf deine Party eingeladen«, setzt Sven frech dagegen. »Aber du hast mich vorhin um ´nen Gefallen gebeten und deshalb hab ich mich mit den Leuten über das Haus unterhalten. Das ist es doch, was du wolltest – oder etwa nicht?«

Was macht er da nur?

Ich kann gar nicht glauben, was Sven von sich gibt. Obwohl ich zugeben muss, dass es von seinem Standpunkt aus der Wahrheit entspricht.

Ich packe ihn am Handgelenk, in der Hoffnung, ihn so zum Schweigen zu bringen.

»Nein, das ist nicht, was ich wollte! Aber so ein Landei wie du kapiert das anscheinend nicht. Du hast wohl keinen blassen Schimmer, wie man richtig Geld verdient.« Jetzt schaut er mich entschuldigend, aber nach wie vor sauer an und sagt: »Es tut mir leid, Melanie – aber ich denke, ihr solltet jetzt besser gehen. Es war wohl doch keine gute Idee ...«

Ein markerschütternder Schrei stoppt Robert mitten im Satz und auch ich schrecke sofort zusammen.

Wir schauen in Richtung Garten, wo der Schrei herkam und jetzt ein aufgeregter Tumult entsteht.

Man hört Frauen kreischen und sieht Männer, die kopflos durcheinander oder hilflos zur Seite springen. Und dazwischen erkenne ich Lupus, der den kleinen Zwergpudel am Kragen gepackt hat und in seinem Maul herumwirbelt, indem er wild mit dem Kopf schüttelt.

»Scheiße!«, schreit Robert.

Doch er bleibt zunächst wie angewurzelt stehen und setzt sich erst in Bewegung, als auch Sven losrennt.

Ich eile den beiden hinterher.

Die Partygäste, die in ihren teuren Klamotten auf der Terrasse stehen, springen alle mehrere Schritte zurück.

Robert und Sven versuchen beide, Lupus von dem armen Pudel wegzubekommen. Robert zieht an Lupus Halsband, während Sven es von vorne versucht und dabei gefährlich nahe an die scharfen Zähne des großen Saarlooswolfhundes kommt.

Nebendran kreischt Simone aus vollem Halse, ihr Mann hält sie fest und drückt sie an sich. Es ist mir nicht ganz ersichtlich, ob er verhindern will, dass sie sich bei der Rettung ihres Lieblings verletzt oder ob er sie hält, damit sie nicht ohnmächtig umkippt.

Ich sehe alles wie in Zeitlupe, aber gleichzeitig geht es auch so unheimlich schnell, dass mir schwindelig wird.

Robert schafft es nun endlich, dass Lupus von dem Zwergpudel ablässt und zieht ihn von ihm weg. Er drängt sich mit ihm durch die herumstehenden Menschen, die dabei gleich wieder meterweit zur Seite springen.

»Keine Panik, ich sperr ihn schnell ins Bad!«, ruft er dabei, als hätte er die Situation bereits unter Kontrolle gebracht.

Ich sehe Blut. Viel Blut. So viel Blut, dass mir beinahe schlecht wird.

Der kleine Pudel liegt kläglich jaulend auf dem Fliesenboden der Terrasse und zuckt nur noch mit den Hinterbeinen.

Sven fällt vor ihm auf die Knie und legt ihn auf die Seite. Wie bei einem verletzten Menschen, der in die stabile Seitenlage gebracht wird.

»Melli, lauf schnell zum Auto und hol den Verbandskasten aus dem Kofferraum!« Er zieht Hennings Autoschlüssel aus seiner Innentasche und wirft ihn mir zu.

Ich fange ihn mit beiden Händen und brauche eine Sekunde, um zu verstehen, was er von mir verlangt.

»Hol beide!«, setzt er mit Nachdruck hinterher. »Den Tierarztkoffer und den normalen Verbandskasten! Sie liegen beide neben dem Ersatzrad – schnell!«

Aus dem Augenwinkel sehe ich noch, wie er seine Hand auf den Hals des Hundes legt. Anscheinend versucht er so, die Blutung zu stoppen.

»Wissen Sie denn, was Sie da tun?«, fragt Dieter neben ihm in ängstlichem Ton, während er seine Frau beruhigend im Arm hält.

Und als ich losrenne, höre ich Sven plötzlich zu Dieter und Simone sagen: »Ja, machen Sie sich keine Sorgen – ich bin Tierarzt!«

Hat er das grade wirklich gesagt?

Um ein Haar bleibe ich stehen und sehe mich schon in Gedanken zu Sven umdrehen, um ihn vollkommen geplättet anzusehen. Aber dafür ist jetzt grade keine Zeit!

Also renne ich weiter. Aus der Haustüre raus, zum Auto.

Mit einem Druck auf den Schlüssel öffne ich noch im Rennen die Zentralverriegelung, eile zum Kofferraum, ziehe die Klappe auf und werfe die Abdeckung zur Seite.

Darunter sehe ich sogleich beide Erste-Hilfe-Koffer. Ich schnappe mir einen mit jeder Hand und stürme zurück ins Haus, ohne die Kofferraumklappe zu schließen.

Auf der Terrasse angekommen, knie ich mich neben Sven auf den Boden und öffne sofort nacheinander die Verbandskästen.

Völlig sprachlos beobachte ich, was er jetzt macht. Ob ich meinen Augen dabei trauen kann, weiß ich allerdings nicht. Das alles kam viel zu schnell und zu überraschend, als dass ich jetzt schon begreifen kann, was hier überhaupt geschieht.

Lars kommt jetzt ebenfalls an. Er hat mehrere Handtücher dabei, die er Sven reicht.

Er wickelt zwei davon um die klaffenden Wunden des Hundes, dann nimmt er eine Spritze aus dem Tierarztkoffer und zieht sie mit der dazugehörigen Ampulle auf.

»Das ist ein Schmerzmittel für Tiere«, erklärt er dabei, »das sollte ihn erst mal beruhigen.«

Danach beginnt er, die Wunden zu versorgen. Offenbar hat er alles Nötige dafür in seinem Arztkoffer.

»Schere!«, fordert er.

Ich reagiere blitzschnell und drücke sie ihm in die Hand.

Sven hat sich die Stelle schon angesehen, an der sich Lupus Zähne in den Nacken des Pudels gebohrt haben. Er schneidet das Fell weg und drückt dabei mit dem Handtuch auf die Blutung.

Nebenbei nimmt er mit einer Hand eine Flasche aus dem Koffer, deren Inhalt er auf dem Handtuch verteilt. Das Zeug riecht stark nach Alkohol und mir wird klar, dass er es benutzt, um die Wunde zu desinfizieren.

»Jetzt Nadel und Faden!«

Um das zu finden, brauche ich etwas länger, werde aber schnell genug fündig und reiche ihm beides.

Ich kann gar nicht glauben, was ich jetzt sehe, als er anfängt, mit Nadel und Faden die Wunde zuzunähen.

»Sorry, aber das muss sein«, eröffnet er hierbei den aufgelösten Hundebesitzern. »Den Weg zur nächsten Tierarztpraxis hätte er sonst nicht überlebt.«

Dass sein schöner Anzug dabei geradezu in Blut getränkt wird, scheint ihm im Moment gar nicht aufzufallen.

Das macht es für mich leichter zu verkraften, dass auch mein Kleid – eines der besten, die ich überhaupt besitze – den ein oder anderen Blutspritzer abgekriegt hat.

Lars hat derweil die herumstehenden Partygäste nach drinnen geschickt. Auf der Terrasse befinden sich jetzt nur noch Sven, Dieter, Simone und ich.

Ich habe inzwischen jegliches Zeitgefühl verloren und weiß nicht, wie lange Sven den Zwergpudel zusammengeflickt hat, als er letztendlich damit fertig wird.

Aber es war zumindest lange genug, dass Robert seine Gäste in der Zwischenzeit nach Hause schicken konnte. Lars hat er damit beauftragt, Lupus wegzubringen. Die Party ist jetzt also offiziell gelaufen.

Als Sven den mit Verbänden eingewickelten Zwergpudel mit Dieter und Simone in ihr Auto verfrachtet, ist außer uns fast niemand mehr da.

Die beiden wollen gar nicht mehr aufhören, Sven für die Rettung ihres Vierbeiners zu danken, doch er rät ihnen dazu, ihn trotzdem noch so schnell wie möglich in die nächste Tierklinik zu bringen. Es kann nämlich sein, dass er sich Knochenbrüche zugezogen hat, als er von Lupus durchgeschüttelt wurde. Aber die kann Sven ohne professionellere Ausrüstung natürlich nicht behandeln.

In der Küche versuchen wir anschließend, relativ erfolglos, das ganze Blut von unseren Händen abzuwaschen.

Da erscheint auf einmal Robert in der Tür.

»Ich … ich weiß gar nicht, wie das passieren konnte. Sowas macht er sonst nie.«

Sven antwortet nicht darauf. Ich merke, wie er sich zusammenreißen muss, um nicht direkt auf Robert loszugehen.

Und auch von mir bekommt unser Gastgeber nichts als ein paar böse Blicke ab. Ich will einfach nur noch von hier weg und habe gar keine Lust mehr, mich auch nur eine Minute länger mit Robert zu unterhalten.

Doch der kommt offensichtlich grade erst in Plauderlaune: »Lupus muss diesen Zwergpinscher wohl für ein Beutetier gehalten haben. Anders kann ich mir das echt nicht erklären.«

Er probiert es sogar ins Lächerliche zu ziehen, nur um sich nicht den harten Fakten stellen zu müssen: Dass es ihm schlicht und ergreifend an den Kompetenzen fehlt, die es erfordert, um sich einen so großen Hund zu halten.

»Diese ganzen kleinen Schoßhündchen ... das sind doch alles total degenerierte Züchtungen, in denen kein Stück Raubtier mehr drinnen steckt«, stellt er Svens Gutmütigkeit nun weiter auf die Probe. »Du als Tierarzt siehst das doch bestimmt genauso.«

Tierarzt, hallt es wie ein Echo in meinem Kopf. Ich will es immer noch nicht so richtig wahrhaben. Dass er Tierarzt ist und was da überhaupt gerade passiert ist.

Sven schüttelt nur den Kopf und nimmt sich seine beiden Erste-Hilfe-Koffer, die er auf der Arbeitsplatte abgelegt hat. »Nein, das sehe ich komplett anders. Wir müssen jetzt los. Aber du hörst von uns, Robert. Wir schicken dir die Rechnung für unsere Klamotten.«

»Hey, wartet! Wie wär´s, wenn ihr noch ein wenig bleibt und wir zusammen ´ne Flasche Champagner köpfen?«

Was soll das denn jetzt? Es ist mir absolut unplausibel, was er damit bezwecken will.

Sven ignoriert diese Einladung erstaunlich souverän und macht sich wortlos durch die Küchentür davon.

»Nein, danke!«, beantworte ich Roberts letzte Frage mit abschätzigem Blick. »Du hast sowieso keinen blassen Schimmer, wie man richtig feiert.«

Kapitel 15

Als ich am nächsten Morgen aufwache, ist es das erste Mal, dass ich mir wünschte, Sven würde neben mir liegen.

Auf dem Nachhauseweg hatten wir kaum ein Wort miteinander gewechselt. Obwohl seit der Rettung des Zwergpudels eine Sache zwischen uns lag, für die dringend Klärungsbedarf bestand. Aber nach der ganzen Aufregung hatte ich mich zu abgeschlagen gefühlt, um ihm diese eine Frage zu stellen.

Als wir gestern Abend nach Hause kamen, waren Claudia und Henning noch wach gewesen.

Mit Schrecken bemerkten sie unsere blutverschmierten Kleider, woraufhin wir ihnen die ganze Geschichte natürlich erzählten.

Aber selbst bei dieser Gelegenheit konnte ich mich nicht dazu durchringen, Sven zu fragen, warum er es mir nicht gesagt hatte. Warum er mir verschwiegen hatte, dass er Tierarzt ist.

Und wieso Claudia es ebenfalls mit keinem Sterbenswörtchen erwähnt hatte, konnte ich bisher genauso wenig erfahren.

Ich wusste nicht, ob ich deshalb auf die beiden sauer sein will oder mich darüber freuen sollte, dass Sven nicht zu 100 Prozent der ist, für den ich ihn gehalten habe. Denn in Wahrheit ist er – das hat er ja gestern Abend unter Beweis gestellt – ein Lebensretter. Man könnte ihn sogar einen Helden nennen.

Das zu realisieren war gestern einfach zu viel für mich.

Aber während ich nun ins Bad schlurfe, scheint es allmählich in meinem Kopf anzukommen.

Hatte ich gestern, als wir nach Kampen gefahren sind, nicht noch darüber nachgedacht, wie sehr ich ihm bereits vertraue?

Es hatte mir nur noch ein kleiner Schnipsel, ein letztes Puzzleteil gefehlt, um dies auch zu verinnerlichen. Und um mir den letzten Ruck zu geben, damit ich ihm das auch zeigen könnte.

Mit dem Wissen, dass Sven sich durch ein jahrelanges Studium sogar noch besser mit Tieren auskennt, als ich es für möglich gehalten hätte, sollte ich nun soweit sein.

Ich will ihm zeigen, dass ich ihm vertraue. Heute will ich ihm erzählen, warum ich mich bisher nicht in die Nähe der Pferde getraut habe. Und ich werde ihn zum Ausritt mit den Feriengästen begleiten. Das nehme ich mir gerade fest vor. Heute ist schließlich Samstag und ich habe die Chance dazu – jetzt oder nie!

Nachdem ich mich angezogen habe, folge ich den Stimmen nach drüben ins Wohnzimmer. Dort sitzen Oma und Claudia mit den Kindern auf der Couch und spielen ›Mensch ärgere dich nicht‹.

Inzwischen ist es schon viertel nach elf. Ich habe heute etwas länger geschlafen, da ich in der Nacht noch sehr lange gebraucht habe, um einschlafen zu können. Es war schon fast halb vier, als ich zum letzten Mal auf die Uhr schaute.

Ich wünsche allen einen Guten Morgen und gehe dann in die Küche, um mir mein Müsli anzurichten.

Als ich mich damit ins Esszimmer setze, kommt Claudia zu mir.

»Wir würden heute gern einen Ausflug machen«, teilt sie mir mit.

»Wer denn alles? Und wo hin?«

»Henning und ich, mit Oma und den Kindern. Wir wollen noch mal nach Westerland, unter anderem ins Sylt-Aquarium.«

»Okay«, brummle ich, während ich die Haferflocken in meinem Mund zerkaue.

»Du weißt ja, dass wir samstagmittags immer den Ausritt mit den Urlaubsgästen machen.«

»Ja.«

Mir leuchtet sofort ein, auf was Claudia hinauswill: Sie möchte mich bitten, den Ausritt mit Sven zusammen zu übernehmen.

Geht sie etwa davon aus, dass ich mittlerweile schon selbst darüber nachgedacht hab?

Wäre gut möglich, immerhin ist sie meine Schwester. Auch wenn wir beide uns in vielen Dingen unterscheiden, legen wir bisweilen doch sehr ähnliche Denkweisen an den Tag.

»Ich glaube, du würdest das hinkriegen«, ermutigt sie mich jetzt. »Du müsstest auch nichts weiter tun, als eines der Pferde an den Zügeln zu führen. Sven wird dir sicher genau erklären, was du tun musst, um nicht von einem getreten zu werden«, fügt sie lächelnd hinzu.

»Klar, kein Problem«, gebe ich mit einem Nicken zurück.

»Wirklich?« Claudia schaut mich erstaunt an. Sie hat wohl mit mehr Gegenwehr gerechnet.

»Ich habe erst gestern Abend Sven dabei geholfen, einem Pudel das Leben zu retten – da wird so ein kleiner Pferdespaziergang ein Klacks für mich.«

»Das denke ich doch auch«, stimmt sie mir anerkennend zu. »Aber ... woher jetzt dieser Sinneswandel? Etwa nur wegen dem Vorfall gestern in Kampen?«

»Und wegen dem, was wir die ganzen letzten Tage zusammen erlebt haben.« Ich stoße einen gedankenverlorenen Seufzer aus. »Was soll ich sagen? Ich hab ihn wohl einfach falsch eingeschätzt.«

»Tja, man sollte eben nicht immer voreilige Schlüsse ziehen, wenn man jemanden grade erst kennen lernt.«

Ich merke, dass Claudia schon im Begriff ist, nach diesen Worten aufzustehen, doch ich bin noch nicht fertig mit ihr.

»Warte«, fordere ich sie zum Sitzenbleiben auf. »Ich will, dass du mir eine Frage beantwortest.«

»Ja?«

»Warum hast du´s mir nicht gesagt?«

»Was denn?«

»Tu nicht so. Du weißt ganz genau, was ich meine.«

Sie grinst mir frech ins Gesicht und steht dabei auf. »Das fragst du ihn am besten selbst. Ich habe nur getan, um was er mich gebeten hat.«

Eine halbe Stunde später verabschieden sich Claudia und die anderen zu ihrem Ausflug nach Westerland.

Ich habe nicht weiter nachgebohrt und mich damit abgefunden, dass mir Sven persönlich die Antwort auf meine Frage schuldig ist.

Er ist gerade mit Oskar unterwegs; ich habe ihn heute immer noch nicht gesehen und warte an der Pferdekoppel auf ihn. Dabei werde ich von Minute zu Minute ungeduldiger.

Wo bleibt er denn nur?

Mit zunehmender Nervosität schaue ich immer wieder auf meine Handyuhr, aber die Zeit vergeht dadurch auch nicht schneller – ganz im Gegenteil.

Ich überlege mir schon, zurück ins Haus zu gehen und mich vor dem Fernseher ein wenig abzulenken, als Oskar plötzlich auf mich zustürmt.

Er springt mir freudig in die Arme und während ich ihm durchs Fell wuschle, taucht auch schon Sven vor mir auf.

Ich lasse von Oskar ab und richte mich auf.

Sven schaut mich direkt an und sein Gesicht verzieht sich zu einem breiten Grinsen.

»Warum hast du´s mir nicht gesagt?«, frage ich freiheraus, ohne jegliche Begrüßung oder Einleitung.

»Was denn?«

»Was wohl?«

Warum tun bei dieser Frage immer alle erst mal so, als ob sie nicht wüssten, was ich meine?

»Dass ich Tierarzt bin?«

»Ja«, presse ich etwas zickig heraus.

»Weil du nie gefragt hast.«

Er grinst immer noch. Findet er das etwa witzig?

»Ich hab dich doch gefragt, was du dein Leben lang gemacht hast! Schließt das die Frage nach deinem Beruf etwa nicht mit ein? Und wie du dein Geld verdienst, wollte ich auch mindestens einmal von dir wissen, aber du hast nur drum herum …«

»Ich verdien mein Geld ja auch nicht als Tierarzt«, gibt er nun unverhohlen zurück.

»Ja, aber … du hättest mir doch trotzdem erzählen können, dass du das studiert hast und …«

»Wäre das für dich von Bedeutung gewesen?«

»Natürlich! Es ist doch ein Unterschied, ob jemand Tierarzt ist oder …«

… der Stallbursche. Oder war´s Pferdeknecht?

Ich verkneife es mir, das auszusprechen, weil mir gerade klar wird, warum es für mich so einen großen Unterschied macht. Und wenn ich ehrlich bin, spricht das nicht gerade für mich.

Für so oberflächlich habe ich mich bisher nämlich gar nicht gehalten. Es ist falsch, Leute nach ihrem Beruf oder nach dem, was sie machen, zu beurteilen. Schon gar nicht, wenn man selbst nur als Kassiererin arbeitet.

»Spielt das für dich so ´ne große Rolle?«, will Sven jetzt wissen.

»Irgendwie schon«, räume ich leicht bedeppert ein.

»Und warum?«

»Weil ich … ähm … Weil ich Angst vor Pferden hab! Und wenn ich gewusst hätte, dass du Tierarzt bist, hätte ich dir gegenüber ganz anders damit umgehen können!«

So, jetzt ist wenigstens dieses düstere Geheimnis gelüftet!

»Was?« Sven stößt ein belustigtes Lachen aus, als er das ausspricht. »Was hat denn das eine mit dem anderen zu tun?«

»Na, weil ich nicht wusste, ob ich dir genug vertrauen kann!«

»Ob du jemandem vertrauen kannst, machst du also daran fest, ob er studiert hat?«

Sven sieht mich verwundert an und bringt mich damit völlig aus dem Konzept. Ich kann gerade gar nicht mehr deuten, ob er das jetzt ernst meint oder ob er mich nur auf den Arm nimmt.

»Nein, natürlich nicht«, erwidere ich, »aber wenn es um Pferde geht und ich Angst davor hab. Mann, das ist doch logisch, dass ich da jemanden brauche, der sich damit auskennt.«

»Ich kenne so einige Tierärzte, die sich gar nicht mit Pferden auskennen«, gibt er sichtlich unbeeindruckt zurück.

»Aber du kennst dich mit Pferden aus ...«

»Und ich würde mich nicht sehr viel weniger mit Pferden auskennen, wenn ich *kein* Tierarzt wäre. Mit den Pferden kenne ich mich hauptsächlich deshalb aus, weil ich mich für sie interessiere. Das Gleiche gilt übrigens für Seehunde ... über die hab ich ihm Studium auch nichts gelernt.«

Ich blicke ihn schweigend an.

Er hat mir nicht nur den Wind aus den Segeln genommen, sondern mein komplettes Weltbild ins Schwanken gebracht.

Jetzt weiß ich immer noch nicht, warum er mir verheimlicht hat, dass er Tierarzt ist – aber er weiß, dass ich vor Pferden Angst hab. Na toll, so war das alles nicht geplant.

»Claudia hat mir vorhin geschrieben, dass du deine Pferdeangst heute überwinden möchtest und mit mir zum Ausritt kommst. Gilt das noch oder hast du´s dir schon wieder anders überlegt?«

Vor drei Tagen hat mir Claudia noch versichert, es ihm nicht zu sagen – und jetzt schreibt sie ihm, dass ich meine Pferdeangst überwinde?

Ernsthaft?

Da ich davon ausgehe, dass sie das erst getan hat, nachdem wir am Morgen darüber gesprochen haben, will ich so gnädig sein und darüber hinwegsehen.

»Das gilt nach wie vor.« Ich stemme meine Fäuste gegen die Hüften und recke mein Kinn in die Höhe. »Glaub bloß nicht, ich würde ´nen Rückzieher machen.«

Sven schüttelt den Kopf. »Nein, das glaub ich nicht. Ich weiß, dass du mutig genug dafür bist. Das hast du mir in den letzten zwei Tagen schon bewiesen.«

Ich merke, wie sich meine Miene unweigerlich aufhellt.

Er hält mich für mutig – sowas höre ich viel zu selten. Ich habe lange kein Kompliment bekommen, das mich so sehr berührt hat.

Innerhalb von Sekundenbruchteilen löst sich mein Missmut komplett in Luft auf. Ich trete einen Schritt auf Sven zu und falle ihm unbeschwert in die Arme.

Er drückt mich sanft an sich und ich lehne meinen Kopf gegen seine starke Schulter.

Als ich zu ihm aufblicke, sehe ich seine Lippen unmittelbar vor mir. Sie sehen so einladend aus, ich will sie mit meinen berühren und strecke meinen Mund nach ihnen aus.

Er beugt sich zu mir herunter, gleich ist es soweit – unser erster Kuss ist nur wenige Zentimeter entfernt.

Oskars Bellen lässt uns hochschrecken.

Ich sehe, wie Sven sich urplötzlich abwendet und zu einem Auto hinüberschaut, das nun auf den Hof fährt.

»Das ist Elke, die Putzfrau«, sagt er zähneknirschend. »Hatte ich glatt vergessen. Claudia meinte, ich sollte da sein, wenn sie kommt.«

Ausgerechnet jetzt!

Das Auto – ein etwas älterer VW Passat – kommt vor uns zum Stehen und die Tür geht auf.

Oskar springt sogleich herbei, als eine Frau mit feuerroten, kurzen Haaren aussteigt, und begrüßt sie mit freudigem Schwanzwedeln.

»Moin, Elke!«, ruft Sven ihr zu.

Er stellt uns einander vor, dann geht er mit ihr rüber zu der Ferienwohnung, aus der heute Morgen eine vierköpfige Familie ausgezogen ist.

Als er ein paar Minuten später wieder zurückkommt, eröffnet er mir, dass er sich jetzt noch um die Pferde kümmern muss.

Ich erkläre mich unaufgefordert dazu bereit, ihm dabei zu helfen.

»Dann solltest du diesmal aber wirklich Claudias Gummistiefel anziehen«, empfiehlt er mir. »Sich um die Pferde zu kümmern, bedeutet nämlich, den Stall auszumisten.«

Ich nehme seinen Ratschlag an und gehe ins Haus, um mir gleich ein komplettes Stalloutfit anzuziehen. Neben Claudias Gummistiefeln nehme ich dafür die Klamotten, die ich vor zwei Tagen bei unserer Motorradtour anhatte.

Als ich in den Stall komme, steht Sven vor der Box, in der die hochschwangere Stute Svea untergebracht ist.

»Heute Nacht könnte es schon soweit sein«, verkündet er mir. »Man sieht es daran, wie unruhig sie schon ist. Und das Euter ist auch schon ganz angeschwollen. Aber das passt mir eigentlich nicht so ganz in den Kram.«

»Warum nicht?«

»Weil ich gerne nach Tinnum aufs Frühlingsfest gehen würde. Aber wenn das Fohlen zur Welt kommt, sollte ich natürlich hier sein.«

»Was ist das für ein Frühlingsfest?«, hake ich nach.

»Nur eine kleine Veranstaltung, die auf dem Gelände der Gärtnerei in Tinnum jedes Frühjahr stattfindet. Hättest du Lust, mit mir hinzugehen?«

»Ja, sicher. Nach dem Reinfall gestern würde ich nichts lieber tun, als heut Abend auf ´ne vernünftige Fete zu gehen.«

»Sehr schön, das freut mich! Dann müssen wir nur mit Henning abklären, dass er Svea im Auge behält, solange wir weg sind.«

Sven nimmt sich eine Mistgabel und steigt zu der Stute in die Box.

Während er das schmutzige Stroh zusammenkratzt und in eine Schubkarre lädt, ermuntert er mich, zu erzählen, wie es dazu kam, dass ich so eine ganz andere Beziehung zu Pferden entwickelt habe als meine Schwester.

Ich schildere ihm, wie wir damals mit unseren Eltern Urlaub auf einem Reiterhof gemacht haben.

Es überrascht ihn nicht, dass Claudia schon damals ganz vernarrt in die Pferde war. Es ist gut vorstellbar, dass dadurch schon der Grundstein für ihr heutiges Leben gelegt wurde.

Als ich an der Stelle angekommen bin, an der ich von dem Pferd gegen den Oberschenkel getreten wurde, fängt Sven an zu lachen.

Ich verstehe zwar nicht, was daran so lustig sein soll, kann ihm dafür aber auch nicht sauer sein. Immerhin ist diese Geschichte inzwischen über 20 Jahre her.

»Es hat dir ´nen Pferdekuss gegeben«, erklärt er, immer noch lachend.

»Was ist daran so witzig?«, frage ich. »Ich hatte danach zwei Wochen lang ´nen blauen Fleck am Bein.«

»Ja, sowas nennt man im Volksmund auch Pferdekuss!«

»Weil ich ihn von ´nem Pferd bekommen hab?«

»Nein, eine Prellung am Oberschenkel wird auch als Pferdekuss bezeichnet, wenn man sie sich beim Sport oder sonst wie zugezogen hat. Aber dass es in deinem Fall ein Pferd war, macht das Ganze schon irgendwie lustig.«

»Ich fand das damals überhaupt nicht lustig!«, protestiere ich. »Ich hab geheult und es hat wirklich weh getan – glaube ich zumindest.«

»Aber jetzt tut´s bestimmt nicht mehr weh«, gibt er neckisch zurück. »Und wenn doch, dann solltest du mir die Stelle mal zeigen. Vielleicht hilft es, wenn ich sie mit Pferdeäpfeln einreibe!«

Ich greife mit beiden Händen in die Schubkarre und schleudere eine Ladung verbrauchtes Stroh in Svens Gesicht.

»Da hast du deine Pferdeäpfel, du Komiker!«

»Hey! Was soll das?«

Ich lege direkt nach und treffe ihn mit einer weiteren Handvoll Stroh – und einigen Pferdeäpfeln – am Kopf.

»Selber schuld, wenn man so gemein ist und sich über die schrecklichen Kindheitserlebnisse von anderen Leuten lustig macht!«

Er springt aus der Box raus und rennt mir hinterher.

»Na warte, das kriegst du zurück!«, ruft er dabei.

Ich flüchte mich kreischend in Richtung Stalltür, doch Sven holt mich ein und packt mich von hinten.

Er wirft mich wie einen Sattel über die Schulter und lässt sich mit mir zusammen in eine leere Pferdebox fallen. Atemlos quiekend wälzen wir uns im schmutzigen Stroh, bis er schließlich auf mir liegen bleibt und wir uns tief in die Augen schauen.

Da hören wir auf einmal, wie die Stalltüre aufgeht.

»Hallo, ist da jemand?«, ruft es von draußen rein. Der Stimme nach zu urteilen, muss es ein Kind sein.

Schnell schiebe ich Sven von mir runter und rapple mich auf.

Er kommt ebenfalls auf die Beine und als wir aus der Box hinaus stolpern, stehen zwei Mädchen und ein kleiner Junge vor uns.

»Wann ist denn heute der Ausritt?«, fragt die größte von ihnen, die grob geschätzt etwa elf Jahre alt sein muss.

»Um 14 Uhr, wie immer«, antwortet Sven. »Wir wollen nur noch schnell den Stall sauber machen, dann können wir los.«

Abgesehen von den drei Kindern, die uns im Stall unterbrochen haben, kommt sonst niemand zum Ausritt mit. Ihre Eltern sind wohl froh, für eine Stunde ihre Ruhe zu haben.

Wir holen zwei Ponys und eines der Pferde von der Weide, und ich verstehe schon fast nicht mehr, warum ich mich bis vor kurzem überhaupt so sehr davor gedrückt hab.

Natürlich bin ich anfangs noch sehr vorsichtig und vermeide es, mich den Tieren von hinten zu nähern. Aber Sven hatte einfach nur recht, mit dem, was er vor ein paar Tagen zu mir gesagt hat: Es gibt keine rationalen Gründe, vor so einem Tier Angst zu haben.

Die drei Nachwuchsreiter gehen da mit gutem Beispiel voran. Sie kommen sogar ohne ihre Eltern mit zum Ausritt; anscheinend bin ich nicht die Einzige, die Sven ihr Vertrauen schenkt.

Wobei ich die Bezeichnung ›Ausritt‹ nicht ganz passend finde, da lediglich die Kinder auf den Pferden sitzen. Sven und ich laufen voraus und halten die Ponys an einem am Zaumzeug befestigten Strick.

Das Pferd, auf dem das größere Mädchen reitet, trabt brav hinter uns her. Es ist mit seinem Strick an Svens Pony gebunden und lässt sich von ihm führen.

Zur Sicherheit hat jedes der drei Kinder einen kleinen Reithelm auf den Kopf bekommen. Die haben Claudia und Henning haufenweise und in so ziemlich allen Größen in der Scheune gelagert.

Wir laufen zwischen Feldern und Wiesen über die Wanderwege, auf denen sich die Pferde schon auskennen. Sven schaut immer mal wieder nach, ob bei den Kindern alles in Ordnung ist. Wenn es etwas Interessantes zu sehen gibt – zum Beispiel einen Vogel, der in der Nähe aus dem Dickicht aufsteigt –, gibt er auf unterhaltsame und kindgerechte Art ein paar Informationen darüber preis.

Und dazwischen kommen wir sogar dazu, uns ein bisschen zu unterhalten.

»Und, wie fühlst du dich?«, erkundigt sich Sven bei mir.

»Gut. Besser, als ich mir sowas jemals vorgestellt hätte.«

»Manchmal lohnt es sich, neue Dinge einfach mal auszuprobieren, anstatt sich nur vorzustellen, wie schlimm es sein könnte.«

»Du immer mit deinen Kalendersprüchen«, lache ich.

»Das sind keine Kalendersprüche, Madame – sondern Lebensweisheiten.«

»Ach ja, stimmt. Ich hatte ganz vergessen, dass ich es mit einem erfahrenen Weltenbummler zu tun hab.«

»Der erfahrene Weltenbummler könnte dir auch noch das Reiten beibringen.«

Ich grinse ihn kokett an. Ob ihm selbst aufgefallen ist, was er da grade zu mir gesagt hat?

»Ich meine natürlich auf den Pferden«, schiebt er schnell hinterher.

»Ich hab an nichts anderes gedacht«, behaupte ich und unterdrücke ein unreifes Kichern.

»Oh, okay. Ich dachte schon … Also hättest du Lust?«

»Reiten zu lernen?«

»Ja – auf einem Pferd«, gibt Sven zurück.

»Klar, warum nicht? Jetzt, wo ich weiß, dass sie mich nicht anknabbern.«

»Was das angeht, kann ich dir nichts versprechen. Das kann trotzdem passieren. Vor allem, wenn du beim Füttern nicht auf deine Finger aufpasst.«

»Oh, dann lieber nicht.«

Er straft mich mit einem bösen Blick.

»War nur Spaß!«, beruhige ich ihn. »Ich würde mich freuen, ein paar Reitstunden bei dir zu nehmen.«

»Super! Ich glaube, du würdest echt ´ne glänzende Figur auf so ´nem Pferderücken abgeben.«

Nach einer Stunde Pferdewanderung sind wir zurück auf dem Hof. Die Kinder werden schon von ihren Eltern erwartet und voller Freude in Empfang genommen, Sven und ich bringen die Pferde auf die Koppel.

Claudia und die anderen sind immer noch nicht von ihrem Ausflug zurück. Sie machen sich wohl keine Sorgen darum, ob Sven und ich alles unter Kontrolle haben.

Es gibt mir ein gutes Gefühl, so viel Vertrauen entgegen gebracht zu bekommen. Ich glaube, langsam verstehe ich, warum Sven sich bei ihnen so wohl fühlt, dass er lieber auf dem Hof lebt, anstatt als richtiger Tierarzt zu arbeiten.

Nachdem wir die Pferde zurück auf die Weide geführt haben, will Sven noch mal in den Stall und nachsehen, wie es Svea geht. Ich folge ihm selbstverständlich.

Er ist kaum bei der Box angekommen, als er mir aufgeregt zuflüstert: »Die Fruchtblase ist schon geplatzt, wir sind grade noch rechtzeitig gekommen.«

Svea liegt seitlich auf dem Boden und zuckt krampfartig mit den Gliedmaßen.

Ich habe keine Ahnung, was Sven jetzt tun muss. Aber er lässt mich einfach im Stall stehen.

»Pass mal kurz auf sie auf, ich hol schnell mein Werkzeug.«

»Werkzeug?«

»Ja, Arztwerkzeug. So ähnliche Hilfsmittel, wie das, was du gestern schon gesehen hast.«

Jetzt stehe ich also allein vor der Pferdebox. Svea liegt im Heu und schaut immer wieder auf ihren Bauch. Der scheint sich jetzt außerdem zu verkrampfen und sie streckt die Beine weg.

Ich atme erleichtert auf, als Sven nun mit einem seiner Arztkoffer zurückkommt.

»Ah, die Wehen haben schon eingesetzt«, erklärt er mir. Dann öffnet er den Koffer und nimmt ein Stethoskop und ein paar Gummihandschuhe heraus, die er nach einer kurzen Begutachtung jedoch liegen lässt. »Ich glaub, die Dinger brauch ich nicht. Aber ich schau erst mal nach, ob das Fohlen richtig liegt.«

Im Anschluss daran öffnet er die Tür und geht zu Svea in die Box. »Komm!«, winkt er mich hinter sich her.

Ich zögere einen Augenblick, doch er besteht darauf, dass ich mitkomme.

»Keine Angst, du kannst es dir ruhig aus der Nähe ansehen. Ist das deine erste Geburt?«

»Ja«, gebe ich mit unsicherem Nicken zurück.

»Dann genieß es. Du wirst dich dein Leben lang daran erinnern.«

Ich bin noch nicht vollends davon überzeugt, ob ich das wirklich will, aber wie schon so oft in den letzten Tagen, vertraue ich Sven auch hier wieder nahezu blind.

Mit dem Stethoskop hört er Sveas Bauch ab. »Okay, müsste alles in Ordnung sein.«

Ich hocke mich in die entgegengesetzte Ecke der Box, um die Stute nicht zu stören.

Es dauert nicht lange, da fängt sie auch schon an zu pressen. Dabei bäumt sie sich immer wieder auf, doch nach kurzem gucken auch schon zwei kleine Pferdefüße aus ihrem Unterleib heraus.

Sven packt einen davon mit jeder Hand und beginnt zu ziehen.

»Was machst du da?«, frage ich ein wenig geschockt. Nicht, weil ich es nicht mit eigenen Augen sehe, sondern weil ich nicht gedacht hätte, dass das nötig ist.

»Ich helfe Svea bei der Geburt. So geht´s schneller und ist für sie weniger schmerzhaft.«

Tatsächlich dauert es jetzt nicht mehr lange, bis erst die Vorderbeine und dann auch der Kopf draußen sind. Und nach wenigen Minuten auch der Rest des Fohlens.

Es ist ein wahrhaft ergreifender Moment für mich und mir steigen Tränen in die Augen. Beim Anblick des ganzen Geburtszeugs, das dabei herauskommt, muss ich allerdings auch leicht würgen.

Sven reibt mit den Händen über den kleinen Pferdekörper. »Das mache ich, um seinen Kreislauf anzuregen«, unterrichtet er mich dabei. Dann hebt er kurz die Hinterbeine des Fohlens an, um zu ermitteln, welches Geschlecht es hat. »Es ist ein Junge. Du kannst dir schon mal ´nen Namen überlegen.«

»Sven«, gebe ich lächelnd zur Antwort.

Er lächelt zurück. »Das müsstest du erst mal mit Claudia abklären.«

Nun zieht er das Fohlen an den Vorderbeinen zum Kopf seiner Mutter, bis es nah genug dran ist, dass sie es abschlecken kann. Die Stute scheint im Augenblick noch nicht genügend Kraft zu haben, um aufstehen zu können.

»Keine Sorge, in einer Stunde stehen sie vermutlich schon alle beide auf den Beinen.«

In diesem Moment geht die Stalltür auf.

»Geht es schon los?«, höre ich Claudias Stimme.

Ich richte mich auf und als ich mich umdrehe, steht sie mit Henning bereits hinter mir.

»Wir sind schon fertig. Ihr habt das ganze Wunder grade verpasst.«

»Hat alles reibungslos funktioniert«, bescheinigt der Tierarzt. »Es gab keinerlei Komplikationen.«

Kapitel 16

Nun, da Svea ihr Fohlen schon ein paar Stunden früher als geplant zur Welt gebracht hat, steht unserem Besuch auf dem Frühlingsfest nichts mehr im Wege.

Nach dem Abendessen fährt Henning mit Sven und mir zu der Gärtnerei, wo die Veranstaltung stattfindet. Er hat nicht vor, lange zu bleiben, findet es aber wichtig, sich dort zu zeigen und einige seiner Geschäftspartner zu treffen.

Obwohl ich mittlerweile seit einer Woche bei den Johannsens auf dem Hof bin, habe ich immer noch nicht so richtig verstanden, was Henning den ganzen Tag arbeitet. Ich weiß nur, dass er Pferde züchtet und an meist wohlhabende Kunden verkauft – aber warum das so viel Zeit in Anspruch nimmt, verstehe ich nicht wirklich. Aber wahrscheinlich fehlen mir dafür einfach die erforderlichen Einblicke.

Vor dem großen, gläsernen Gebäude der Gärtnerei Holgersson befindet sich ein großer Parkplatz, auf dem mehrere Essens- und Getränkestände, ein Toilettenwagen und sogar eine kleine Bühne aufgebaut sind. Auf der Wiese nebenan können die Besucher ihre Autos abstellen.

Henning findet schnell eine freie Lücke, in die er den Wagen einparkt. Dann steigen wir aus und betreten das Festgelände.

Die Musik wird momentan noch von einer CD abgespielt, aber für später ist auch noch eine Band angekündigt.

Noch ehe wir den ersten Getränkestand erreicht haben, begegnen Henning und Sven bereits den ersten bekannten Gesichtern. Sie schütteln ein paar Hände, tauschen ein paar Neuigkeiten aus und machen mich mit den Leuten bekannt.

Nach wenigen Minuten werden wir auch schon von dem Ersten auf ein Glas Wein eingeladen.

Es ist ein leger gekleideter Mann zwischen Mitte und Ende 40, bei dem Henning allem Anschein nach einen Stein im Brett hat. Er gibt eine Runde Weißherbst aus und erzählt uns vom alljährlichen Poloturnier, das in einem Monat in Hörnum am Strand veranstaltet wird.

Als auch seine Frau dazu kommt, nehmen wir alle zusammen an einer der Bierzeltgarnituren Platz.

Sie setzt sich neben mich und verwickelt mich sogleich in ein Gespräch über (wie sollte es anders sein) Pferde.

»Reitest du auch?«, will sie von mir wissen, nachdem sie erfahren hat, dass ich Claudias Schwester bin.

»Nicht aktiv«, antworte ich. »Es ist schon einige Zeit her, als ich das letzte Mal auf einem Pferd saß.«

»Aber wir haben heute abgemacht, dass wir das bald nachholen werden«, mischt sich nun Sven von gegenüber ein.

»Ja, genau. Er hat mir seine Dienste als Reitlehrer angeboten.«

Die Frau neben mir lacht, als würde sie das genauso zweideutig verstehen wie ich heute Mittag. Aber vielleicht amüsiert sie sich auch nur darüber, wie ich mich ausgedrückt habe. Sie kommt mir jedenfalls nicht so vor, wie jemand, für den sexuelle Anspielungen zum guten Ton gehören.

»Dieses Angebot solltest du auf jeden Fall annehmen«, rät sie mir. »Wenn du schon die Möglichkeit hast und Urlaub zwischen all den anmutigen Tieren machen kannst.«

Die Art, wie sie darüber spricht, lässt mich darauf schließen, dass sie eine ziemliche Pferdenärrin sein muss. Da sie und ihr Mann an der Organisation des Poloturniers beteiligt sind, ist das aber auch wenig verwunderlich.

Leider kann ich zu diesem Thema jedoch nicht viel beitragen und andere für mich greifbare Interessen scheint die Frau nicht zu haben. Deshalb fällt es mir etwas schwer, die Unterhaltung mit ihr aufrecht zu halten, obwohl sie sehr nett ist.

Daher freue ich mich umso mehr, als ich von Sven gebeten werde, mit ihm gemeinsam eine Runde über das Festgelände zu gehen.

Noch lieber wäre ich jetzt zwar ganz alleine mit ihm, aber man kann schließlich nicht alles auf einmal haben.

Als die Sonne untergeht, fängt die Band an zu spielen. Die bunten Lichterketten, mit denen der Parkplatz geschmückt ist, kommen jetzt erst richtig zur Geltung, und immer mehr Menschen drängen sich auf das Grundstück der Gärtnerei.

Wir bleiben an einem Stand hängen, an dem eine Auswahl an bunten Cocktails angeboten wird, die mit ihren Schirmchen und Fruchtstücken sommerlichen Südsee-Flair versprühen. Ich entscheide mich für einen Mojito, Sven nimmt den Cuba Libre.

Während wir die Getränke durch unsere Strohhalme saugen, schauen wir der Band zu und unterhalten uns darüber, wie solche Cocktails in anderen Ländern zubereitet werden. Darüber weiß ich zwar nicht annähernd so viel wie Sven, aber es genügt mir schon, ihm bei seinen Erzählungen zuzuhören.

Wir kommen schnell wieder in Flirtstimmung; so wie schon mittags, als wir für kurze Zeit alleine auf dem Hof waren. Sven tut aus Spaß so, als würde er mich ansprechen und gerade erst kennen lernen und wir tauschen unsere Handynummern aus.

Auf dem Weg zurück zu unserem Sitzplatz treffen wir ganz unerwartet auf Knut und Renate, die ich am Montag in ihrem Hofladen kennen gelernt habe.

»Sven!«, ruft Renate, als sie beinahe mit uns aneinanderstößt. »Und Melanie!«

Aus purer Freude darüber, dass sie sich meinen Namen gemerkt hat, sausen mir glatt die Mundwinkel nach oben.

Renate freut sich wohl auch, mich zu sehen, denn sie umarmt mich schon fast und hebt strahlend hervor, was für eine Überraschung es ist, uns beide hier anzutreffen.

»Wo habt ihr denn Claudia und Henning gelassen?«, erkundigt sich Knut.

»Henning ist mit uns hergekommen«, sagt Sven und zeigt mit Blicken zu der Bierbank, auf der wir vorhin noch gesessen haben.

Knut stellt sich auf die Zehenspitzen und versucht, über die Köpfe der sich vorbei schiebenden Menschmassen hinweg zu blicken. Da er von seiner Statur her nicht der Größte ist, weiß ich aber nicht, ob dieses Vorhaben von Erfolg gekrönt ist.

»Ich geh mal kurz zu ihm«, informiert er uns. »Und dann kommt ihr alle mal mit zum Likörstand. Wir müssen unbedingt einen zusammen trinken!«

»Wir wollten auch grade zu ihm«, teilt Sven ihm mit.

Doch Knut hat bereits andere Pläne für uns geschmiedet: »Ich sorg dafür, dass er zu euch kommt. Geht ruhig schon mal vor, wir sind gleich bei euch!«

Während er sich zwischen den Leuten vorbei schiebt, leitet Renate uns an, ihr zu folgen.

Sie führt uns zum Stand der ›Sylter Genuss-Schmiede‹, von dem ihr Mann gesprochen hat.

Als Knut mit Henning im Schlepptau zurück ist, bestellt er erst mal eine Runde Himbeerlikör.

»Danke, für mich nicht«, lehnt Henning ab. »Ich muss nachher noch nach Hause fahren.«

Renate verzichtet ebenfalls, auch sie ist heute Abend die Fahrerin.

Also bleiben nur noch Sven und ich übrig, die mit Knut anstoßen können. Der scheint wohl besonders durstig zu sein und ordert gleich die nächste Runde. Diesmal Rhabarber und danach gleich noch Birne-Limette.

»Jetzt ist aber erst mal genug«, bremst ihn seine Frau. »Nur weil ich mich dazu bereit erklärt hab, später nach Hause zu fahren, heißt das nicht, dass du dir gleich die Kante geben musst.«

»Das sind doch nur diese winzigen Gläser«, hält er grummelnd dagegen, »davon müsste ich noch einige runterkippen, um was zu merken.«

Ich weiß nicht, ob er wirklich noch nichts davon merkt oder ob er das nur behauptet, damit Renate ihn in Ruhe lässt. Ich für meinen Teil spüre den Alkohol nach dem dritten Likör jedenfalls schon mächtig in meinen Kopf steigen und hole mir danach erst mal eine Flasche Wasser.

»Und, hast du deine Bewerbung schon geschrieben?«, fragt mich Knut scherzhaft, und ich weiß zunächst nicht, was er damit meint.

»Die Bewerbung für uns – wir suchen doch eine neue Verkäuferin«, gibt mir Renate zu verstehen.

»Ach so, nein«, lache ich, »dazu bin ich in den letzten Tagen noch nicht gekommen.«

»Egal, wir würden dich auch ohne Bewerbung einstellen!«

»Das ist wirklich nett von euch, aber ich bin immer noch in der Drogerie beschäftigt.«

Obwohl ich momentan gar nicht weiß, wie lange das noch so bleiben wird, schießt es mir plötzlich durch den Kopf.

Um den anderen Leuten nicht den Weg zum Likör zu versperren, suchen wir uns nun wieder einen Platz auf einer der Bierbänke.

»Ich würde jetzt dann wieder nach Hause fahren«, gibt uns Henning nach einer Weile bekannt. »Kommt ihr mit oder wollt ihr noch hierbleiben?«

In der Hoffnung, dass der Abend für ihn noch lange nicht gelaufen ist, schaue ich Sven fragend an.

»Also ich würde schon noch ´n bisschen bleiben wollen«, sagt er.

»Ich auch! Aber hast du auch schon ´nen Plan, wie wir später heimkommen?«

»Wir können doch laufen. Zu Fuß brauchen wir von hier nur eine halbe Stunde bis zum Pferdehof.«

Widerwillig verziehe ich das Gesicht.

Auf den Feldwegen ist es bei Nacht stockdunkel und ich finde, dass ich heute – wie auch schon die letzten paar Tage – bereits genug Bewegung hatte.

»Wir können euch doch später mitnehmen«, bietet uns Renate daraufhin an. »Wir bleiben sicher noch ein bis zwei Stündchen.«

»Au ja, das wäre super!«, freue ich mich.

»Einverstanden«, willigt Sven ein.

Es ist kurz nach 22 Uhr, als sich Henning von uns verabschiedet.

Wenig später beginnt Svens Handy zu klingeln.

Als er rangeht, stellt sich heraus, dass es Arne ist. Er ist gerade auf dem Frühlingsfest eingetroffen und erkundigt sich, wo er uns findet.

Wir freuen uns, dass er spontan den Weg von List auf sich genommen hat, und ich fange sofort an, von den Seehunden zu schwärmen, die ich dank ihm aus der Nähe beobachten durfte.

Außerdem setzt sich eine junge Frau zu uns an den Tisch, die mir als Wiebke vorgestellt wird.

Sven, Arne, Knut und Renate kennen sie bereits – und zwar nicht erst seit gestern, wie es mir scheint.

Sie wird wohl in meinem Alter sein und ich muss zugeben, dass sie nicht schlecht aussieht. Sie hat eine sportliche Figur und mit ihren strohblonden Haaren ist sie unverkennbar der nordische Typ.

Was sie von sich gibt, halte ich aber für völlig belanglos. Außerdem finde ich, dass sie ein bisschen zu sehr auf Sven fixiert ist. Ich glaube, sie hat sich sogar nur wegen ihm zu uns gesetzt.

»Wär es für dich okay, wenn ich dich mal kurz bei Knut und Renate lasse?«, entschuldigt sich Sven nach ein paar Minuten. »Arne und ich müssen grade mal was unter vier Augen besprechen. Das ist so´n Männerding – du weißt schon.«

Nein, ich weiß nicht. Aber mir bleibt wohl nichts anderes übrig, als ihn gehen zu lassen. Ich will schließlich nicht wie eine unselbstständige Klette rüberkommen, die ihm dauerhaft am Arsch klebt.

Als wir noch Teenager waren, bin ich auf Partys – und meistens auch in der Schule – immer mit Lisa zusammen auf die Toilette gegangen, um mich ungestört mit ihr unterhalten zu können. Aber ich hoffe und glaube auch nicht, dass Sven und Arne das jetzt vorhaben. Es sind schließlich zwei erwachsene Männer.

Keine Ahnung, was die untereinander zu besprechen haben, das keiner mitkriegen soll. Doch ich habe wohl keine andere Wahl, als mich damit abzufinden.

»Ja, geht ruhig«, antworte ich. »Ich denke, ich bin hier gut aufgehoben.«

Knut und Renate sehen das genauso, nur Wiebke schaut etwas komisch drein, als Arne und Sven aufstehen und uns vorübergehend verlassen.

Daher überrascht es mich auch fast nicht, als sie kurz darauf ebenfalls aufsteht.

»Weißt du, wer das war?«, fragt mich Renate nun, wobei sie sich weit zu mir hinüberbeugt.

Ich schüttle den Kopf. »Nein.«

»Wiebke ist Svens Exfreundin. Sie waren bis Mitte letzten Jahres noch zusammen.«

Bei mir läuten direkt sämtliche Alarmglocken.

Aber das versuche ich mir nicht anmerken zu lassen. Ich will Knut und Renate schließlich nicht in Aufruhr versetzen – abgesehen davon bin ich immer noch nicht soweit, um alle Welt an meinen Gefühlen für Sven teilhaben zu lassen.

Trotzdem halte ich es nach einigen Minuten der Ungewissheit nicht mehr aus, untätig mit Knut und Renate am Tisch zu sitzen, so gerne ich sie auch habe.

Da inzwischen auch meine Blase drückt, entschuldige ich mich und mache mich auf zum Toilettenwagen. Auf dem Weg dorthin schaue ich mich ständig nach Sven, Arne und Wiebke um. Aber ich kann keinen der drei im Getümmel erkennen.

Wo sind die denn nur?, frage ich mich.

Als ich auf die Idee komme, dass sie vielleicht zum Parkplatz gegangen sind, beschließe ich, dort noch vorbei zu schauen, sobald ich mich erleichtert habe.

Männer unterhalten sich doch gern über ihre Fahrzeuge. Vielleicht ist es das, was Sven sich von Arne zeigen lässt. Auch wenn mir nicht klar ist, warum man das unter vier Augen machen muss.

Ich stelle mir vor, wie die beiden staunend vor der geöffneten Motorhaube von Arnes Auto stehen, und muss unweigerlich in mich hinein grinsen.

Doch als ich im nächsten Moment wieder die andere Möglichkeit in Betracht ziehe – nämlich, dass Sven bereits von Wiebke abgepasst wurde – vergeht mir dieses Grinsen ganz schnell.

Immerhin stellt sich zumindest diese eine Sorge als unberechtigt heraus. Als ich aus der Klokabine rauskomme und mir die Hände wasche, steht auf einmal Wiebke neben mir am Waschbecken.

Sie schielt mich von der Seite an, hält es aber nicht für nötig, etwas zu mir zu sagen.

Mir liegt hingegen durchaus etwas auf der Zunge, was ich bei dieser Gelegenheit unbedingt loswerden möchte. Ich will Wiebke wissen lassen, dass sie mir nicht in die Quere kommen soll. Und weil der ganze Alkohol bei mir ohnehin schon für ein gesteigertes Mitteilungsbedürfnis sorgt, lasse ich mich nun auch nicht mehr davon abhalten.

»Hör mal, Wiebke«, beginne ich, so bestimmt wie ich es in meinem Zustand noch hinkriege, »du brauchst es gar nicht weiter probieren.«

Sie dreht sich verwundert zu mir um. »Was denn?«

»Dich an Sven ranzumachen!«

Sie lacht gekünstelt auf.

»Tu bloß nicht so!«, setze ich hinterher. »Ich hab genau gesehen, wie du ihn ansiehst.«

Sie zuckt desinteressiert mit den Schultern. »Na und?«

»Sven ist meiner! Du bist höchstens Vergangenheit.«

Vor allem den ersten Teil dieser Aussage hätte ich nüchtern so wohl nie über die Lippen gebracht. Aber es fühlt sich gut an, es auszusprechen.

Jetzt baut sich Wiebke vor mir auf und schiebt ihr Gesicht vor meines, bis uns nur noch wenige Zentimeter trennen.

»Du hast doch gar keine Ahnung«, zischt sie.

»Und du keine Klasse«, gifte ich leise zurück.

Sie nimmt etwas Abstand und dreht sich zur Tür.

Dann dreht sie sich noch einmal um und fragt in seltsamem Ton: »Du bist Claudias Schwester, richtig?«

Ohne einen Gedanken daran zu verschwenden, was das jetzt zur Sache tut, antworte ich mit einem störrischen: »Ja!«

Wiebke gibt nur ein abfälliges Zischen von sich und verlässt den Toilettenwagen.

Blöde Gans, denke ich mir, und trockne meine Hände schnell mit einigen Papiertüchern ab.

Anschließend eile ich zurück zu unserem Sitzplatz.

Ich hoffe, dass Sven und Arne wieder zurück sind. Außerdem hoffe ich, dass Wiebke sich ihm nicht gleich wieder aufdrängt. Das Schlimmste wäre es, wenn er jetzt mit ihr verschwinden würde – und selbst, wenn sie sich nur zusammen ein Getränk holen.

Doch als ich Sven und Arne mit Renate und Knut am Tisch sitzen sehe, fällt mir erst mal ein kleiner Stein vom Herzen. Aber wirklich nur ein kleiner, denn von der anderen Seite kommt jetzt tatsächlich schon wieder diese unmögliche Wiebke angewackelt.

Versteht sie etwa meine Sprache nicht oder will sie mich nach unserer kleinen Auseinandersetzung mit Absicht provozieren?

Egal – dann zeige ich ihr eben, dass sie keine Konkurrenz für mich ist.

Übertrieben ausgelassen tänzele ich von hinten an Sven heran und greife nach seiner Hand.

»Das ist unser Song! Komm mit auf die Tanzfläche!«, fordere ich ihn auf.

Die anderen schauen mich erstaunt an, doch Sven steht auf und lässt sich von mir, an den ganzen Menschen vorbei, bis zur Bühne ziehen.

»Ich wusste gar nicht, dass du *Klaus und Klaus* magst«, lacht er.

Das bezieht er vermutlich auf das Lied ›An der Nordseeküste‹, welches die Band gerade spielt.

Wir mischen uns unter die anderen Leute, die vor der Bühne das Tanzbein schwingen und legen einen heißen Tango aufs Parkett.

Ich registriere einige komische Blicke, die wohl unserem sehr schnellen und feurigen Tanzstil geschuldet sind. Denn wie es scheint, sind wir die Einzigen, die nicht nur stocksteif mitschunkeln, sondern herumwirbeln, als ob es dafür einen Preis zu gewinnen gäbe.

Aber das stört mich nicht im Geringsten. Sollen sie ruhig alle sehen, was wir draufhaben, und sich auch gerne darüber das Maul zerreißen.

Vor allem Wiebke soll es sehen!

Und als die Band nun ein ruhigeres Lied anstimmt, dessen Text der Frontsänger in für mich unverständlichem Plattdeutsch vorträgt, zieht Sven mich ganz eng an sich ran.

Unsere Bewegungen werden langsamer und wir schauen uns tief in die Augen. Ich genieße seine Berührungen – die Wärme seines Armes, den er um mich gelegt hat. Der Duft seines Aftershaves, das mir in die Nase steigt.

Ich spüre eine ganze Horde Schmetterlinge in meinem Bauch aufsteigen. Plötzlich fühle ich mich wie ein verknallter Teenager. Ganz und gar gefangen in seinem Blick, lasse ich mich innerlich fallen. Und wünschte, dieser Moment würde niemals enden. Wobei – in Anbetracht des Kribbelns zwischen meinen Beinen vielleicht doch nicht.

Und als ich es schließlich gar nicht mehr aushalte, noch länger darauf warten zu müssen, strecke ich mich zu ihm nach oben. Mit meinem Gesicht zu seinem rosa glänzenden Mund hin. Er kommt mir entgegen, bis sich unsere Lippen zum ersten Mal berühren.

Es ist ein wundervolles Gefühl, das mein Herz zum Beben bringt.

Ich schließe die Augen, um den Moment vollkommen auszukosten.

Unsere Zungen berühren sich und dieses Beben breitet sich in meinem ganzen Körper aus, während das Kribbeln unter meiner Gürtellinie immer stärker wird.

Wie lange habe ich darauf gewartet? Wie oft waren wir allein heute schon kurz davor, uns zu küssen – doch jedes Mal wurden wir dabei unterbrochen.

Doch das zählt alles nicht mehr, denn jetzt endlich ist der Augenblick gekommen.

Und es ist mir schnurzpiepegal, wer und wie viele Leute uns dabei zusehen!

Etwa eine Stunde später werden wir von Renate und Knut auf dem Pferdehof rausgelassen.

Sie haben natürlich mitbekommen, was wir vor der Bühne gemacht haben. Aber sie haben es sich verkniffen, uns darauf anzusprechen, und das ist auch gut so.

Wir danken den beiden für die Heimfahrt und verabschieden uns herzlich von ihnen. Anschließend gehe ich wie selbstverständlich, nach halber Strecke Hand in Hand, mit Sven hinter das Haus zu seinem Wohnwagen.

Er öffnet die Tür und ich gehe mit ihm hinein.

Die Tür ist kaum hinter uns ins Schloss gefallen, da machen wir genau dort weiter, wo wir auf dem Frühlingsfest aufgehört haben.

Ich schlinge die Hände um seinen Nacken, als wir anfangen, uns zu küssen.

Svens Hände fahren seitlich an mir herunter, bis zu meiner Taille und landen schließlich an meinem Po.

Ich lasse mich auf sein Bett fallen, ohne den Kuss dabei zu unterbrechen. Unsere Lippen kleben weiterhin aneinander, als wollten sie sich miteinander verwurzeln. Ich schaffe es kaum noch, zwischendrin Luft zu holen. Und wenn, dann auch nur unter lustvollem Seufzen.

Doch als er schließlich neben mir liegt, hält er plötzlich inne.

»Was ist los?«, frage ich.

»Bist du sicher, dass du das willst? Ich meine ... du bist nicht ganz bei dir, vielleicht sollten wir ...«

Das kann er doch nicht ernst meinen! Zwar fühle ich mich grade deshalb, weil er immer mal wieder übertrieben auf Gentleman macht, sogar noch mehr angezogen von ihm, als ich ihm ohnehin schon verfallen bin – aber das hier ist jetzt definitiv zu viel des Guten.

»Quatsch nicht rum!«, hauche ich ihm ins Ohr. »Du behandelst mich, als wär ich ´ne 15-jährige Jungfrau! Oh Gott, das macht mich so an!«

Ich ziehe ihn an mich ran und schiebe meine Arme unter sein T-Shirt.

Seine Hände wandern meinen Körper entlang und als unsere Zungen abermals aufeinander stoßen, verabschiedet sich auch der letzte klare Gedanke aus meinem Kopf.

Kapitel 17

Ich liege in Svens starken Armen, als ich am nächsten Tag wach werde, und schmiege mich gleich noch enger an ihn heran.

Er schläft noch und schnarcht leise vor sich hin.

Ich betrachte sein Gesicht von der Seite. Er sieht wirklich süß aus im Schlaf. Geradezu unschuldig.

Während ich seinen Geruch inhaliere, lasse ich unter der Bettdecke eine Hand langsam von seinem Bauchnabel zu seiner Brust hinauf wandern.

Er wird langsam wach und als er die Augen aufschlägt, legt sich sogleich ein zufriedenes Lächeln auf seine Lippen.

»Na, du ... gut geschlafen?«, fragt er.

Ich nicke.

Nachdem wir uns noch bis kurz vor Sonnenaufgang in den Laken gewälzt hatten, war ich in einen ausgewachsenen Dornröschenschlaf gefallen. Mit Sven zusammen die Nacht zu verbringen, gab mir eine Geborgenheit, wie ich sie schon viel zu lange nicht mehr gespürt hatte. Und das, was wir davor miteinander gemacht hatten, setzt auch jetzt noch Glücksgefühle in mir frei, die meinen ganzen Körper mit Wärme erfüllen.

Sven gibt mir einen Kuss auf die Stirn, dann streckt er seinen freien Arm aus und greift nach einem kleinen Radiowecker, der neben ihm auf der Ablage steht.

»Schon fast 12. Das Frühstück haben wir also verpasst.«

»Egal.« Ich streichle sanft über seine Wange und ziehe sein Gesicht zu mir her. »Dann gesellen wir uns eben zum Mittagessen zu den anderen.«

»Gute Idee.«

Wir küssen uns und unsere Hände beginnen wie automatisch, den Körper des jeweils anderen zu erkunden. Eine Welle der Lust überkommt mich, woraufhin ich mich spielerisch auf ihn rolle und auf ihm sitzen bleibe.

»Aber vorher ...«

Sven sieht mich erwartungsvoll an. »Ja?«

Ich beuge mich zu ihm hinunter und drücke ihm einen weiteren Kuss auf den Mund. Er erwidert den Kuss, wir tauschen ein wenig Speichel aus und ich beiße ihm zärtlich in die Unterlippe. Als ich seine Härte zwischen meinen Schenkeln spüre, entfährt mir ein begieriges Stöhnen.

»Okay, einmal noch«, sagt Sven.

Als ob er jetzt noch darauf verzichten könnte – der Witzbold.

Wir schaffen es gerade noch rechtzeitig zum Mittagessen, es gibt leckeren Seefisch mit Spargel und Petersilienkartoffeln.

Claudias und Hennings Blicken nach zu urteilen, ist ihnen natürlich nicht entgangen, wo ich heute Nacht geschlafen habe. Aber das war es mir allemal wert.

Nach dem Essen lasse ich mir von meiner Schwester eine ihre ihrer Reitmonturen geben. Sven möchte heute schon mit meinem Reitunterricht beginnen. Es ist schließlich Sonntag und wir haben genügend Zeit dafür.

Ich fühle mich inzwischen bereit dafür, auch wenn ich mich, offen gestanden, sogar noch mehr auf die Reitstunde am Abend freue. Aber ohne Fleiß kein Preis, denke ich mir. Und wir können schließlich nicht den ganzen Tag in Svens Wohnwagen verbringen.

»Wow, so siehst du schon richtig professionell aus«, sagt Sven, als ich in Reithose, Stiefeln und Helm über das Gatter der Pferdekoppel steige.

»Ja, nur die Hose könnte ein bisschen enger sein. Claudia braucht ihre Klamotten immer noch ein bis zwei Nummern größer als ich. Das hat sich nicht geändert, seit ich im Kindergarten ihre alten Sachen tragen musste.«

»Sie wird eben für immer deine große Schwester bleiben«, gibt er lachend zurück. Dann wendet er sich den Pferden zu und stößt einen schrillen Pfiff aus.

Daraufhin kommen gleich drei von ihnen zu uns angetrabt.

Sven streichelt jedes von ihnen am Hals und füttert allen ein paar Leckerlis, die er aus der Hosentasche zieht, schickt dann aber zwei davon wieder weg. Bei uns stehen bleibt ein Rotbraunes, das ziemlich schlank und muskulös wirkt.

»Das ist Eastwood, ein American Quarter Horse«, stellt er es mir vor. »Ich hab ihn für deine ersten Reitversuche ausgewählt, weil er sehr geduldig und extrem zutraulich ist.«

Ich streichle ihm über die Schnauze und er dreht seine Ohren neugierig nach vorne.

»Ich glaube, er freut sich auch schon aufs Reiten«, sage ich zu Sven.

»Ja, sicher. Für Eastwood ist der Kontakt zu uns Menschen besonders wichtig. Henning hat ihn als kleines Fohlen mit der Flasche aufgezogen.«

Ich erinnere mich, die Geschichte damals gehört zu haben. Es muss aber schon einige Jahre her gewesen sein – ich glaube, es war sogar noch vor Maries Geburt.

»Weißt du, wie alt er ist?«, möchte ich daher wissen.

»Er müsste jetzt etwa zehn sein. Ich weiß es aber grade nicht ganz genau, weil ich zu dieser Zeit selbst noch nicht hier gelebt hab.«

»Okay, dann ist er also nicht mehr der Jüngste, oder?«

»Nein, aber zum alten Eisen gehört er deshalb noch lange nicht«, erklärt Sven, während er ihm über die Mähne streichelt. »Wenn man die Tiere gut behandelt und nicht grade Höchstleistungen verlangt, kann man sie auch mit 20 Jahren noch reiten.«

»Und warum heißt er Eastwood? Der Name ist ja nicht unbedingt typisch friesisch ...«

»Nein, überhaupt nicht. Die Quarter Horses sind typische Westernpferde, übrigens auch weltweit die häufigste Pferderasse überhaupt – deshalb hat Henning ihn nach dem Schauspieler Clint Eastwood benannt.«

»Ah«, entgegne ich daraufhin nur. Ich kenne mich nicht mit Westernfilmen aus und möchte daher auch nicht näher darauf eingehen.

»*Für eine Handvoll Dollar* und so«, ergänzt Sven, um mir auf die Sprünge zu helfen.

Doch ich werde dadurch auch nicht schlauer; weiß jetzt lediglich, dass so einer der Filme hieß, in dem das Vorbild für Eastwoods Namen mitgespielt hat.

Sven reicht mir einen kleinen Korb mit etwas Pferdezubehör, den er neben sich auf der Weide abgestellt hat.

»Bevor wir Eastwood den Sattel anlegen, müssen wir ihm erst mal das Fell putzen. Sonst könnte nachher noch etwas Dreck unter dem Sattel reiben und ihm weh tun.« Nun nimmt er zwei feine Bürsten aus dem Korb raus und erklärt mir: »Das hier ist der Striegel und das da ist die Kardätsche. Wir putzen natürlich immer in Fellrichtung.«

Ich streiche über das Fell, um ein Gefühl dafür zu bekommen, welches die richtige Richtung ist.

»Okay, ich versteh schon.« Dann nehme ich Sven beide Bürsten ab und fange an, Eastwoods Fell zu striegeln.

»Das machst du schon mal sehr gut«, lobt er mich.

Als ich damit fertig bin, nimmt er eine andere Bürste mit kurzen Stahlborsten aus dem Korb.

»Damit müssen wir jetzt seine Hufe auskratzen. Wenn er zum Beispiel kleine Steinchen drinhängen hat, müssen die raus, weil sie beim Reiten drücken könnten.«

Sven fährt mit einer Hand an Eastwoods Wade entlang, und schon hebt das Westernpferd den Huf hoch. Er zeigt mir, wie man die Unterseite des Pferdehufs reinigt und lässt es mich dann probieren.

Ich kratze den zweiten Vorderhuf aus, stoppe dann aber, als es darum geht, auch noch die Hinterhufe zu reinigen.

»Tritt er mich nicht, wenn ich jetzt von hinten rangehe?«

Sven schüttelt den Kopf. »Ich hab noch nie mitgekriegt, dass Eastwood überhaupt jemanden getreten hat. Aber wenn du auf Nummer Sicher gehen willst, solltest du einfach von der Seite rangehen.«

Er führt mir vor, wie er das meint, und ich mache ich es ihm anschließend an Eastwoods anderem Hinterhuf nach. Als ich das geschafft habe, bin ich schon etwas stolz auf mich.

Als Nächstes nimmt Sven den Sattel, den er auf dem Gatter abgelegt hat, und setzt ihn dem Hengst auf den Rücken.

Beim Anlegen des Zaumzeugs ermutigt er mich wieder, es noch mal selbst zu probieren.

Dazu muss ich meinen Arm um Eastwoods Kopf legen und die Trense, wie das Zaumzeug genannt wird, von unten in seinen Mund schieben.

»Siehst du hier, an der Stelle«, Sven fasst dabei in den hinteren Bereich von seinem riesigen Gebiss, »da hat er keine Zähne. Da kannst du die Trense einfach einhängen.«

Zum Schluss werden oben an seinen Ohren noch der Kehlriemen sowie zwei weitere Riemen an der Nase zugemacht, dann ist Eastwood fertig zum Reiten.

»Und wie komme ich jetzt da hoch?«, frage ich Sven mit unsicherem Kichern. »Ich glaub, mir wär´s doch lieber, wenn ich auf einem von den Ponys reiten könnte.«

»Auf die Ponys setzen wir nur Kinder unter zehn Jahren. Aber keine Angst, das Aufsteigen schaffst du auch noch.«

Also erklärt er mir, wie ich mich am Sattel hochziehen muss und gibt mir Hilfestellung, indem er mich an meinem linken Bein hochschiebt.

»Wuhuuu, das ist ja voll cool hier oben!«, rufe ich, als ich es schließlich in den Sattel geschafft habe.

Es ist wirklich ein tolles Gefühl, so hoch oben auf dem Pferderücken zu sitzen. Auch wenn es noch ganz schön wackelig ist und ich mich wahrscheinlich ein bisschen zu verkrampft an den Zügeln festhalte.

»Fühlst du dich wohl?«, vergewissert sich Sven.

»Ja, und wie! Hätte ich echt nicht gedacht!«

Er grinst und bindet eine Leine an Eastwoods Zaumzeug fest.

»Was machst du jetzt?«, will ich wissen.

»Ich führe ihn an der Leine im Kreis, damit du dich erst mal aufs Sitzen konzentrieren kannst. Das nennt man ›Longieren‹. Normalerweise macht man das auf einem Reitplatz mit sandigem Untergrund. Aber weil wir sowas nicht haben, bleiben wir dafür einfach hier auf der Koppel.«

»Ach so! Aber das ist ja fast wie beim Ponyreiten auf dem Volksfest. Ich dachte, wir würden jetzt schon gleich richtig mit dem Reiten anfangen!«

Sven zeigt sich regelrecht amüsiert von meinem Enthusiasmus. »Nein, nein. Immer eins nach dem anderen. Mit dem Ponyreiten auf Volksfesten hat das aber nicht viel zu tun – sowas ist nämlich Tierquälerei und sollte sowieso verboten werden. Was wir hier machen, ist einfach nur, Reiter und Pferd aneinander zu gewöhnen.«

»Okay, alles klar! Ich weiß ja nicht, wie Eastwood das sieht, aber ich finde, wir verstehen uns schon ziemlich gut!«

»Dafür, dass du dich vorgestern noch nicht mal in seine Nähe getraut hast, bist du aber schon ganz schön überzeugt von dir!«, lacht Sven.

Nachdem er mir knapp zwei Stunden lang die Grundlagen im Reiten vermittelt hat, will sich Sven noch um die anderen Pferde kümmern. Vor allem das neue Fohlen will er sich noch mal genauer ansehen.

Ich gehe derweil ins Haus und genehmige mir in aller Ruhe eine warme Dusche.

Als ich danach auf meinem Bett sitze und mir die Haare föhne, klingelt auf einmal mein Handy – es ist Mama. Da es Sonntag ist und wir nur ein einziges Mal miteinander telefoniert haben, seit Oma und ich auf Sylt angekommen sind, wundere ich mich nicht über ihren Anruf.

Ich gehe also ran und begrüße sie bestens gelaunt. Ich kann es gar nicht abwarten, ihr von meiner Reitstunde zu erzählen. Allerdings merke ich ziemlich schnell, dass sie nicht grundlos anruft, sondern mir etwas Bestimmtes mitteilen will.

»Markus war heute hier«, sagt sie nach kurzem Zögern.

»Was?« Mehr fällt mir dazu im ersten Moment nicht ein. »Wo?«

»Bei uns! Er ist gekommen, um sich bei dir zu entschuldigen.«

Ich lache humorlos auf. »Das fällt ihm aber früh ein.« Ein Hauch von Verbitterung schwimmt in meiner Stimme mit.

»Ja, kommt drauf an, wie man´s sieht.«

»Dafür gibt es nur eine Ansichtsweise. Und ich bin fertig mit ihm! Seine Entschuldigung kann er sich sonst wo hinschieben.«

Nach dieser Ansage will ich Mama schon bitten, dieses Thema zu beenden, doch sie kommt mir zuvor und erzählt weiter: »Er meinte, ihm wäre klar geworden, dass er einen riesigen Fehler gemacht hat. ›Den größten Fehler seines Lebens‹, waren seine Worte.«

»Ach komm, das glaubst du doch hoffentlich nicht! Wie kommt er überhaupt dazu …«

»Naja, es lag wohl auch daran, dass es mit seiner neuen Freundin doch nicht so funktioniert hat, wie er es sich vorgestellt hatte.«

»Siehst du! Nur deshalb kommt er jetzt angekrochen!«, rufe ich wütend heraus.

Es macht mich sauer, dass Markus sich nur deshalb meldet, weil er jetzt offenbar wieder alleine ist! Wäre er mal auf die Idee gekommen, sich bei mir zu entschuldigen, als er mit seiner dummen Schlampe zusammen war, hätte die Sache vielleicht ganz anders ausgesehen.

Aber so schießt er sich damit nur ins eigene Bein. Er ist einfach nur ein schleimiger Opportunist und wenn er sich einbildet, ich würde ihm nach allem, was er mir angetan hat, verzeihen, dann hat er sich gewaltig geschnitten!

Ich habe seine Nummer nicht ohne Grund in meinem Handy blockiert. Hätte ich das nicht getan, hätte er mich jetzt angerufen und mir den ganzen Bullshit um die Ohren gehauen, mit dem er meine Mutter zugesülzt hat. Aber ich hätte natürlich nach spätestens einer Minute wieder aufgelegt.

»Er meint es aber ernst«, glaubt Mama jetzt zu wissen. »Er ist fast in Tränen ausgebrochen, als er mit uns am Tisch saß und uns erzählt hat, was in ihm vorgeht.«

»Er ist ... was? Und ihr habt ihn auch noch reingebeten und euch seine verkackte Story angehört?«

»Natürlich, warum denn nicht, Melli? Das war besser als jede Seifenoper.«

»Pfff ... typisch! Für ein bisschen Unterhaltung mit Klatsch und Tratsch öffnet ihr die Haustür auch für Kanalratten.«

»Wir haben ihm nur die Chance gegeben, sich zu erklären.«

»Ja, schön«, gebe ich hörbar gestresst zurück. »Und was ist dabei rausgekommen?«

»Nun ja ... Markus ist klar geworden, dass er dich immer noch liebt. Und es scheint ihm wirklich wichtig zu sein, sich auch noch persönlich bei dir zu entschuldigen.«

»Das kann er ja mal probieren. Aber wenn er meine Nummer wählt, wird er schon merken, dass ...«

»Dass er nicht durch kommt. Ja, das hat er schon selbst rausgefunden.«

»Sehr gut! Und dabei bleibt es auch. Können wir jetzt bitte das Thema wechseln?«

Eigentlich habe ich inzwischen gar keine Lust mehr, mich überhaupt noch weiter mit meiner Mutter zu unterhalten. Ich weiß, sie meint es gut, aber andererseits ... wenn sie vorher kurz darüber nachgedacht hätte, wäre sie vielleicht zu dem Entschluss gekommen, dass ich rein gar nichts mehr von Markus wissen will. Und dann hätte sie sich den Anruf auch sparen können, wenn sie sonst nichts zu erzählen hat.

Am Ende des Gesprächs hat Mama dann aber doch noch eine sinnvolle Neuigkeit auf Lager: »Wir haben uns für übernächste Woche beide spontan frei genommen, um zu euch nach Sylt zu kommen. Du brauchst also nicht mit Oma mit dem Zug zurück zu fahren, wir nehmen euch dann selbstverständlich mit nach Hause.«

Obwohl das eigentlich eine gute Nachricht ist, bin ich gerade noch viel zu angefressen, um mich richtig darüber freuen zu können. Als ich mich von Mama verabschiede, mache ich ihr noch einmal klar, dass Markus kein Teil meines Lebens mehr ist – und dass er deshalb in Zukunft auch so von ihr behandelt werden soll.

Ich bleibe entnervt auf meinem Bett liegen und starre an die Decke.

Was läuft nur verkehrt mit diesem Kerl? Hält er mich für so rückradlos, dass er glaubt, ich könnte ihn zurückhaben wollen? Als hätte ich mein letztes Fünkchen Stolz im Klo runtergespült – wofür ja sowieso ganz allein er verantwortlich wäre.

Aber lieber würde ich für den Rest meines Lebens allein bleiben, als mich noch einmal mit so einem Drecksack einzulassen.

Oder ging es ihm gar nicht darum und er wollte nur sein schlechtes Gewissen erleichtern?

Wie dem auch sei, sein Verhalten ist so oder so ekelhaft.

Nur gut, dass ich so weit von Markus entfernt bin. Ich hätte überhaupt keine Lust, ihm persönlich zu begegnen und mir sein jämmerliches Gelaber reinzuziehen.

Allerdings kann ich nicht abstreiten, dass Mamas Anruf mit der Geschichte von Markus Entschuldigung etwas in mir auslöst: Ein Gefühls-Chaos, das mich völlig verwirrt und mich schon bald daran zweifeln lässt, was überhaupt richtig und was falsch ist.

Denn egal, wie sehr ich Markus verabscheue – Mamas Berichterstattung hat dazu geführt, dass ich wieder an ihn denken muss. Ich fühle mich schrecklich, als mir das bewusst wird. Aber ich schaffe es nicht, ihn aus meinen Gedanken zu verbannen, so sehr ich mich auch darum bemühe.

Nicht mal, als ich später mit Sven und Oskar zusammen spazieren gehe, bleibt es mir erspart, immer wieder an das zu denken, was Mama über Markus gesagt hat: Er meint es ernst. Ihm ist klar geworden, dass er mich immer noch liebt und er ist fast in Tränen ausgebrochen.

Zwar rede ich mir gleichzeitig ein, dass Markus ein guter Lügner und Schauspieler ist und vielleicht meine Eltern, aber nicht mich täuschen kann – aber gerade deshalb, weil ich mich trotzdem weiterhin mit ihm befasse, steigert das nur meine Wut auf mich selbst.

Mit Sven möchte ich nicht darüber sprechen. Ich bin der festen Überzeugung, dass ich damit unser Verhältnis unnötig belasten würde. Außerdem bin ich eine erwachsene Frau, die solche Konflikte mit sich selbst klären muss.

Als wir nach dem Abendessen einen Moment unter uns sind, verrate ich ihm zumindest, dass es mir nicht gut geht.

Das sage ich hauptsächlich, um ihm zu verstehen zu geben, dass ich heute Nacht nicht bei – oder mit – ihm schlafen werde.

Schöne Scheiße – dabei hatte ich mich doch den ganzen Mittag so sehr darauf gefreut!

Aber nun bin ich überhaupt nicht mehr in der Stimmung dazu.

So ist das nun mal mit den Männern: Der eine macht dich kaputt und du lässt es am nächsten aus. Selbst wenn es einer ist, der eigentlich nur das Beste für dich will.

Kapitel 18

Die neue Woche beginnt mit deprimierendem Regenwetter.

Nicht nur draußen, sondern auch was meine eigene Gemütslage angeht.

Ich fühle mich mies, weil ich Sven gestern Abend ohne eine angemessene Erklärung abgewiesen habe. Das war eigentlich nicht meine Absicht, aber ich glaube, ihm muss es wie eine Abweisung vorgekommen sein.

Ich habe ihm zwar erzählt, dass es mir nicht gut geht – aber als er nachfragte, was denn los sei, blockte ich ab und konnte ihm keine vernünftige Antwort geben. Dabei versäumte ich wohl, ihm deutlich zu machen, dass ich die Nacht alleine verbringen möchte.

Denn als wir später mit Oma, Claudia und Henning im Wohnzimmer saßen, hatte ich das Gefühl, dass er nur darauf wartete, sich mit mir zusammen unauffällig verkrümeln zu können. Nachdem ich mich schon morgens nach dem Aufstehen darauf gefreut hatte, war das auch alles andere als abwegig.

Leider konnten wir vor den anderen erst recht nicht offen miteinander sprechen, deshalb verabschiedete ich mich Hals über Kopf. Es war noch nicht mal halb elf, als ich allen eine Gute Nacht wünschte und in mein Zimmer rüber ging.

Sven ließ ich dabei sitzen wie bestellt und nicht abgeholt, und er schaute aus der Wäsche wie ein begossener Pudel. Was er sich wohl dabei gedacht haben muss ...

Weil ich aber noch lange nicht einschlafen konnte, lag ich anschließend noch etwa zwei Stunden wach und las in meinem aktuellen Liebesroman. Danach hatte ich Hunger und musste mir noch zwei Bananen aus der Küche holen, bevor ich endlich zur Ruhe kommen konnte.

Jetzt habe ich das dringende Bedürfnis, das irgendwie wieder gut zu machen. Ich weiß zwar noch nicht wie, aber mir wird schon was einfallen.

Nachdem ich mich gewaschen und angezogen habe, stelle ich recht schnell fest, dass ich alleine im Haus bin.

Hoffentlich ist Sven bei den Pferden oder in seinem Wohnwagen. Ich beschließe, mich gleich auf die Suche nach ihm zu machen.

Also ziehe ich mir Schuhe und eine Regenjacke an, und gehe raus auf den Hof. Es gießt in Strömen und ich frage mich einmal mehr, was man bei diesem Wetter draußen unternehmen sollte.

Hastig eile ich als Erstes zum Stall. Keines der Pferde steht heute auf der Koppel, deshalb kann ich mir gut vorstellen, dass Sven sie gerade in ihren Boxen versorgt.

Als ich das Tor aufschiebe, höre ich von drinnen Geräusche. Es ist also tatsächlich jemand da.

»Hallo?«, rufe ich in den Stall hinein. Ich gehe ein paar Schritte weiter und schaue mich um, sehe aber zunächst niemanden. »Guten Morgen!«

»Melanie?« Henning streckt seinen Kopf aus einer der Pferdeboxen heraus. »Moin! Alles klar bei dir?«

»Ja, ähm ... Ich wollte nur nachsehen, ob jemand da ist.«

Er grinst mich frech an. »Suchst du jemand Bestimmtes?«

Ich verfalle vor Schreck in ein wildes Kopfschütteln. »Nein, ist schon okay. Ich hab mich nur gewundert, warum niemand im Haus ist.«

»Claudia ist mit eurer Oma einkaufen gegangen. Sie werden wohl erst wieder zurückkommen, wenn sie die Kinder abgeholt haben. Und Sven ist heute wieder nach Husum zu seinen Eltern gefahren. Hat er dir das nicht gesagt?«

»Nein, äh ... davon hat er gar nichts erzählt.«

»Naja, jetzt weißt du´s ja«, entgegnet Henning tonlos. Dann nimmt er seine Mistgabel in die Hand und fährt damit fort, Eastwoods Box auszumisten.

Ich nicke ihm dankend zu, weiß aber nicht, was ich sonst noch zu ihm sagen soll. Es ist mir ein wenig unangenehm, jetzt eine Unterhaltung mit ihm anzufangen. Immerhin könnte er dabei auf die Idee kommen, sich genauer nach Sven und mir zu erkundigen.

Stattdessen schaue ich noch bei Stute Svea und dem kleinen Fohlen vorbei, dessen Geburt ich live miterleben durfte.

Die Pferdemama ist gerade dabei, ihr Junges zu stillen, als ich an die Box herantrete. Ein wahrhaft bezaubernder Anblick.

Mir fällt ein, dass es immer noch keinen Namen bekommen hat. Jedenfalls nicht, soweit ich es mitgekriegt hätte. Aber neuerdings erfahre ich ja sowieso nicht mehr alles, was auf dem Hof vor sich geht.

»Wie heißt denn das kleine Fohlen jetzt?«, will ich deshalb von Henning wissen.

»Sven«, antwortet er. »So wie du es beschlossen hast.«

»Ihr habt ihn wirklich *Sven* genannt?«, lache ich.

Ich hatte das eigentlich nur als Scherz gemeint und ging wirklich nicht davon aus, dass dieser Vorschlag angenommen wird.

»Klar, warum nicht? Svea und Sven ... das passt doch. Außerdem ist es bei uns ganz selbstverständlich, dass die Person, die bei der Geburt dabei ist, den Namen für das Fohlen aussuchen darf.«

Als ich wenig später vor meiner Müslischüssel im Esszimmer sitze, überwinde ich mich dazu, Sven eine möglichst liebe Nachricht in WhatsApp zu schicken:

Hey Cowboy,
alles gut bei dir?
Tut mir leid, dass ich gestern Abend einfach abgehauen bin.
War nicht böse gemeint, ich habe nur ein bisschen Zeit für mich alleine gebraucht.
Wenn du später wieder zurück bist, würde ich mich freuen, wenn wir das nachholen könnten, was wir gestern verpasst haben.

Bevor ich die Nachricht abschicke, denke ich noch angestrengt darüber nach, mit welchen Emojis ich den Text ausschmücken soll.

Mit einem großen Herz würde ich ein wenig zu dick auftragen, finde ich.

Den Smiley mit den zwei Herzen als Augen halte ich ebenfalls für *too much*.

Es kommt einfach blöd, wenn ich Sven Symbole sende, die in irgendeiner Weise auf Liebe hindeuten. Das, was wir beide haben, ist davon schließlich noch meilenweit entfernt.

Trotzdem will ich ihm verdeutlichen, dass er mir wichtig ist. Und dass sich bereits eine lockere Romanze zwischen uns angebahnt hat, kann ich ja kaum abstreiten. Ich will nur nicht den Eindruck erwecken, dass ich mich da hineinsteigere oder mich gar in ihn verliebt hätte. Das wäre nämlich völlig übertrieben und keinesfalls meinem Alter angemessen.

Daher entscheide ich mich letzten Endes für den Kuss-Smiley mit dem kleinen Herzchen am Mund. Der ist relativ unverbindlich und kann genauso an gute Freunde verschickt werden.

Somit passt der ja ganz gut, überlege ich mir. Denn das ist doch genau das, was Sven für mich ist: ein guter Freund.

Zusätzlich verschönere ich meine Nachricht noch mit einem Pferde-Emoji – einfach, um den Kussmund nicht ganz alleine dastehen zu lassen.

Ich will gerade vom Esstisch aufstehen, als mein Handy klingelt.

Es ist meine Chefin und ich hoffe direkt, dass es gute Neuigkeiten bezüglich meiner angedrohten Abmahnung gibt. Vielleicht haben sich die Verantwortlichen im Personalbüro ja doch noch dagegen entschieden, nachdem sie meine Stellungnahme gelesen haben.

Aber was hatte ich da überhaupt noch mal genau reingeschrieben?

»Hallo Melanie«, begrüßt sie mich. Sie klingt dabei ungewohnt kalt, fast schon schroff.

»Und, Ulrike – gibt es schon was Neues von der Personalleitung?«, frage ich, ohne lange herum zu labern.

»Allerdings! Mit deiner E-Mail hast du ihnen ihre Entscheidung ja deutlich erleichtert.«

»Wirklich?«, hake ich überrascht nach.

Mir war gar nicht bewusst, dass ich diese Stellungnahme derart aussagekräftig formuliert habe. Aber ich war ja schließlich im Recht, und das haben jetzt wohl auch die Herrschaften in der Unternehmenszentrale eingesehen.

»Ja, natürlich.« Ulrike hört sich an, als wundere sie sich über meine Reaktion. Sie hält mich anscheinend noch immer für selbstsicherer, als ich es in Wirklichkeit bin.

»Gut, dann … heißt das, ich werde doch nicht abgemahnt?«

Am anderen Ende der Leitung bleibt es für einen Moment stumm, ehe meine Chefin erwidert: »Melanie, es ist mir absolut unverständlich, wie du darauf kommst. Und genauso wenig verstehe ich, was dich dazu geritten hat, dich in solchem Maße beleidigend gegenüber unserer Personalleitung zu äußern.«

»Was?«

»Na, hör mal – du wirst doch noch in etwa wissen, was du in deiner E-Mail geschrieben hast.«

»Äh … naja, ich habe den Sachverhalt dargelegt.«

»Indem du die neue Freundin von deinem Ex mit allen erdenklichen Beschimpfungen betitelt hast! Und nicht nur das – du hast auch die Leute, an die diese Mail ging, direkt angegriffen und ebenfalls beleidigt.«

Ich bin erst mal komplett verwirrt und verstehe gar nicht, was Ulrike genau meint.

Doch nachdem ich mich zurück entsinne und eins und eins zusammenzähle, fällt es mir auf einmal wie Schuppen von den Augen.

Das! Darf! Doch! Nicht! Wahr! Sein!

Habe ich tatsächlich das falsche Dokument in die Mail gepackt?

Wie konnte ich überhaupt eine Textdatei verschicken, ohne sie mir vorher noch einmal durchzulesen?

So dämlich kann man doch gar nicht sein!

Während ich unwillkürlich in eine Schockstarre verfalle, beginnt meine Chefin nun, Auszüge aus meiner Stellungnahme vorzulesen: »*... ist mir doch mittlerweile egal, was ihr über mich denkt. Entweder ihr steht hinter mir oder ihr könnt euch eine neue Verkäuferin suchen ... Ich finde es einfach nur unverschämt von euch. Es ist geradezu eine Anmaßung, dass ich mich für die Sache rechtfertigen soll!*«

Dass meine Chefin diesen Text vorliegen hat, ist mir sogar noch um ein Vielfaches peinlicher. Immerhin kenne ich sie persönlich, die Leute in der Personalabteilung sind dagegen nur irgendwelche Namen für mich.

Mir wird schlecht und ich versuche zwanghaft, die Ereignisse in meinem Kopf in eine logische Reihenfolge zu bekommen. Aber ich finde keine Worte, um Ulrike zu erläutern, wie es dazu gekommen ist, dass ich anstatt meiner richtigen Stellungnahme diese Hasstirade verschickt hab.

»Das hast du an unser Personalbüro geschickt«, fügt sie nun erklärend hinzu. »Du hast sie außerdem gefragt, ob sie noch ganz richtig im Kopf sind oder ob sie ihren Kaffee zu heiß trinken. Und von dem, was du über diese Josephine Walther geschrieben hast, möchte ich gar nicht erst anfangen. Diese Worte kann ich nicht aussprechen, Melanie. Nur so viel: Eine dermaßen ekelhafte Fäkalsprache hätte ich *dir* nie im Leben zugetraut!«

Ich schlucke schwer und würde mich am liebsten in Luft auflösen. Ich traue mich noch nicht mal mehr nachzufragen, welche Konsequenzen das alles nun für mich haben wird.

Aber Ulrike kommt mir schon zuvor und weist mich in verärgertem Tonfall darauf hin: »Die Abmahnung ist ab sofort dein kleinstes Problem. Die Verantwortlichen haben sich nämlich dazu entschieden, dich fristlos zu entlassen. Und so wie es aussieht, ist das ja auch genau das, was du wolltest. Sonst hättest du doch bestimmt nicht *diesen* Text in deine E-Mail gehängt.«

»Ulrike, es tut mir leid, aber ...«, stammelnd versuche ich, wenigstens einen ordentlichen Satz zusammen zu bringen, »... ich hab einen riesigen Fehler gemacht! Diese Datei mit dem Text ... das war die falsche! Ich wollte eigentlich was ganz anderes an die Personalleitung schicken!«

»Du meinst also, dass du diese Textdatei nur versehentlich verschickt hast und du das alles nur für dich selbst geschrieben hast?«

»Ja, genau! Ich wollte mir einfach nur meinen Frust von der Seele schreiben. Und ein paar Tage später hatte ich das völlig vergessen und dachte, es wäre das Dokument mit meiner richtigen Stellungnahme.«

»Ich weiß nicht, ob diese Rechtfertigung ausreichen würde, um die Leute im Personalbüro umzustimmen«, gibt sie nun wenig hoffnungsvoll zurück. »Glaub mir, es liegt nicht an mir, dass du gekündigt wirst ...«

»Ja, ich weiß«, werfe ich schnell ein.

»... aber ich habe leider auch nicht viel Einfluss darauf, wenn es darum geht, dich bei uns zu behalten. Nicht nach dem, was du in deiner Stellungnahme geschrieben hast. Wenn du darauf bestehst, würde ich den richtigen Text trotzdem noch für dich nachreichen, aber ...«

»Nein, passt schon.«

Ich schüttle frustriert mit dem Kopf, obwohl Ulrike das sowieso nicht sehen kann. Sie braucht sich wegen mir keine Mühe mehr zu machen. Ich habe sie schon genug in Verlegenheit gebracht.

Vielleicht ist es wirklich besser, dieses Kapitel zu beenden. Selbst, wenn ich trotz allem noch mal eine Chance bekommen würde, um meinen Job zu behalten, würde ich nie wieder in diesem Geschäft glücklich werden.

Die Geschichte mit Josephine und meiner verkackten Stellungnahme würde mir anlasten, bis ich in Rente gehe. Sie würde an mir dranhängen wie ein Fluch. Dagegen wäre selbst eine Abmahnung nicht mal der Rede wert.

Nachdem wir unser Telefonat beendet haben, räume ich meine Müslischüssel in die Spülmaschine und gehe dann rüber in mein Zimmer. Heulend lasse ich mich aufs Bett fallen und vergrabe mein Gesicht im Kopfkissen.

Nach ein paar Minuten im Selbstmitleid schnappe ich mir meinen Kindle und lese in meinem Liebesroman weiter. Es sind nur noch ein paar Kapitel bis zum Ende und ich verschlinge sie, als hätte ich monatelang gefastet.

Allerdings geht es mir danach auch nicht gerade besser. Ich ärgere mich darüber, dass die Protagonisten in diesen stumpfsinnigen Liebesgeschichten immer mit einem Happy End belohnt werden, während mein eigenes offensichtlich ausbleibt.

Warum lenke ich mich aber auch mit sowas von meinen Real-Life-Problemen ab?

Das entspricht doch gar nicht meinem Wesen, also dem einer erwachsenen und emanzipierten jungen Frau.

Wie ich so darüber nachgrüble, komme ich auf den Gedanken, dass womöglich jeder Mensch irgendetwas hat, in das er sich hinein flüchtet, wenn es im Leben mal nicht so rund läuft. Andere greifen dann halt zu Alkohol oder anderen Rauschmitteln, stopfen sich mit ungesundem Essen voll oder treiben übermäßig viel Sport, was sich auch zu einer Art Sucht entwickeln kann.

Da tröste ich mich dann doch lieber weiter mit Liebesromanen – im Vergleich zu den anderen Methoden ist das wohl noch immer die harmloseste Alternative.

Als Claudia und Oma mit den Kindern nach Hause kommen, warte ich auf den richtigen Moment und passe meine Schwester dann allein in der Küche ab.

Es gibt so vieles, über das ich mit ihr sprechen möchte.

Über Sven – auch wenn sie ganz sicher weiß, dass etwas zwischen uns gelaufen ist, besteht meiner Meinung nach dennoch Klärungsbedarf. Außerdem will ich wissen, warum er mir gestern verschwiegen hat, dass er heute wieder nach Husum fährt.

Ich finde, ich habe ein Recht darauf, das zu erfahren, und hoffe, sie sieht das genauso.

Dann brauche ich unbedingt jemanden, bei dem ich mich wegen meiner Kündigung auskotzen kann. Und wenn´s sein muss, auch über mich – denn ich war daran ja nicht ganz unschuldig.

Und zu guter Letzt will ich sie noch darauf hinweisen, dass sie mich ruhig auch mal fragen darf, ob ich zum Einkaufen mitgehen möchte. Es kann doch nicht angehen, dass sie sich mit Oma ständig heimlich aus dem Staub macht, während ich den halben Tag alleine in meinem Bett rumsitze!

Doch als ich die Küchentür hinter mir zuziehe, brennt mir auf einmal nur noch eine wichtige Frage auf den Lippen: »Ist Sven wirklich nur bei seinen Eltern, wenn er nach Husum fährt?«

Claudia starrt mich ganz perplex an. »Wo soll er denn sonst sein?«

Ich zucke angesäuert mit den Schultern und entgegne hochgradig kopflos: »Vielleicht bei ´ner anderen Frau.«

Claudia lacht schallend auf, fängt sich dann aber gleich wieder und antwortet: »Nein, das glaube ich kaum. Seit Wiebke hatte er von Frauen die Schnauze so gestrichen voll, dass ich mich schon gewundert hab, als er sich wegen dir ...« Sie stoppt, als wäre ihr etwas entfahren, das sie eigentlich für sich behalten wollte.

Doch ich bin plötzlich ganz Ohr und will es sofort genauer wissen: »Was hat er wegen mir? Er hat sich wegen mir erkundigt? Wolltest du das sagen?«

»Ja, sowas in der Richtung«, gibt sie nach kurzem Zögern zu.

»Dann sag schon: Was meinst du genau?«

»Ach ... okay. Da ihr inzwischen sowieso zueinander gefunden habt.«

»Was soll das denn heißen?«

Sie legt ihre Stirn in Falten und zieht eine Augenbraue hoch. »Na, was wohl. Glaubst du, ich hab nicht gemerkt, wo du Samstagnacht geschlafen hast?«

»Doch.« Ich schnappe rasch nach Luft und schiebe dann neugierig hinterher: »Was hast du ihm über mich erzählt? Und wann war das?«

»Ich glaube, das muss schon am ersten Abend gewesen sein.«

»Am ersten Abend – als ich grade erst …?«

»Ja, als du grade erst ein paar Stunden hier warst.«

Ich rufe mir ins Gedächtnis, wie es für mich war, als ich Sven zum ersten Mal gesehen hab. Tatsächlich war auch ich ziemlich angetan von ihm. Aber dass er sich sofort nach mir erkundigt hat, hätte ich nicht gedacht.

»Und was hat er gesagt? Ich meine … Was hast du ihm über mich erzählt?«

»Okay, okay – aber beruhige dich erst mal ein wenig.«

Erst durch Claudias Hinweis merke ich, wie aufgebracht ich bei diesem Thema geworden bin. Ich atme ein paarmal tief durch, wobei ich sie mit meinem auffordernden Blick dazu animiere, mit der Sprache rauszurücken.

»Also«, beginnt sie nun, »im Großen und Ganzen hat er mich nur gebeten, dir nicht zu sagen, dass er Tierarzt ist.«

»Das ist alles?«

Das kann nie im Leben alles gewesen sein!

»Naja, dass er Tierarzt ist und … dass sein Vater die Tierarztpraxis in Husum betreibt.«

»Wie bitte?!« Ich glaube, mich verhört zu haben. »Sein Vater hat eine Tierarztpraxis und er hängt hier auf dem Hof rum – als Stallbursche?«

»Ja, das trifft es eigentlich ganz gut.«

»Aber warum … ich meine …«

»Ich dachte, du hättest ihn schon gefragt, warum er es dir nicht erzählt hat«, sagt Claudia in nüchternem Ton.

»Ich hab ihn gefragt! Aber er …« Ich habe ihn einfach ohne eine zufriedenstellende Antwort davonkommen lassen. »Er hat mir trotzdem nicht erzählt, dass sein Vater die Tierarztpraxis in Husum betreibt.«

»Ich finde es auch ein bisschen lächerlich, dass er so ein Geheimnis daraus macht – aber er glaubt, driftige Gründe dafür zu haben.«

»Na, auf die bin ich ja mal gespannt!«, poltere ich, bevor ich mich umdrehe und stocksauer die Küchentür hinter mir ins Schloss krachen lasse.

Ich weiß nicht mal genau, warum ich so sauer bin. Wahrscheinlich ist es alles zusammen, der ganze Mist auf einmal ist einfach zu viel für mich.

Es ist ja überhaupt nicht schlimm, dass Svens Vater eine eigene Tierarztpraxis besitzt. Nein, das ist geradezu großartig! Aber warum wollte er mir das verheimlichen?

Ich komme einfach nicht darauf klar, dass er sich als jemand ausgegeben hat, der er nicht ist. Und noch weniger komme ich darauf klar, dass ich mir nicht erklären kann, warum er das getan hat.

Ich brauche unbedingt Antworten auf all diese Fragen!

Aber nicht mehr von Claudia – sie ist mir sowieso keine Hilfe. Als meine Schwester wäre sie dazu verpflichtet gewesen, mir alles über Sven zu erzählen. Und nicht mit ihm über mich zu reden und ihn bei seiner komischen Geheimniskrämerei zu unterstützen!

Als es am Nachmittag zu regnen aufhört, gehe ich nach draußen an die Koppel. Henning hat die Ponys und ein paar von den Pferden rausgebracht. Ich stelle mich ans Gatter und schnalze mit der Zunge, woraufhin Eastwood und zwei von den anderen sofort ankommen.

Ich streichle ihnen über die Schnauze, merke dann aber, dass sie sich über ein paar Leckerlis noch mehr freuen würden.

Also ab in den Stall, dort steht gleich hinter der Tür ein Eimer mit Pferdekeksen. Ich mache mir beide Hosentaschen voll und verfüttere sie dann an meine neuen vierbeinigen Freunde.

Dabei fällt mir auf, dass Tiere auch Trost spenden können – vielleicht sogar noch mehr als Alkohol, Sport oder Liebesromane.

In einer funktionierenden Beziehung sollte der Partner für sowas zuständig sein. Weil heutzutage aber nur die wenigsten Beziehungen funktionieren, nehme ich an, dass ein Haustier ein hervorragender Ersatz dafür sein kann.

Ich bin leider ohne Haustiere aufgewachsen und merke daher erst jetzt, wie effektiv der Umgang zu ihnen meinen Kummer vertreibt.

Das bedeutet aber noch lange nicht, dass sie mich meinen ganzen Groll einfach vergessen lassen.

Schon gar nicht, nachdem ich Svens halbherzige Antwort lese, die er mir Stunden nach meiner Nachricht in WhatsApp geschickt hat.

Ich denke schon darüber nach, mich auch noch für den Rest des Tages in mein Zimmer zurück zu ziehen, als der Geländewagen der Johannsens auf den Hof fährt.

Am Steuer sitzt Henning und neben ihm auf dem Beifahrersitz sehe ich Sven. Der wurde wohl gerade am Bahnhof abgeholt.

Henning fährt mit dem Auto vor die Scheune. Sven steigt aus, um das Tor zu öffnen, dann verschwindet der Wagen im Inneren des Gebäudes.

Jetzt kommt Sven geradewegs auf mich zu.

Er sieht ziemlich entspannt aus und lächelt mir freudig entgegen.

Fast bringt er mich dazu, dieses Lächeln zu erwidern, doch ich beiße mir auf die Unterlippe, um es nicht dazu kommen zu lassen. Ich will ihm zeigen, dass ich mir das nicht gefallen lasse, was er mit mir gemacht hat.

Um mich nicht von seinem Charme einwickeln zu lassen, halte ich mich am Gatter der Koppel fest und setze einen ernsten Gesichtsausdruck auf.

»Hey, Melli«, begrüßt er mich. »Na, wie geht´s dir?«

Sven kommt immer näher und als er genau vor mir steht, beugt er sich vor, um mir einen Kuss aufzudrücken.

Ich drehe den Kopf weg und registriere prompt die Enttäuschung in seinen Augen.

»Du brauchst jetzt gar nicht auf Kuschelkurs gehen, nachdem du mich die ganze Zeit angelogen hast!«, falle ich mit der Tür ins Haus.

Er schaut mich verwirrt an. »Wann hab ich dich denn angelogen?«

»Als du gesagt hast, dass du ... Verdammt, du hast mir nicht gesagt, dass dein Vater die Tierarztpraxis in Husum betreibt!«

»Das hast du ja inzwischen trotzdem rausgekriegt. Aber wann hab ich dich angelogen?«

»Du hast es mir nicht gesagt, das ist das Gleiche wie Anlügen!«

»Findest du?«

»Ja, allerdings! Wenn man jemanden kennen lernt, verschweigt man sich sowas nicht einfach! Ich hab dir ja schließlich auch nicht verschwiegen, dass ich wieder zu meinen Eltern gezogen bin.«

»Das wusste ich sowieso.«

Er grinst dabei und das macht mich jetzt erst recht sauer.

»Und ich hatte keine Ahnung, wer du wirklich bist! Weil Claudia dich gedeckt hat, du Arschloch!«, schreie ich – womit ich zugegebenermaßen ein Stückchen übers Ziel hinausschieße.

Aber Sven bleibt ganz ruhig und fragt nur: »Findest du es denn schlimm, wer ich wirklich bin?«

Ich schnaube verächtlich, ehe ich antworte: »Ein ehrlicher Stallbursche wäre mir immer noch lieber als ein verlogener Tierarzt.«

»Ich bin nach wie vor der Meinung, dass ich dich *nicht* angelogen hab.«

»Ja, schön – von mir aus! Aber warum hast du´s mir nicht von Anfang an gesagt? Was wäre so schwer daran gewesen?«

»Ich wollte dich richtig kennen lernen. Ich wollte, dass du *mich* kennen lernst – und nicht nur den Tierarzt, den jede Frau in mir sieht, sobald sie weiß, was ich studiert habe oder wer mein Vater ist.«

Ich brauche einen Augenblick, um das zu verdauen. Aber so wirklich verstehen kann ich es trotzdem nicht.

»Das macht keinen Sinn«, erkläre ich kopfschüttelnd. »Und vor allem: Hältst du mich für so oberflächlich, dass du glaubst, ich fände dich nur als Tierarzt interessant?«

»Offensichtlich nicht nur«, grinst Sven jetzt zurück. »Aber ab dem Moment, als du es wusstest, hast du mich schon mit ganz anderen Augen angesehen.«

»Ja, natürlich ... das ist doch logisch!«

»Siehst du. Dann kannst du dir sicher auch vorstellen, dass mir als Tierarzt die Frauen in Scharen zu Füßen liegen.«

Jetzt redet er plötzlich daher wie so ein prolliger Macho-Angeber.

Das passt überhaupt nicht zu ihm, und dementsprechend fällt auch meine Reaktion aus: »Äh – nein.«

»Ist aber leider so.« Sven zieht eine gequälte Miene, bevor er weiter ausholt: »Ich war schon von dir begeistert, als ich dich zum ersten Mal gesehen hab. Nur deshalb habe ich Claudia und Henning darum gebeten, dir nicht zu erzählen, dass ich Tierarzt bin. Ich wollte, dass du hinter diese Fassade blickst und mich für meinen Charakter magst – nicht nur für meinen Status oder Beruf.«

»Das hätte ich trotzdem getan«, behaupte ich standhaft – obwohl ich insgeheim weiß, dass dies nur teilweise der Wahrheit entspricht.

»Aha. Komischerweise hast du mir das mit deiner Pferdeangst erst anvertraut, nachdem rauskam, dass ich Tierarzt bin. Ich hab dir schon davor mehrmals die Gelegenheit gegeben, es mir zu erzählen, aber wir mussten erst einem Hund gemeinsam das Leben retten, bevor du ...«

»Das heißt, du wusstest davon!«, unterbreche ich ihn, als mir das mit einem Schlag klar wird.

Er zuckt betreten mit den Schultern. »Claudia hat mir die Geschichte schon erzählt, bevor ich dich zum ersten Mal gesehen hab. Du brauchst deswegen auf niemanden sauer …«

»Bin ich aber!«, brülle ich wie von Sinnen.

Dann stoße ich mich vom Gatter ab und stürme an Sven vorbei über den Hof, ohne ihn eines letzten Blickes zu würdigen.

Ich kann einfach nicht glauben, dass meine eigene Schwester mich für ihn anlügt, während sie ihm bereits mein Geheimnis erzählt hat. Sie hat mich dabei eiskalt hintergangen – jedenfalls fühlt es sich gerade so an.

In meinem Zimmer angekommen, schmeiße ich die Tür hinter mir zu und werfe mich mal wieder komplett aufgelöst aufs Bett.

Ich habe keine Lust mehr auf Claudia und Sven, auf den Hof und diese ganze verdammte Insel! Am liebsten würde ich sofort zurück nach Hause fahren und mich in meinem Kinderzimmer einschließen.

Kapitel 19

Eine Nacht darüber zu schlafen, hat kaum etwas an meiner schlechten Stimmung geändert.

Nach dem gestrigen Abendessen bin ich allen außer Oma und den Kindern aus dem Weg gegangen und habe mich dann wieder frühzeitig in mein Zimmer verkrochen.

Als ich heute Morgen aufstehe, bin ich froh, als ich merke, dass ich mal wieder alleine im Haus bin.

Gut so!, denke ich mir.

Ich gehe in die Küche und schneide mir zwei Scheiben von Claudias selbstgebackenem Brot runter. Dazu etwas Käse, Wurst und eine Tomate und fertig ist das Frühstück.

Ich will mich nicht lange damit aufhalten; am besten schon weg sein, bevor mir hier jemandem über den Weg läuft.

Für heute sind Sonnenschein und Temperaturen um die 20 Grad angekündigt, weshalb ich mir vorgenommen habe, mit dem Fahrrad nach Westerland zu fahren. Etwas Bewegung an der frischen Luft sollte mir helfen, den Kopf frei zu bekommen.

Auch als ich nach draußen gehe, um Claudias altes Fahrrad aus der Scheune zu holen, begegne ich auf dem Hof keiner Menschenseele.

Nur die Katzen streunen draußen herum und jagen sich gegenseitig durch ihr Schlupfloch im Scheunentor.

Ich stecke meine Musikbox in den Getränkehalter, wähle eine Playlist auf meinem Handy aus und radle los.

Während ich über die Radwege in Richtung Westerland fahre, verzieht sich langsam der Nebel und macht Platz für ein angenehmes Frühlingswetter.

Mein Groll, den ich gegen Sven und Claudia gehegt habe, verfliegt Stück für Stück mit jedem Meter, den ich weiter vorankomme. Allmählich sehe ich ein, dass ich überreagiert habe und es dumm von mir war, auf die beiden sauer zu sein.

Claudia hat Sven schließlich nicht von meiner Pferdeangst erzählt, um sich über mich lustig zu machen. Und als sie mir verschwiegen hat, dass er Tierarzt ist, hat sie das vermutlich auch nur gut gemeint.

Seine Argumentation, warum er das zunächst vor mir geheim halten wollte, erscheint mir inzwischen auch halbwegs nachvollziehbar. Ich glaube, ich konnte gestern nur noch nicht damit umgehen, weil es stimmte, was er gesagt hat. Wenn ich gewusst hätte, dass er Tierarzt ist, hätte ich ihn wirklich mit anderen Augen betrachtet.

Aber auch ohne das zu wissen, habe ich Gefühle für ihn entwickelt. Nur um mir das selbst einzugestehen, musste ich erst rausfinden, wer er wirklich ist.

Ich weiß nicht, ob ich mich dafür schämen sollte. Aber ein erwachsener Mann, der einem als Stallbursche vorgestellt wird, landet nun mal nicht gleich in der engeren Auswahl der potentiellen Bräutigame. Da spricht es doch eigentlich eher für meinen edlen Charakter, dass ich ihn trotzdem schon gemocht habe, als ich noch davon ausging, dass er nicht mal eine stinknormale Berufsausbildung abgeschlossen hat.

Die Situation mit meiner Arbeitsstelle belastet mich dagegen noch immer.

Daran hat sich bisher nichts geändert und ich weiß auch nicht, wie es zuhause in Stuttgart mit mir weitergehen soll.

Wahrscheinlich muss ich mich dann erst mal beim Arbeitsamt melden und werde zum ersten Mal in meinem Leben für ein paar Wochen oder Monate Arbeitslosengeld beziehen. Dabei schreibe ich natürlich Bewerbungen und werde hoffentlich auch bald eine neue Stelle finden.

Aber will ich das überhaupt?

Ich meine, will ich in einem anderen Laden in Stuttgart oder Umgebung arbeiten und weiterhin bei meinen Eltern wohnen?

Eigentlich nicht ...

Also muss ich mir eine eigene Wohnung suchen, was ohnehin schon lange überfällig ist. Aber will ich den Großteil meines Geldes für eine Wohnung in der Stuttgarter Innenstadt ausgeben? Oder lieber für ein paar Euro weniger in eine der Vorstädte ziehen, um dann wieder ewig lange Arbeitswege auf mich zu nehmen?

Wenn ich ganz ehrlich in mich hineinhorche, will ich keines von beidem.

Und wenn ich es mir jetzt gerade aussuchen könnte und überall auf der Welt sesshaft werden könnte, wo ich will – dann würde ich mich glatt für Sylt entscheiden.

Dafür sprechen nicht nur das Meer, die gute Luft, die einzigartige Landschaft und die niedlichen Schafe, denen man hier an jeder Ecke begegnet.

Es gibt tausend Gründe, die diese Insel attraktiver machen als den verpesteten Smogkessel von Baden-Württembergs Landeshauptstadt.

Aber einer der wichtigsten ist mit Sicherheit, dass es inzwischen nichts mehr gibt, was mich in Stuttgart hält.

Abgesehen von meinen Eltern und ein paar Freunden natürlich, aber auch die sollten kein Hindernis für mich sein, meine Heimat – zumindest für eine Weile – zu verlassen.

In Westerland angekommen, besorge ich mir erst mal etwas zu trinken. Danach schlendere ich ein wenig mit dem Fahrrad durch die Stadt, ehe ich mich über die Himmelsleiter zum Strand aufmache.

Ich suche mir ein lauschiges Plätzchen, wo ich für mich sein kann, und setze mich dort in den Sand.

Während ich aufs Meer hinausblicke, schicke ich ein paar Nachrichten mit Lisa hin und her, bis sie mir schreibt, dass sie gleich Zeit zum Telefonieren hat.

»Tut mir echt leid, dass du gekündigt wurdest«, spricht sie mir kurz darauf ihr Mitgefühl aus. »Das ist aber auch echt ´ne heftige Geschichte.«

»Ja, schon. Aber lass uns bitte nicht mehr darüber reden. Dadurch kann ich es jetzt auch nicht mehr rückgängig machen.«

»Okay, dann ... Willst du mir erzählen, wie es mit dir und deinem Tierarzt läuft?«

Anhand ihrer Tonlage merke ich schon, dass sie dieses Thema deutlich mehr interessiert. Sie brennt geradezu darauf, so viel wie möglich darüber erzählt zu bekommen.

»Momentan nicht so gut«, räume ich mit bekümmerter Stimme ein. »Ich habe ihm gestern Unrecht getan.«

»Warum das denn?«, will Lisa sogleich wissen.

»Weil ich mich darüber geärgert hab, dass Claudia mich glauben lassen hat, er wäre nur der Stallbursche. Außerdem hat sie ihm von meiner Pferdeangst erzählt und das hat das Fass zum Überlaufen gebracht.«

»Und deswegen hast du dich mit ihm gestritten?«

»Ja, ich hab ihn ziemlich blöd angepflaumt. Und bisher hatte ich noch nicht die Gelegenheit, mich dafür bei ihm zu entschuldigen.«

»Naja, es ist ja schon mal ein Anfang, wenn du überhaupt einsiehst, dass du dich bei ihm entschuldigen solltest. Die Möglichkeit dazu wirst du bestimmt noch bekommen.«

»Ja, auf jeden Fall.« Ich sauge eine kräftige Brise Seeluft ein, bevor ich meinen Gedanken freien Lauf lasse: »Aber wo soll das hinführen? Ich kann nicht für immer auf Sylt bleiben. In ein paar Tagen fahr ich wieder nach Hause und dann vermisse ich ihn. Ich kann ja jetzt schon an nichts anderes mehr denken.«

»Weil du dich in ihn verknallt hast«, stellt Lisa in aufmunterndem Ton fest. »Melli, du musst aufhören, dir selbst etwas vorzumachen.«

»Das sagst du so einfach ... aber es ist sowieso schon alles schwer genug für mich.«

»Was denn? Etwa immer noch deine Trennung von Markus? Oder meinst du jetzt, dass du deinen Job verloren hast?«

»Nein, Markus ist kein Thema mehr«, erwidere ich kopfschüttelnd. Dann fällt mir plötzlich ein, was Mama mir vor zwei

Tagen erzählt hat und ich fange wie aus heiterem Himmel zu lachen an. »Er war letztens bei meinen Eltern und wollte sich bei mir entschuldigen!«

»Was? Das hast du mir ja noch gar nicht erzählt! Komm, sag schon: Was war da genau los?«

»Ich weiß nicht, was bei ihm los ist. Außer, dass es mit seiner dämlichen Ische anscheinend schon wieder vorbei ist!«

»Echt? Das ging aber schnell!«, prustet Lisa heraus.

»Ja, und dabei ist sie doch erst vor Kurzem zu ihm gezogen. Wahrscheinlich haben sie gemerkt, dass es was anderes ist, wenn man zusammenlebt, anstatt nur im Büro miteinander rum zu vögeln!«

»Und dann ist er direkt zu deinen Eltern gefahren und wollte sich mit dir aussprechen?«

»So muss es wohl gewesen sein! Unglaublich, was dieser Kerl für ein armseliges Würstchen sein muss! Dass er ernsthaft geglaubt hat, ich würde ihm noch mal ´ne Chance geben!«

»Aber echt, das ist doch völlig gestört!«, pflichtet mir meine Freundin bei. »Stell dir mal vor, Markus käme jetzt nach Sylt, damit er sich bei dir entschuldigen kann!«

Bei dieser Vorstellung bekomme ich sofort einen Lachflash, der mir die Tränen ins Gesicht treibt. Lisa fällt in mein Lachen mit ein und ich kringle mich auf dem Sandboden, bis mir die Atemluft wegbleibt.

Als wir uns langsam wieder beruhigt haben, sage ich: »Nein, das wird niemals passieren. Dafür fehlt ihm einfach die Courage. Und ich hätte auch gar keinen Bock, dass er hier aufkreuzt.«

»Ja, klar. Aber witzig wär´s trotzdem.«

»Egal. Markus ist Geschichte. Ich will gar nicht darüber nachdenken, was er tun könnte oder wie es ihm geht. Das musste ich mir in den letzten zwei Monaten abgewöhnen, um selbst nicht zugrunde zu gehen. Ich kann froh sein, dass es mir mittlerweile wieder besser geht.«

Sowie ich das ausspreche, erkenne ich auf einmal, dass die Probleme, die mich heute Morgen noch belastet haben, wirklich nur Pillepalle sind – jedenfalls im Vergleich zu dem, was ich die Wochen davor durchmachen musste.

»So gefällst du mir!«, höre ich Lisas motivierende Stimme nun aus meinem Handylautsprecher. »Es bleibt dir sowieso nichts anderes übrig, als in die Zukunft zu blicken!«

»Ja, apropos Zukunft«, murmele ich. »Ich bin grade dabei, darüber nachzudenken, wie es mit mir weitergehen soll.«

»Und? Was ist dir dazu bisher eingefallen?«

»Naja ... Ich hab mir überlegt, wo ich am liebsten hinziehen würde. Bei meinen Eltern will ich nicht mehr allzu lang bleiben – und in Stuttgart kann ich mir keine vernünftige Wohnung leisten.«

»Ja ... und wo würdest du dann leben wollen?«

»Wenn ich die freie Wahl hätte, würde ich eigentlich am liebsten auf Sylt bleiben«, gebe ich zögernd zurück.

»Echt? Gefällt´s dir so gut da oben? Oder liegt es etwa nur daran, dass dir der Tierarzt gehörig den Kopf verdreht hat?«

»Sven heißt er«, informiere ich sie. Dann erkläre ich in nachdenklichem Ton: »Nicht nur wegen ihm. Ich fühle mich hier einfach so richtig wohl. Ich kann es nicht wirklich in Worte fassen, aber ... diese Insel hat irgendwas Besonderes. Ich glaube, das muss man sich selbst ansehen, um es verstehen zu können.«

»Das würde ich bei Gelegenheit liebend gern tun. Also wenn du echt nach Sylt ziehst, würde ich dich auf jeden Fall mal besuchen kommen.«

»Immer eins nach dem anderen«, lache ich. Etwas ernster schiebe ich hinterher: »Du wärst mir also nicht böse, wenn ich unsere Heimat verlassen würde?«

»Ach, was! Wieso sollte ich dir deswegen denn böse sein?«

»Keine Ahnung. Ich habe grade erst so ´nen Liebesroman zu Ende gelesen, in dem die Hauptfigur auch an die Nordsee ausgewandert ist. Ihre Freundinnen waren deshalb sauer auf sie, weil sie fanden, dass dadurch ihre Clique zerbricht.«

Lisa lacht amüsiert auf. »So ein Blödsinn! Süße, du liest echt zu viele von diesen idiotischen Schnulzengeschichten! Dabei sollltest du echt aufpassen, dass du nicht den Bezug zur Realität verlierst.«

»Ja, da könnte was dran sein«, gebe ich schmunzelnd zu.

»Also *mein* Einverständnis hast du – egal, wo dich dein Weg hinführt. Aber hast du auch schon eine Idee, wo du auf Sylt wohnen würdest? Ich habe gehört, dass die Wohnungen da oben noch teurer sein sollen als bei uns.«

»Nein, soweit bin ich noch nicht, Lisa. Aber wenn ich hier einen Job finde, würden mich Claudia und Henning bestimmt eine Zeitlang bei sich wohnen lassen.«

»Einen Job zu finden, sollte für dich wohl kein Problem sein. Verkäuferinnen werden ja sicher auch auf Sylt hin und wieder gesucht.«

Lisas Bemerkung, dass auch auf Sylt Verkäuferinnen gesucht werden, beschert mir einen Geistesblitz.

Ich denke unweigerlich an Knuts Hofladen und das nette Angebot, das er und seine Frau mir schon zwei Mal unterbreitet haben.

Diese Chance will ich mir nicht entgehen lassen. Ich beschließe, später auf dem Rückweg bei ihnen vorbei zu schauen und mich noch mal zu vergewissern, ob sie das wirklich ernst gemeint haben.

Ich spaziere noch mal durch die Fußgängerzone, besichtige ein paar Geschäfte und esse eine Kleinigkeit. Anschließend schaue ich in Google Maps nach Knuts Hofladen und mache mich dann schnurstracks auf den Weg dorthin. Es ist nur ein minimaler Umweg zum Reiterhof der Johannsens.

Als ich in den Laden komme, werde ich von Knut und Renate mit offenen Armen empfangen.

»Melli, wie schön, dich zu sehen«, begrüßt mich die Frau des Hauses mit strahlendem Lächeln. Dann schaut sie an mir vorbei, ob noch jemand mit mir durch die Tür gekommen ist. »Bist du ganz alleine gekommen?«

»Ja, ich bin mit dem Fahrrad unterwegs. Ich war in Westerland und dachte mir, ich könnte auf dem Heimweg mal bei euch vorbeischauen.«

»Das ist aber lieb von dir. Dann wolltest du also nur mal Hallo sagen?«

»Naja, nicht nur«, druckse ich ein wenig unsicher herum. »Eigentlich wollte ich euch noch mal fragen, ob ihr das ernst gemeint habt, dass ich bei euch arbeiten könnte.«

»Das war jedenfalls nicht bloß ein schlechter Scherz«, gibt mir Knut zu verstehen.

»Es kann schon sein, dass wir das mehr aus Spaß gesagt haben, weil wir wissen, dass du dich sowieso nur vorübergehend auf Sylt aufhältst«, erklärt Renate. »Aber das heißt nicht, dass wir dich nicht sofort einstellen würden, wenn du dich dafür entscheiden würdest, hier zu bleiben.«

»Darüber denke ich momentan tatsächlich ernsthaft nach.«

Knut und Renate bekommen auf einmal ganz große Augen.

Sekunden später erkundigen sie sich auch schon höchst interessiert nach dem Grund dafür.

»Ich brauche einfach mal einen Tapetenwechsel«, antworte ich. Die Geschichte, warum ich meinen Job verloren habe, überspringe ich an der Stelle lieber. »Ich hab in letzter Zeit ziemlich viel Mist durchgemacht. Man könnte sogar sagen, ich hatte meinen persönlichen Tiefpunkt erreicht. Aber seit ich hier auf der Insel bin, geht es mir zunehmend besser, und das möchte ich nicht mehr missen.«

»Das heißt, du überlegst dir, zu Claudia und Henning zu ziehen?«, fragt Renate.

»Ich hab sie noch nicht gefragt, ob das klar ginge, aber …«

»… damit hätten sie bestimmt kein Problem.«

»Das glaube ich auch nicht«, gebe ich lächelnd zurück. »Nur arbeiten sollte ich schon. Ich will mich ja nicht bloß bei ihnen durchschnorren.«

»Arbeit haben wir hier genug«, erwidert Knut. »Auch wenn es für dich vielleicht nicht so aussieht, weil der Laden jedes Mal leer ist, wenn du uns besuchen kommst …«

»Aber nachmittags – und vor allem am Wochenende – ist hier meistens so viel los, dass wir es zu zweit kaum noch bewältigen können«, ergänzt seine Frau.

Ich nicke verständig. »Ja, das kann ich mir gut vorstellen.«

»Also wegen mir kannst du gern bei uns anfangen. Ich würde mich freuen.« Renate schaut ihren Mann fragend an. »Was sagst du, Knut?«

»Sicher. Ich müsste zwar auch bei dir auf einen Probearbeitstag bestehen – obwohl ich ganz genau weiß, dass du die Richtige für den Job wärst …«

»Kein Problem«, werfe ich ohne zu zögern ein.

»Dann kannst du gleich morgen früh zum Dienst antreten, wenn du Lust hast. Und einfach mal reinschnuppern, wie das bei uns abläuft.«

»Das mach ich!«

Es ist mir egal, dass ich noch nicht mal meine Schwester über mein Vorhaben informiert habe. Ich bin plötzlich voller neuem Elan und freue mich auf die Herausforderungen, die mit meinem Umzug auf mich zukommen werden.

Den Konflikt mit Sven werde ich aus der Welt schaffen, sobald ich die Gelegenheit habe, mich alleine mit ihm zu unterhalten.

Während meiner Radtour habe ich mir noch mal durch den Kopf gehen lassen, was er gestern zu mir gesagt hat: Ich sollte nur nicht erfahren, dass er Tierarzt ist, weil er mich von Anfang an interessant fand.

Er wollte nicht, dass ich ihn wie die meisten anderen Frauen nur wegen seinem Beruf anhimmle – und das hat er letzten Endes ja tatsächlich geschafft. Daher glaube ich, dass er sich darüber freuen wird, wenn er erfährt, dass ich für eine Weile auf Sylt bleiben möchte.

Ich frage mich inzwischen, warum ich wegen seinem kleinen Schwindel – wenn man es so nennen möchte – überhaupt auf ihn sauer war. Wenn es andersrum gewesen wäre – wenn Sven vorgegeben hätte, Tierarzt zu sein und stattdessen wirklich nicht mehr als ein Stallbursche gewesen wäre – dann hätte ich einen Grund gehabt, auf ihn sauer zu sein. Dann wäre er nämlich nichts weiter als ein schmieriger Betrüger.

Aber so ist er kein Betrüger, sondern eher ... nun ja ... sowas wie ein verzauberter Märchenprinz.

Der Froschkönig oder das Biest, dessen Fluch erst gebrochen wird, als sich eine Frau trotz seiner abschreckenden Gestalt in ihn verliebt.

Das trifft es wohl eher. Ich hoffe, dass ich nicht bloß eine rosarote Brille auf der Nase trage, als mir diese kitschig-romantische Betrachtungsweise in den Sinn kommt.

Wir besiegeln unsere Vereinbarung per Handschlag, danach verabschiede ich mich von Knut und Renate und radle zurück zum Pferdehof.

Ich kann es kaum abwarten, Claudia zu erzählen, dass sie mich nun nicht mehr so schnell los wird, und freue mich darauf, mich endlich mit Sven auszusprechen. Eigentlich freue ich mich mehr auf den anschließenden Versöhnungssex, für den hoffentlich keine großartigen Überredungskünste nötig sein werden, aber das will ich mir nicht unbedingt anmerken lassen.

Als ich den Hof fast erreicht habe, sehe ich schon von Weitem einen schwarzen BMW vor der Scheune stehen.

Es ist dasselbe Modell, das auch Markus fährt. Aber er kann es nicht sein, das ist vollkommen ausgeschlossen!

Oder etwa doch?

Ich komme näher und versuche dabei angestrengt, die Buchstaben auf dem Nummernschild zu erkennen. Doch ich bin immer noch zu weit weg, um sie entziffern zu können.

Dann öffnet sich auf einmal die Fahrertür des BMW.

Mir stockt der Atem, als ich sehe, wer aus dem Auto aussteigt.

Markus!

Jetzt erkenne ich auch das S auf dem Nummernschild.

Und im selben Moment kommt Sven aus der Scheune raus. Auch das noch!

Ich trete wie verrückt in die Pedale, bis ich nur noch wenige Meter vom Hof entfernt bin. Warum ich das tue, weiß ich noch nicht genau – aber ich will nicht, dass sie miteinander sprechen.

Sven geht direkt auf Markus zu und streckt ihm lächelnd seine Rechte entgegen.

Ich rase weiter auf die beiden zu.

Sven hat mich gesehen und als er sich mir nun zuwendet, seine Hand dabei weiterhin ausgestreckt, dreht sich auch Markus in meine Richtung. Seine Miene erhellt sich und auch Svens Mundwinkel formen sich zu einem erfreuten Lächeln.

Ich weiß nicht, ob die beiden schon etwas zueinander gesagt haben, aber das Händeschütteln haben sie vorerst aufgeschoben.

Ich komme unmittelbar vor ihnen zum Stehen, steige sofort vom Fahrrad ab und lasse es achtlos neben mir auf den Boden fallen.

Ohne Umschweife – und ohne Markus auch nur eines müden Blickes zu würdigen – falle ich Sven um den Hals.

Unsere Lippen treffen sich und ich spüre seine Hände an meinen Hüften entlang wandern. Er schlingt seine Arme um mich und zieht mich ganz eng an sich ran.

Mein Mund öffnet sich, ich schließe die Augen und wir verfallen in einen innigen Zungenkuss. Die Schmetterlinge flattern wie verrückt in meinem Bauch herum und breiten sich blitzschnell in meinem ganzen Körper aus.

Und wir lassen gar nicht mehr voneinander ab. Ich genieße einfach nur den Moment. Dass mein Exfreund neben uns steht, ist mir dabei bewusst, aber das macht es für mich umso schöner.

Rache ist eben süß. Und sie schmeckt mir wie Honig mit Puderzucker.

Wir knutschen miteinander rum, als wären wir für nichts anderes geboren worden.

Immer wenn einer von uns seine Zunge zurückzieht, fängt der andere wieder an. Wir können gar nicht genug voneinander bekommen. Ich weiß nicht, wie lange der Kuss insgesamt andauert, aber es kommt mir vor, als wäre dabei die Zeit eingefroren.

Als wir uns schließlich voneinander losreißen können, steht Markus immer noch neben uns.

Und neben ihm steht Henning. Ich habe nicht mal registriert, dass er hergekommen ist. Entweder hat er sich ganz leise angeschlichen oder ich habe einfach nur alles um uns herum ausgeblendet.

Ich schaue zu Henning. Er grinst uns schelmisch an.

Dann sehe ich Markus an. Er ist purpurrot angelaufen und trippelt sichtlich verlegen von einem Fuß auf den anderen.

»Hi«, sage ich, als hätte ich gerade erst bemerkt, dass er auch da ist. »Was machst *du* denn hier?«

»Ich ... ähm.«

»Ich glaube, er ist wegen dir hier«, merkt Henning an, und stupst mich kumpelhaft mit dem Ellbogen in die Seite.

»Ja, also ...« Markus Gesicht sieht immer noch aus wie eine Tomate und er stottert herum, als hätte er vor Kurzem das Sprechen verlernt. »Ich wollte dir nur dein Ladekabel bringen.«

Als er sich nun abwendet und in seinem Auto verschwindet, schauen Henning, Sven und ich uns ungläubig an.

»Das ist nicht sein Ernst«, sagt Henning kopfschüttelnd.

Doch Markus kommt tatsächlich mit einem Handy-Ladegerät in der Hand zurück. Ich habe keine Ahnung, ob das wirklich mal mir gehört hat, nehme es aber dankend an, als er es mir in die Hand drückt.

»War´s das?«, frage ich daraufhin.

Markus will irgendwas antworten, doch Henning und Sven fangen plötzlich aus vollem Halse zu lachen an.

»Nein, passt schon«, gibt Markus mit belegter Stimme zurück.

Bevor er den Blick abwendet, glaube ich noch eine verräterische Feuchtigkeit in seinen Augen zu entdecken.

Im nächsten Moment verschwindet er hinter dem Steuer seines BMW, haut den Rückwärtsgang rein und braust mit quietschenden Reifen davon.

Dabei wirbelt er so viel Staub auf, dass ich zu husten anfange.

»Kleiner Mann, großer Auftritt«, scherzt Henning weiter. »Aber zum Kaffee wollte er wohl nicht bleiben.«

Sven und ich würdigen seinen Spruch mit einem glücklichen Kichern, dann schieben wir Arm in Arm Claudias altes Fahrrad in die Scheune.

Kapitel 20

Knapp zwei Wochen später …

Nachdem meine Eltern eine Woche bei uns auf dem Hof verbracht haben, geht es für sie und Oma heute zurück in die Heimat nach Süddeutschland.

Vor allem für meine Mutter ist es ein tränenreicher Abschied, aber sie beteuert, dass sie sich nur darüber freut, zu sehen, wie ich endlich erwachsen werde und meinen eigenen Weg gehe.

Loslassen musste sie schon vor Jahren, als ich mit Markus zusammengezogen bin, sagt sie. Auch wenn ein Umzug ans andere Ende der Bundesrepublik doch ein bisschen was anderes ist. Aber ich denke, die letzten Tage, die wir gemeinsam auf Sylt verbrachten, haben ihr geholfen, meine Entscheidung nachvollziehen zu können.

Als ich ihr am Telefon zum ersten Mal von meinen Plänen erzählt hatte, war sie noch äußerst skeptisch und wollte mich zunächst sogar davon abbringen. Nur widerwillig ließ sie sich von mir dazu überreden, mir wenigstens die Hälfte meiner Klamotten und einige wichtige Unterlagen mitzubringen.

Seit dem ersten Mai bin ich nun auch fest bei Knuts Hofladen angestellt. Die Arbeit ist dort natürlich ganz anders als in der Großstadt-Drogerie, gefällt mir aber deutlich besser – in so ziemlich jeder Hinsicht.

So gesehen war die Kündigung – inklusive des überpeinlichen Fehlers, der mir beim Versenden meiner Stellungnahme passiert ist – das Beste, was mir überhaupt passieren konnte.

Als ich Claudia und Henning fragte, ob ich eine Zeitlang bei ihnen wohnen könnte, zeigten sie sich zunächst überrascht, freuten sich aber auch darüber, dass es mir so gut bei ihnen gefällt. Und natürlich waren sie damit einverstanden, mich für eine Weile bei sich aufzunehmen.

Da ich seitdem ohnehin mit Sven in seinem Wohnwagen schlafe, macht es für sie eigentlich auch gar keinen Unterschied.

Sven und ich sind jetzt übrigens auch offiziell zusammen und ich konnte ihn inzwischen zu einer Entscheidung bewegen, die unser Leben in Zukunft auf eine völlig neue Ebene heben wird: Sven wird nämlich die Tierarztpraxis seines Vaters übernehmen, sobald dieser in Rente geht.

Bis dahin haben wir glücklicherweise noch etwas Zeit, denn wenn es soweit ist, werde ich wahrscheinlich nicht mehr bei Knut und Renate arbeiten können.

Sven wird nämlich nicht ohne mich aufs Festland ziehen. Das heißt, ich komme mit ihm nach Husum und unterstütze ihn als seine Sprechstundenhilfe. Zumindest so lange, bis ich in dieser Position zugunsten meiner Aufgaben als Ehefrau und Mutter kürzertrete.

Wie sich herausgestellt hat, stehe ich mit meinem Wunsch nach einer eigenen Familie nämlich nicht ganz allein da – das kann sich mittlerweile sogar Sven mit mir zusammen vorstellen.

Lisa und ihr Freund haben für August bereits eine Ferienwohnung auf dem Hof der Johannsens gebucht. Ich freue mich schon jetzt wie ein Kind zu Weihnachten, sie endlich wieder zu sehen und ihr und Andi meine Lieblingsplätze auf der Insel zu zeigen.

Von Markus habe ich seit seinem großen Auftritt nichts mehr gehört und das ist auch gut so.

Ebenso wenig von Wiebke – abgesehen von ein paar lustigen Geschichten, die Claudia mir erzählt hat. Sie und Svens Exfreundin haben sich nämlich nie besonders gut verstanden (was auch Wiebkes Reaktion erklärt, als ich ihr bestätigte, dass ich Claudias Schwester bin) und anscheinend war Claudia auch einer der Gründe, warum Sven damals mit Wiebke Schluss machte.

Da scheint es ja nur fair zu sein, dass sie als Entschädigung ihre kleine Schwester mit ihm verkuppelt hat.

Oma zu verabschieden, fällt mir neben all dem besonders schwer. Aber nachdem sie in den letzten Wochen auf Sylt noch einmal so richtig aufgeblüht ist, bin ich zuversichtlich, dass sie uns noch lange erhalten bleiben wird.

Selbstverständlich werde ich sie und meine Eltern auch bald mit Sven zusammen in Rutesheim besuchen kommen. Auch darauf freue ich mich schon jetzt.

Als das Auto meines Vaters vom Hof fährt, winken wir ihnen noch lange hinterher, bis sie am Horizont verschwunden sind.

Anschließend geht es für mich und Sven zu den Pferden. Wir holen Eastwood und einen stolzen, schwarzen Araberhengst, der erst seit ein paar Tagen bei uns lebt, von der Koppel, um einen Ausritt mit den beiden zu machen.

Ich sitze mittlerweile schon recht souverän im Sattel und schaffe es meistens sogar, mit Sven Schritt zu halten. Er ist aber auch wirklich ein Naturtalent als Reitlehrer.

Und ich kann mit Recht von mir behaupten, auch nicht die schlechteste Reiterin zu sein.

Hätte mir jemand vor einem Monat gesagt, dass mein Leben heute so aussehen würde – ich hätte ihn glatt für geisteskrank erklärt.

Es heißt, das höchste Glück dieser Erde liegt auf dem Rücken der Pferde, und das kann ich nur bestätigen. Bei mir trifft dieser Spruch jedenfalls zu; auch wenn ich es eher als Metapher sehe, für die positive Wendung, die mein Leben auf Sylt genommen hat.

Ich schwinge mich auf Eastwoods Rücken und ermuntere ihn durch den Druck meiner Oberschenkel, Sven auf seinem Araber im Galopp zu folgen.

Und schon kurze Zeit später preschen wir, frei und glücklich, zwischen Wiesen und Weiden über die idyllischen Feldwege der aufsteigenden Morgensonne entgegen.

ENDE

Danksagungen

Zunächst möchte ich dir, meinem verehrten Leser, danken! Dafür, dass du dieses Buch erworben und vermutlich auch bis zum Ende durchgelesen hast.

Wenn dir die Geschichte gefallen hat, würde ich mich über eine Bewertung bei Amazon (oder deinem bevorzugten Online-Buchhändler) freuen.

Nicht nur den anderen Lesern, sondern auch uns Autoren helfen die Rezensionen und Bewertungen ungemein, um uns stetig zu verbessern und motiviert an weiteren Büchern zu arbeiten.

Des Weiteren möchte ich mich natürlich bei meiner Familie und meinen Freunden bedanken, ohne die ich nicht die Person wäre, die ich heute bin.

Ein ganz besonderer Dank geht dabei an Andi und Thomas, die mich bei der Umsetzung dieses Romans mit all ihrem Wissen und tollen Anregungen unterstützt haben.

Bis bald – wir lesen uns hoffentlich beim nächsten Buch!

Liebe Grüße aus Norddeutschland,

Deine Inka